昌运夏星

邓鹏 郭亮 著

郭广昌的中国式商界传奇

从第一个100万到第一个1000万，他只用了不到五年的时间，涉足五大行业，拥有百余家子公司，他是登上福布斯财富榜最年轻的中国富豪……

机械工业出版社
China Machine Press

作为 2007 胡润百富榜的第十位，郭广昌的梦想是打造中国的 GE，虽然现在还有不小的距离，但郭广昌在中国商界的影响力已经不容置疑。

全书立体化、全方位地对郭广昌进行解读，看他如何从大学教师向企业家成功转型、如何打造中国的 GE。

图书在版编目（CIP）数据

昌运复星：郭广昌的中国式商界传奇/邓鹏，郭亮著.
—北京：机械工业出版社，2008.9
ISBN 978-7-111-25095-1

Ⅰ. 昌…　Ⅱ.①邓…②郭…　Ⅲ. 郭广昌—生平事迹

Ⅳ. K825.38

中国版本图书馆 CIP 数据核字（2008）第 140755 号

机械工业出版社（北京市百万庄大街 22 号　邮政编码 100037）
策划编辑：徐　井　责任编辑：徐　井　李秀玲
责任校对：侯　灵　责任印制：杨　曦
三河市国英印务有限公司印刷
2008 年 9 月第 1 版第 1 次印刷
180mm×250mm　·12 印张·9 插页·194 千字
00001—10000 册
标准书号：ISBN 978-7-111-25095-1
定价：32.00 元

凡购本书，如有缺页、倒页、脱页，由本社发行部调换
销售服务热线：（010）68326294
购书热线：（010）88379639 88379641 88379643
编辑热线：（010）88379704
封面无防伪标均为盗版

前言

　　他可谓是中国最具眼光的机会主义投资者。

　　他自言身无所长，只是非常善于倾听别人的理念，倾听完之后培养自身的判断力和创造力。

　　他自言管理秘诀为"集体英雄主义"："在团队中我们给每个人的能力只能打 70 ~ 80 分，但我们要做能力的加法和乘法。企业的发展像一条不断流淌的河，每一个人正像河中的一滴水，无论是在上游、中游还是下游，都要找到自己汇入的位置。"

　　他就是复星集团掌门人，郭广昌。

　　生活无所谓精彩不精彩，就像那个老套的场景：为浮名所累的成功人士眼巴巴地看着马路边的小老百姓端着热气腾腾的炸酱面、就着黄瓜吃得有滋有味，于是他情不自禁地咽下了口水。对于成功人士而言，炸酱面只是一个符号，所有关于自由平和以及无忧无虑的味道都一股脑儿地掺杂在肉末葱花飘香四溢的面酱里，也许此时他根本无暇也无力坐下来吃一碗面，殊不知，人们正拿着成功人士的故事——那些夹杂着明争暗斗与呼风唤雨的传奇故事讨论得津津有味。

这应当是生活的本体，充满了讽刺意味却实在令人无法抉择。当然，郭广昌没有时间细细品味这种场景将给那些热衷于思考的人们带来什么样的震撼，因为他根本不是一个故弄玄虚的人，尽管他就是这个场景中扮演成功人士的那个角色。

难能可贵的是，郭广昌不是一个人在战斗。

他的生活精彩纷呈——清贫、聪慧、勤奋、冒险、置之死地而后生、放弃、希望、重生、突围、化险为夷、新挑战……即便生活这个概念在不同人身上有不同定义，即便这是世间最容易被哲学家冠以"相对而言"的字眼，但生活本身却是个绝对主题。

所有这些关于郭广昌的关键词构成了截至今日他的生活轨迹，看上去就够复杂的了，有几个人能把生活过得这么百转千回，同时又这么小桥流水。

企业是什么？是创业者心中纠结千百回的难圆之梦，还是破釜沉舟之后偶尔得之的幸运降临？郭广昌的答案涵盖了所有类似于此的困境和幸运：机会、智慧、信任。有之，成；失之，败。简单而真实，短暂而残酷。复星集团从无到有的经历就是关于机会、智慧和信任的羊皮书，而身为哲学系的毕业生，喜欢思考的郭广昌从未停止过对企业、人、财富和生活的终极思考。

企业家该怎么做？该怎么样抵挡诱惑、克服贪婪与恐惧？一定要有自己的价值观，一定要相信些什么。郭广昌相信什么？

他相信团队。这看上去很简单，在碰到利益的时候，真的有这种包容心吗？真的能为对方考虑吗？中国有一句话，吃饭的时候嫌人多，干活的时候嫌人少。很多东西都是表面的作秀，其实不需要作秀，你最真诚相信的东西，往往就是最有力量的。用心去换心，如果想用别的东西换，是换不到的。

哲学上有一句话很有道理：人是自由的，你必须要为你作为自由的人作出的决定负责任。有些人只会说，企业在市场环境下，政府应该给他自由决策的权利，但是企业家要非常清楚，你做任何一个决定，都要为此负担责任，尤其是错误的决定。不能说因为我在为别人着想、因为我受到了种种诱惑，所有的借口都是不对的，至少你可以决定不做。

企业的游戏规则非常简单，企业的游戏规则就是在法律允许的范围内最多地为股东、为员工、为相关利益者争取最大的利益。

当初放弃出国是因为小平南巡，之后入手市场咨询即刻锋芒初露，地产开发、生物制药让"复星五人组"好梦成真，郭广昌始终保持着冷静，狂热令人激动，但狂热也会使人迷失。于是，5个人没有上演那些伴随功成名就而来的鸟尽弓藏，把握住机会的复星创始人不是狂人、而是智者，所以他们选择信任，信任彼此、信任世界。

再后来，复星在宏观调控中安全过冬，在产业整合的路上走出了新方向，港股上市，钢铁王国，不惧怕哀鸿遍野的萧条，只担忧狂飙突进的假象，幸运的是，郭广昌在热火中保留着冷静，在严寒中学会蛰伏。

他没忘却生活的本质，没忘却最初的梦想，他没有狂热分子煽动人心的虚妄，他只是一个哲学系毕业的企业家。

西塞罗说："友谊永远是美德的辅佐。"

20多年的友谊本身就是一种美德，更何况郭广昌和他的4位"复星元老"走过了不是风暴更甚风暴的滚滚蓝海。尽管成功网罗着大量的过失，他们的友谊却没有破灭，反而历久弥新，创业难守业更难，维持创业团队的稳定更是难上加难，复星做到了，郭广昌做到了，这是一个令人感动的故事。

人生的真正欢乐是致力于一个自己认为是伟大的目标，目标不同，欢乐也不同，别人的欢乐是茶余饭后的喧嚣，郭广昌的幸福却是不动声色的静谧。

复星在港交所上市的前夜，他辗转难眠，当股票卖出天价之后，他回归静谧；德隆崩盘之后，外界一片哗然，各种声音笼罩了复星，看这个"德隆第二"走向何处，郭广昌百感心头，自我"体检"，平稳过渡之后依旧静谧；汶川大地震袭来时，复星医药十万火急，灾难平息，郭广昌再度静谧……

也许，那个老套的场景该进行一番修改了，端着炸酱面的小老百姓还在继续演绎那些传奇故事，这时有人停了下来，静静地聆听了一会儿，他若有所思，我买你的一碗炸酱面，跟你好好聊聊关于成功人士的故事。接着，他蹲下来静静地说一句，我就是那个成功人士，我叫郭广昌。

CONTENTS
目录

目
录

目录

第一章
财富哲人：初识郭广昌

第一节　冷热之间：一个机会主义者

当机会已成主义，成功将变成习惯。

"机会主义"突出的表现是不按规则办事，视规则为腐儒之论，其最高追求是实现自己的目标。屡屡把握机会的人就被称为机会主义者。机会总是垂青于有准备之人，总是能"撞到"机会说明此人"时刻准备着"，而"时刻准备着"又发轫于源源不断的灵感和激情。

2007年夏天，富豪郭广昌再一次站在黄浦江边，此时的他整整40岁。曾经沧海难为水，除却巫山不是云。这位经历了大风大浪的浙江儒商望着滔滔东流的江水，一时难抚心中的感慨。

医药、房地产、钢铁、资本运作，郭广昌作为登上福布斯财富榜最年轻的中国富豪，他的财富从何而来？郭广昌坦言，机会使然。

机会主义，看上去很美

只要提到机会主义者，人们总是下意识地联想到"投机取巧"、"钻空子"、"空手套白狼"等词语。在常人的印象中，机会主义者确实不怎么"光彩"。人们甚至把努力过却无法成功的原因归结到身边的"机会主义者"身上，埋怨他们抢走了自己的机会。乍看上去，机会主义者不用付出多少代价就可以得到别人梦寐以求的结果。

果真如此吗？机会主义者真的不用付出任何代价就能盆满钵满吗？

试问著名的意大利球星因扎吉在球场上不用费力就能踢进一个个精彩的进球吗？当然不是。因扎吉被很多人冠以"球场上的机会主义者"的名号，原因无外乎他的踢球风格和一些强力型前锋不同，因扎吉带球突破并自己创造得分机会的能力并非他的强项，这就需要他在球场上更多地积极跑动，甩开防守队员，然后寻觅到空位持球，让射门变得更简单。

因扎吉并非不用费力。正好相反，他付出的代价比自己创造进球机会的球员有过之而无不及。没有更多的跑动就没有空位机会，不流更多汗水就甩不开身边的防守者，不充分领会球队的战术配合就不能在合适的时间出现在正确的位置。

机会主义者，只是看上去很美罢了，而他所付出的辛劳却往往被人所忽略。

郭广昌同样是这样一个人，弱不禁风的身材、清癯的面孔、大大的眼睛，这些特质都令人无法把他和商界潮人联系到一起，而他被称为机会主义者似乎也是理所当然的，除了撞到机会，他压根就不可能是拼命去创造机会的人。

的确，他没有给自己创造机会。反过来说，机会也不是人力可以创造出来的。真正的机会可以等待、可以追寻，唯独不可以创造。如果机会可以创造，那这个机会就带着几分虚妄的味道。

郭广昌放弃了出国、放弃了稳定的收入、放弃了平和的生活状态，和许多创业者一样，冒着失败就血本无归的风险，投入到充满未知的岔路中去了。创业不是蛮干，机会主义者也不仅需要运气。他要作出更多理性的分析，审时度势方可运筹帷幄。

1992 年，当郭广昌和梁信军从复旦大学团委里辞职下海创立广信科技时，他们只是简单地受四通、方正等一批先崛起的中国高科技企业的激励，觉得四通他们在某种程度上代表了中国大学生、知识分子的中国梦。梁信军说："四通当时上亿元的利润规模，在我们看来就是天文数字。我们那时候工资 130 多块，我跟广昌算过，想攒 100 万块钱，不吃不喝得干 80 多年，何况上亿呢！那是难以想象的财富。"对这几个刚毕业没多久的大学生来说，商业让他们可以将自己的想法迅速地付诸实施，并且自我承担好或坏的后果，"这种生活很有味道"。

这几个一无资金二无资源的创业者，唯一能做的就是抓住市场和时代空气中扑面而来的一次次机会。从产业的切入来说，郭广昌认为，复星从一开始进入房地产到后来做医药、直至进入重工，都是伴随着国家与社会对民营企业准入权和宽容度的提高，复星抓住了这 15 年中国产业升级的机会。另外，自 1998 年将复星医药上市，复星也较早地意识并利用了中国资本市场开放的机遇。

机会主义者不是谁都能当的，机会主义者是真正的草庐谋士、世外高人。

郭广昌常被人与李嘉诚相比，其旗下的复兴高科集团是上海第一家民营高科技企业，连续 4 年名列上海非公经济界纳税第一名。郭广昌本人学的是哲学，做的是企业，提出修身、齐家、立业、助天下的企业理念，为世人侧目。他从贫寒的浙江农家走出，以借来的 3.8 万元起家，最后成就内地首富的地位，演绎出白手起家的传奇。

冷：耐心等待，冷静追逐

《荀子》有语："不登高山，不知天之高也；不临深溪，不知地之厚也。"

25 岁的郭广昌从复旦大学毕业之后，一直蛰伏在学校团委过着温文尔雅的安逸生活，象牙塔里永远都有说不完的恋恋风尘。然而，郭广昌从来都没想过一辈子就这样度过，蛟龙岂池中之物？登高望远方可穷尽天下奇景，而现在，他在耐心地等待着机会。

300 度的眼镜后面，郭广昌目光如炬。他就像一个无声无息地潜伏在草丛中的猎手，猎物总会出现，为这一刻，他已经等了三年。枪响了，猎物应声倒地，闻讯而来的更多的猎物四散而逃，他需要摘掉眼镜，持枪出击，沿着猎物的足迹冷静地辨析自己追逐的方向。

在复旦的 7 年，从学生到老师，他默默耕耘，为人师表。在学校团委，他尽职尽责，工作出色。但年轻的心使他渴望看到更广阔的天空，他想出国留学，并为此积极准备，先后通过了 TOFEL 和 GRE 考试，而且还向亲戚借好了出国所需的资金。

但在内心深处，浙商与生俱来的商业敏感让他深感不安，他清楚地预见自己将如何走进未来。

1992 年，中国的南方迎来了一个别样的春天。如同歌曲中所唱："有一位老人，在中国南海边画了一个圈"，改革的春风愈加薰然扑面。上海，也因这位老人的讲话而成了投资和创业的热土。在国内也可以大有作为，何苦一定要到国外去呢？

机会已经出现，等待的结果已经有了开始，他需要放大这个开始。事实上，早在半年前，郭广昌就在积极筹备投身商海了。他和几位志同道合的同事注册了一个公司，这就是复星集团的雏形"广信"，而这几位同事就是复星后来的"五虎上将"，此为后话。

公司刚成立的时候，业务并不是很多，郭广昌不希望看到自己的"孩子"营养不良，他想尽一切办法要让这个公司健康成长。有一天，校党委书记的一句话传到了郭广昌的耳朵里："我知道复旦有十大公司，哪来的广信公司？"这句话让郭广昌惊出一身冷汗。表面上，他的意思是广信公司尚不为人知，而事实上却是在说广信的任何事务均与复旦无关。这样，广信就处于一种非常尴尬的境地——一方面广信在向外宣称自己和复旦的嫡亲关系，而另一面复旦却不承认广信。

这件事情之后，郭广昌决定彻底离开学校，去追逐机会。机会就在眼前不远处。这个距离如此之近，近到可以蹬着自行车去追逐。在他的眼里，准备好的人永远在追逐机会，而不仅仅是在等待机会。

热：急流暗涌，热情澎湃

"静若处子，动若脱兔"，用这句话来形容郭广昌再合适不过了，冷静的时候冰霜冻人，动起来的时候热火朝天，激情燃烧。在梁信军的眼中，郭广昌确实是一个很有激情的人。尽管这位复星创始人在全员大会上说话很少，但只要一开口就能把人的动力加满，这也是复星员工都以"心怀天下"为己任的原因。郭广昌坚信，只要能够坐下来，并且静静地想一想，人世间一切烦恼十之八九都会消失。

冷静和激情并不矛盾，有时双方是互相转化并且互相递进的。郭广昌在闲暇时很喜欢看体育比赛，尤其是竞技性质的团体对抗赛，篮球、足球、排球都是他关注的对象。郭广昌不是体育迷却胜似体育迷，他在看这些比赛的时候，着重思考的是团队配合以及领袖的操控智慧。团体对抗赛事发展到今天，已经不是简单的身体与力量的对抗。例如，篮球比赛，身高不是决定一切的因素，配合默契、速度狂飙、领军人物个性鲜明才是球队取胜的关键。只有在激烈的对抗中保持冷静、观察场上的形势、合理调配资源，比赛才能出现激情澎湃的高潮。

郭广昌的哲学背景让他能够和世界保持着适度的距离，同时，他依然保持着那种随时可以调动起来的激情。郭广昌在复旦上大学的时候，文化界有两大热潮——哲学是一个，另一个是诗歌。如果说郭广昌选择哲学专业是出于习惯，那么，热爱文学就是出于爱好了。

这位清瘦的哲学系书生常常跑到中文系宿舍找人聊文学。但面对郭广昌的热情，当时的那些校友并不是很愿意搭理。即便如此，郭广昌还是热衷于读诗、写诗，若干年后，当年"蔑视"郭广昌才华的那些校友都惊讶不已，用他们的话来说就是："没想到这小子这么有出息！"

1989 年，复旦组织学生到新加坡参加辩论赛。郭广昌刚刚毕业，在学校团委当老师，负责组织学生进行赛前培训。一些队员在场上表现不佳，郭广昌一急，就自己冲到台上，抢过话筒和对方激辩起来。作为培训老师，按理他不该上场，可是他忍不住。

郭广昌做事有魄力，但是他绝不是莽撞之人，思维缜密，做事讲究战略，很有计划。去海南做"黄金万里行"的时候，郭广昌成功地拉到了一笔赞助，同时也说服了学校老师放行。临出行，当时复旦的一位党委副书记亲自到校门口送行。在 20 世纪 80 年代，还很少有企业赞助一说，但是郭广昌长期接触的商业故事给了他许多灵感。直到后来创办公司，从咨询业做起，也是这种激情和商业眼光的必然结合。

第二节　财技高手：玩转资本魔方

有魄力的人做实业，有智慧的人做资本。

郭广昌从不认为自己是个智慧人，但在复旦大学哲学系接受的系统训练让他无限近地触到了智慧。

从创业时的广信咨询，到巧妙并购多家企业，再到后来复星集团的整合上市，资本运转一直是郭广昌如鱼得水的操作手法。

资本这个七彩斑斓的魔方，充满着五光十色的诱惑，如果没有足够的智慧，就会沉迷进去找不到旋转的方向。郭广昌不敢肯定自己已经把这个魔方拼接成完美状态，但至少他已经找到了追求完美的角度。

在资本市场上，素来都是大鱼吃小鱼、小鱼吃虾米，但在郭广昌的资本征途中，却不乏虾米吃小鱼、小鱼吃大鱼的壮举。

虾米吃小鱼，小鱼吃大鱼

弱者恒若强，强者亦若弱。

中国古代战争史上有许多以弱胜强的经典战役，如我们耳熟能详的官渡、淝水、赤壁之战，都是以弱胜强的典范。如果用马克思主义唯物辩证法来分析，事物矛盾是相对的，而且可以在一定条件下相互转换。弱者并不永远处于弱势，而强者也不会一成不变地强盛下去，即使是在双方实力悬殊的情况下，内因也才是决定胜负的关键。

这个内因就是决策者。我们常说，一只狮子带领的羊群可以打败一只羊带领的一群狮子。领导者的才能在某种程度上决定了形势的走向。

郭广昌从不认为自己是一个出色的领导者，复星集团倡导的也并非个人英雄主义，但谁都无法否认郭广昌的领导才能。领导不需要事事精通，也不必事必躬亲，但知人善任，在有限的空间里使团队凝聚起无限的力量却是领导的定海神针。

郭广昌就是这样一个人。哲学专业出身的郭广昌在产业扩张上一点都不温文尔雅，刚刚步入不惑之年的他却已是资本市场的顶尖高手。如今，在证券市场众人皆知的"复星系"，涉足医药、商业、钢铁、房地产业，总资产达到 198 亿元，掌控着 7 家上市公司。

这些活生生的有形资本来源于郭广昌及其团队的无形哲学理念，资本扩张就是一场哲学博弈，新生的实体要成长，就必须尽可能多地吸取成熟实体的"功力"，当然，也面临着被吞食的危险。

郭广昌情商很高，让这个团队里的每个人都能畅所欲言，同时还给大家适当分权，很好地协调了这个集体。另外，在战略思考上，每次当一件事达到一个水准，郭广昌觉得可以松口气的时候，他都能提出重新创业，一个个新的像大山一样的目标。

不满足于登天一步，只向往一步登天。不想当将军的士兵不是好士兵，没有远大理想的人必定不会有大的成就。郭广昌被称为机会主义者，除了因为他和商业强人相去甚远的外形外，还有一个原因就是他总在不断地提出新的目标、追逐新的机会。有时，他的团队甚至会因为这个"主谋"的野心而感到不可理喻，这时，郭广昌就半开玩笑地跟他们说："燕雀安知鸿鹄之志哉？"

如果没有这种对于目标近乎于狂野的追求，也就不会有复星历史上几次电光火石般精彩的产业并购了。

在过去 10 年时间里，复星凭借 Pre-IPO 的经营模式，低成本投资参股了多家企业，并在资本市场上快速增值。复星在 Pre-IPO 中赚取了丰厚的利润。其中，除了集团层面的债务融资和股权资金支持企业扩张的增值作用外，低成本的收购价本身也为超额收益提供了保障。

2003 年开始，郭广昌在资本市场上进行了几场以小吃大、激情四射的收购秀。他先是重兵出击沈阳东北药业等国资药业，进入国药集团；接着收购南钢，为进入钢铁行业设立了复星标杆；最后完成对友谊股份的收购，继豫园商城之后烙定了零售业的复星大印。其中，尤以入主国药彰显了郭广昌深厚的资本运作功底。

"敢为天下先"，此话说来容易，果真面临时谁人敢做"出头鸟"？郭广昌对部下说："有些鸟生来就是为了让枪打的，能逃脱的话，就继续勇敢去飞；如果被打中，那我也认了。"就是这样一个充满了理想与勇气的人，在看似轻松地玩转资本魔方的同时，身后却是背影重重。

当年，国资药业的重组不可避免，药品市场监管不力，大量假药的出现严重影响了药业生产商的声誉，而不断飙升的药价让普通老百姓怨声载道。在这样的背景下，国药集团作出了重组并购的决定。然而，国药集团这么大的盘子，岂是谁想收购谁就可以收购的？数以亿万计的收购金额吓退了许多有意入主的企业。

郭广昌却不这么想，金额高说明价值高。他从来都相信一分价钱一分货，而且钱可以想办法，机会错过就很难再碰到了。在内部讨论会上，大家各抒己见，赞成和不赞成的比例相当。这时，最后一个人投了赞成票，而这最后一个投票的人不是别人，正是复星五虎将中唯一的女将——谈剑。少数服从多数，复星决定重金收购国药集团的控股权。

国药集团医药控股有限公司成立于 2003 年 1 月，中国医药集团总公司以其拥有的全资子公司中国医药 (集团) 公司本部、北京采购供应站、上海公司、广州公司等资产参与出资占 51% 的股权，郭广昌率领的复星产业投资有限公司以现金出资占 49% 的股权。

到了第二年，郭广昌的融资套现智慧被发挥到了极致。

2004 年 2 月，上海复星产业投资有限公司与复星实业、上海复星大药房连锁经营有限公司签订了《股权转让合同》，上海复星产业投资有限公司将手中的 49% 的国药股权分别转让给复星实业和复星大药房，股权转让比例分别为 9% 和 40%，股权转让价款分别为 9 767 万元和 43 408 万元。这样一来，股权在无形中得到了放大，而通过分流作业，更利于扩大自持股权的份额。

在这次股权转让中，复星实业支付了 9 000 余万元转让款为公司的自有资金，复星大药房支付的 4.7 亿元转让款为可转债募集资金投资项目的资金。复星实业后期投资约 6 亿元用于发展并进一步加强药品流通业务，其中 4.7 亿元用于对复星大药房的增资，资金会通过自建、加盟、股权收购等方式，增设连锁药店、建立药品配送中心等来扩大药店规模。

郭广昌心里很清楚，收购国药控股股权将充分发挥"中国医药"和"复星"的品牌效应，有助于复星医药市场业务的发展，进一步完善复星药品网点布局、提升复星在老本行——药品研发及流通业务的竞争力。

时隔多年，复星实业通过对国药控股股权的收购，不仅完善了其医药市场布局，在接下去一致药业被国药集团收购的过程中更是获得了马首是瞻的决定权。如果收购国药是一招险棋，那么一致药业则是这招险棋带来的丰厚回报。

一致药业于 2004 年 2 月被国药控股收购，国药集团作出的控股承诺正是由郭广昌的复星团队和国药集团的领导商定的：在股份转让登记过户后 6 个月内，国药将把公司持有的广州分公司股权重组融合进一致药业；股份转让登记过户后两年内，投资至少 8 000 万元用于改扩建现有医药工业；股份转让登记过户后三年内建立研发中心。

在这些收购承诺下，一致药业与国药控股签订了《股份转让协议》。根据该协议的内容，一致药业将占公司总股本比例为 43% 的股权转让给了国药控股。

至此，复星实现了控股国内最大的药品研发生产商的计划，通过细化分流资金链，不仅成功吞掉了国药这条大鱼，还意外地捡到了一致药业这罐鱼子酱。

郭广昌在钢铁领域的"收购秀"是从南钢开始的。由于南钢集团持有上市公司南钢股份 71% 的股权，因此，上述并购触发了要约收购条件。为此，复星报出了非流通股每股 3.81 元（略高于当时的每股净资产 3.46元）和流通股每股 5.86 元（低于当时市价每股 7 元）的要约价。但是，低估的价格使要约成为徒走形式，没有股东接受要约，最终复星以 3.81 元的低价入主南钢股份。

但入主南钢股份只是个开始，尽管南钢股份已经是一家上市公司，但A 股市场的持续低迷和监管者的再融资禁令使南钢股份与一家非上市公司在融资通道上没有什么区别，债务融资成为主要融资手段。

2003 年，南钢股份净经营现金流 4.87 亿元，净投资现金支出 11.92亿元，借款融入现金 9.86 亿元，偿债支出现金仅为 2 500 万元；2004 年，南钢股份净经营现金流 3.98 亿元，净投资现金支出仍高达 10.38 亿元，当年借款融入现金 26.85 亿元，偿债支出现金 12.45 亿元。

2005 年，南钢股份终于突破了再融资瓶颈，增发募集资金 7.55 亿元，在一定程度上减轻了债务融资压力。但当年净经营活动现金流却首次由正转负（ -9 063 万元），净投资支出现金 3.42 亿元，为此公司仍增加了 3 亿多元的净债务融资现金。

2006 年，南钢股份净经营活动现金流继续为负（ -5 738 万元），净投资支出现金 2.41 亿元，靠着前期的股权融资，勉强实现债务现金流的平衡。

如此庞大的债务融资压力，南钢股份是如何支撑并不断提高负债额的呢？

集团层面的担保发挥了重要作用：2004 年，南钢联为南钢股份担保债务 10.75 亿元，并与南钢集团共同担保债务 1.6 亿元；2005 年，南钢联为南钢股份担保债务 10.6 亿元，与南钢联共同担保 7 000 万元。

鸡生蛋，还是蛋生鸡

在复旦哲学系读书的时候，老师最常问同学们的一个问题就是："先有鸡还是先有鸡蛋，是鸡生了蛋还是蛋生了鸡？"

这个哲学界最富思辨色彩的议题在人们争论了很长时间之后仍然没有明确的答案，实际上，这个问题本就是无解——无限循环的主题和外部条件的缺失注定它将受到永远的争议。

郭广昌曾经费力地思考过这个问题，当然同样是没有结果。但郭广昌给自己下了一个定论，他宁愿相信是蛋生鸡而非鸡生蛋。在郭广昌看来，拥有生命力的鸡生下一个蛋不是什么奇事，而稳如磐石的蛋却是在等待了 20 个漫漫长夜之后才可以孵出一只鸡的。

奇迹永远比常理更具有吸引力。郭广昌从学生时代就不愿意按部就班，他相信奇迹、相信神话，相信自己有朝一日必将终成大器。

2007 年 7 月，复星在香港的整体上市让郭广昌再一次印证了自己的奇迹人生。

复星集团与当初主攻房地产的复星实业上市不同，这次，公司是在港澳台独资企业的背景下完成上市运作的。公司由在香港注册的"复星国际有限公司"全资控股，自 2005 年 3 月起，复星集团的企业类型已变更为"港澳台独资企业"，而不再是民营企业。

成功的背后是艰辛的付出。复星上市的准备文件以每天数百页的速度向前推进，郭广昌的阅读速度从来没有这么快过，一本厚厚 200 多页的招股说明书，他几乎每天读一遍。集团的财务数据，以每天几万个的速度进行合并，由于财务自动化系统还没有到位，他必须亲自对每个数据进行人工核准。五花八门的法律文件如同鹅毛般飞来飞去；国际审计公司的工作人员虎视眈眈地紧盯着复星的一举一动。郭广昌的神经到了崩溃的边缘，不仅是因为工作的繁忙，而且是对未来的担忧；自从有了复星以来，郭广昌一直都在打有准备之仗，但这次，他不仅没有把握，而且丈二和尚——连头脑都摸不着：想想他居然要面对几万个数据给全世界的投资者讲故事，郭广昌第一次感到了什么叫紧张。然而箭在弦上，不得不发，只能赶鸭子上架，硬着头皮顶上去了。

2007 年 8 月 22 日，复星团队正式上路。在和投资银行讨论招股价格的时候，投资银行"欺负"复星，把价格定在了 10 港元不到，投行代表人声称这个阶段投资者都在休假，没有多少人会买复星的股票，这种说法让郭广昌非常恼火，他再也冷静不下来，站起来就准备走人，旁边的梁信军则充当了"红脸"，他拉住郭广昌，在双方中间斡旋。最后，投资银行作出让步，把价格定在了 11 港元。

接下去，路演训练正式开始，郭广昌第一次站到讲台前觉得心里没底，虽然之前已经有过路演经历，但这次复星以港资企业的身份上市意义重大，加上对自己并不熟练的英文口语感到恐惧，想想偌大一个企业，老板居然讲一口第三世界的英语，太没面子了。没底归没底，此刻没有谁能够代替他的角色，所以再次硬着头皮上，郭广昌不由得回想起多年以前初登讲台在公司大会上作讲话的情形，看着台下自己的员工，这个老板紧张得直打磕巴。

不管了，来香港是解决问题的，不是制造问题的。浙江人的那股子单身闯天下的勇气这时候起到了关键作用，郭广昌放开手脚，把自己这些天来的准备和长久以来的理想一股脑倒了出来，也不顾台下听不听得懂，自己讲得兴高采烈，这时台下竟响起了一些掌声和笑声，这让他平添了不少信心。郭广昌把袖子捋了捋，继续宣扬自己的"饿狼传说"，反正听不懂是别人痛苦，反正有复星团队的另外几员大将在身边，他们会及时补救的。

这大将不是别人，正是梁信军和谈剑。梁信军是典型的智商高又极通世故的人，伶牙俐齿，有问必答，在为元祖做咨询的时候正是他的出色发挥才使得广信赢得了机会。而谈剑则是一位细致入微、有胆有识的女性。就这样，三个人共唱一台戏，居然唱得有声有色。最初，他们预计有 5 倍左右的认购量，谁承想到路演结束竟达到了 50 多倍。

苦辣酸甜，一路走过。在香港两天后，团队飞到美国旧金山，又马不停蹄地飞到洛杉矶，最后到纽约。每天都是午夜 12 点后进宾馆，早上 6 点多就起来，每天要见十几批人，和每一批人都要充满豪情壮志地讲同样的话，最后看见人就想一巴掌扇过去。到纽约之后，郭广昌再也不愿意跑了，梁信军和谈剑居然还兴致勃勃地去了一趟巴黎。辛苦伴着快乐，他们曾经坐了两个小时的船在滔天巨浪中仰观金门大桥，在洛杉矶街头吃遍路边叫卖的热狗，在飞机驾驶舱里看飞行员把飞机拉上天空，几个人还讲一些荤笑话来消除旅途的枯燥。

2007 年 9 月 6 日晚上，正式确定销售价格，看到旺盛的市场需求，郭广昌要求提价，如同买菜般讨价还价后，最后确定了 13 港元一股。紧接着就是把股份分配给谁的问题，投资银行有很多固定客户，"肉少狼多"，于是几家为股份争得热火朝天，郭广昌跟没事人一样站在边上，反正卖给谁都是卖，没想到他的电话骤然响起，接着一堆电话纷纷打了进来，大有打爆之势。这个电话说我曾经是你的同学，能不能多分配点；那个说我曾经在你们开发的复星花园买了几套房，能不能照顾一下。吓得他赶紧把手机关上了，然后傻笑着看梁信军脸红脖子粗地争夺配额的分配权。这一天，复星的五虎将和集团管理层副总级领导都齐聚香港，就等着第二天的上市大典。

第二天早上，郭广昌被要求 6 点钟起床，7 点钟要和香港联交所总裁共进早餐并交换礼物。大家在 7 点半来到联交所门口，看到复星的 Logo 已经高高挂在联交所大楼上了。在图标下面，中国国旗插在正中间，香港区旗在左边，复星旗帜在右边，心里还挺激动。在联交所周围，到处都是荷枪实弹的警察。复星众将士经过了好几道关卡后才进入了联交所的大楼。联交所的官员已经在等着他们了，大家互相问候，拍照留念。郭广昌抬头看到中国领导人的照片也挂在墙上，觉得心里陡然升起一股庄严感。

早餐后，大家一起走向交易大厅。9 点钟，复星的一些重要人物在联交所官员的陪同下，在二楼的阳台上，和郭广昌一起敲响了开市的钟声。紧接着，大家一起在交易大厅等待复星股票交易的开始。人们都仰着脖子、盯着屏幕，复星的第一笔交易还没有开始，郭广昌的心里又开始紧张起来。不知道会是个好价格，还是会跌破发行价。到了 11 点，第一笔交易终于开始。

复星国际上市第一天的开盘报价为 16 港元，高出招股价达 10%。身为董事长的郭广昌持有复星国际 30 亿股，据此估算其持股价值超过 320 亿港元。当年，郭广昌就以 100 亿的身价位列胡润富豪榜第 11 位。

实际上，从前一年开始，复星集团已经明确了整体上市的战略，但是由于价格问题未能达成一致，就推迟了一年。这和当年复地登入港股时的情形如出一辙，当时复地准备在 2003 年上市，后因伊拉克战争导致了香港经济的不景气，于是延宕了一年才成功上市。

好事多磨，郭广昌在遇到类似波折的时候总是显得从容不迫、波澜不惊。也许是作好了受挫的心理准备，也许是当初广信的坎坷经历让郭广昌不再惧怕任何风浪，也许是幼年时的贫苦让他保持着刻意的坦然。

复星以港澳台独资企业身份登陆港股之后，内地传出了许多略带质疑的声音。郭广昌曾经放弃留洋机会，表明自己在本土打拼的立场。现在终究还是漂洋过海，估计下一步该把整个产业系统转移到纳斯达克去了吧？

面对这种质疑，郭广昌及时与监管部门取得联系，并进行了反复沟通，一再声明整体上市是为了更充分地与国际市场接轨，复星会一如既往地在本土经营，以此打消了监管层的疑虑。

上市之后，复星这只大鸡蛋要孵化更多的复星系小鸡了。这和郭广昌关于鸡和蛋的理论不谋而合。他在公司内部也多次提出"投资 + 管理提升"的综合企业集团的思路，只有把投资和管理都提升到一个战略高度，鸡蛋才能孵出更优质的小鸡。

在接受媒体采访时，他曾声言自己"要成为一个成功的投资者和投资后的成功管理者"。要实现这个目标，则需要具备持续发现投资机会的眼光以及持续管理提升的能力。

郭广昌的连续出招令复星的蛋糕越做越大，对此，他非常自豪地说："我们比许多外企的投资管理业绩一点都不差，甚至更好，一个循环最少增值了 50%。"

郭广昌没有信口开河，复星投资招金矿业时，黄金价格还停留在 400 美元。2005 年，招金矿业在香港上市后，金价已飙升至 600 美元，而作为第二大股东的复星，其投资价值增长了 10 倍；同样，在购买海翔药业时复星只投入了不到 3 000 万元，两年后在 A 股上市，投资回报增长了 11 倍。

通过一系列冰度投资和火暴的投资回报，郭广昌总结出了一套行之有效的投资管理模式：建立系统的研究职能部门、设定严密的投资标准、将决策过程程序化，通过这些量化的标准从而把握最佳的进入时机，以此提升持续发现并把握投资机会的能力。另外，在管理方面，建立与综合产业管理相配套的架构体系、监督并推动已投资企业实施精细化管理、严格控制产业运营的风险，通过系统管理获得持续的高额回报。

显而易见，这只金蛋已经愈发成熟了，更多的复星小鸡正在蛋壳里呼之欲出，而复星未来的投资方向肯定会围绕旗下企业主营业务，医药、钢铁仍将是其投资重点，一些新兴行业也蕴藏着巨大的投资潜力。

第三节　资本实业：开拓复星神话

神话在本质上是人类幻想的结晶，所有神话的原型都是人，其华美的外衣是对自我和客观世界的永恒超越。

复星自成立之后，短短几年内就迅速发展成资本市场上的一匹插翅黑马，强劲的增长势头让郭广昌开始在业界频频露面。

凭着对商业智慧的熟练运用，对投资市场的犀利目光，以及对资本魅力的深深向往，郭广昌率领自己的团队猛烈打拼，奋力构建着梦想中的财富王国。

一夜成名的神话让许多人记住了复星，记住了郭广昌这个名字。人们在复星身上看到了一个国家复苏的痕迹。

然而在光荣与梦想背后，也许只有午夜梦回时，郭广昌才能深深体味到铸造神话的苦痛悲喜。

第一桶金：一亿也就这么多

发奋忘食，乐以忘忧，不知老之将至。

深夜的房间里，郭广昌坐在台灯前，静静地盯着计算机屏幕。

累了一整天，他摘下鼻梁上的眼镜，往眼中滴两滴眼药水。他昂起头，闭上双眼，等着眼药水和眼睛完全交融。恍惚间，他听到了自行车链子发出的金属碰撞声，听到了梁信军在元祖食品的大会议室里陈述广信公司资质时略带颤抖的语调，听到了冷雨敲窗的滴答声⋯⋯

明天，广信，现在应该叫复星，就要在香港联交所上市了。对于未来，郭广昌不敢妄下断言。过去的几年里，复星发展的速度之快超出了他的想象，一切都像做梦一样，他害怕梦醒来，什么事都没有发生。

他掐了掐自己的手指，那个部位现出了一道明显的印子，疼痛让他放下心来，一切都是真的。这个真实来得如此迅猛，让他有些猝不及防。

许多人都把复星的成功看做一场神话，一场在经济改革大潮中顺势而生的神话。他们只看到了表面的光鲜动人，却体会不到寒风的冰冷刺骨。郭广昌慢慢张开双眼，目光依旧模糊，他仿佛回到了几年前广信那个充满呛人药味的狭小实验室里。

1993 年，广信更名为复星，当初作出改名的决定时还发生了一个故事。广信本是取郭广昌和梁信军名字中各一个字，意为广泛信誉。因为是做咨询的，广信这个名字很好地传达了公司的宗旨。在获得第一桶金之后，郭广昌的"野心"开始膨胀了，要寻求更高、更强的发展平台，广信就显得过于窄化了。

郭广昌一直对自己的母校复旦大学念念不忘，当年离开复旦的时候，党委书记那句"哪来的广信公司？"令他一直耿耿于怀，他也一直在心里把自己的事业和复旦联系在一起。现在，公司已经具备了曾经的"复旦十大公司"那样的规模和发展势头，在名字上一定要体现出来。

几个人就开始想名字，每人一张纸，把能想到的都写出来，然后再写到会议室的演示板上，经过众人投票、取舍到最后，留下来的那个就是公司以后的名字了。郭广昌在协调众人一致动脑方面很有一套，这个自创的"集体创作法"在后来他看到的一本书中竟然有类似的描写，不过人家有一个专业的学术指称——头脑风暴。郭广昌心想，如果自己做理论家倒也未必不能成功，看看中国现在的学术圈子，能出新的理论家有几个？

这次集体创作的成果共有两个，一个叫复兴，另一个就是现在沿用的复星。复兴的锋芒太露，也太直白，含义也不够丰富，对于沉稳内敛的郭广昌而言，"复兴"太张扬了。于是，就剩下一个"复星"，展开来就是复旦之星，而且与复兴同音，郭广昌很满意。

更名之后的复星开始走多元化、差异化路线，咨询不再是公司的唯一业务，还开始向医药行业进军。短短两年内，复星以其"PCR 乙型肝炎诊断试剂盒"赚到了第一个一亿元。提到这件事，就不能不提到复星五虎中的"博士"汪群斌。

在实验室工作的汪群斌乍看上去真的跟电影里那些身披白大褂、神情专注的科学狂人有几分神似，也难怪复星的员工都喜欢管汪群斌叫汪博士。

从 1992 年底开始，汪群斌带着在复旦大学遗传所学习工作中掌握的分子生物学知识与技术，开始探索核酸技术的临床应用。他和研究部门的技术人员一起吃住在公司，24 小时开展工作。在历经半年的艰苦工作后终于开发成功了复星第一个核酸试剂——乙肝 DNA 核酸试剂盒。为了保证公司强有力的产品参与市场竞争，汪群斌亲自领导在公司内成立了研制部，自 1994 年初第一个产品"PCR 乙型肝炎诊断试剂盒"实现了直接从血清中检测病毒性心肌炎诊断结果，在国内率先解决了此前必须要进行心肌切片实验的难题，这在医药市场上引发了便捷化狂潮，也直接给公司带来了巨大的回报。

看到财务账户上的一个阿拉伯数字"1"后面跟着的 8 个"0"，郭广昌并没有体会到金钱的力量，"一亿也就这么多啊。"他对着身边的几位战友开玩笑地说，大家都笑了。在玩笑背后，郭广昌或许真的是这么想的。对他而言，财富是无法量化的，并且是在生生不息地水涨船高的。一个人买彩票中 500 万元，那顶多叫横财，财富是具有生命力的，是有灵魂的东西。

正是把财富当成了一个生命体，郭广昌从来都不缺乏追求财富的动力和新鲜感。在他的穷追猛打之下，复星正在创造一个个活生生的产业神话。

快速增长：神话的缔造者

看破千古功利名，但使今生逞雄风。

1993 年 11 月，复星作为上海第一家民营高科技企业集团，在外滩拉开了序幕。红绸缎扎成的大礼花闪着灼灼的光芒，郭广昌一行十几人站成一排，为企业落成剪彩，一个神话将从这里开启。

一亿元的药品生意不足以让郭广昌满足，他想到了李嘉诚、想到了韦尔奇、想到了世界上所有代表资本与财富的姓名。以前，他只是一味地向往；现在，他可以放开手去追赶他们了。一想到这里，郭广昌就不由得激动万分。

有人说，爱情让男人变得幼稚，而事业让男人变得雄伟。那一刻的郭广昌委实把自己看做了一只吊睛猛虎，正对着面前的巍峨山谷怒目而视。寒风从山口刮过，他的触须微微卷动，有力的四肢沉稳地踩在满是乱石的山冈上，下一秒，他将一跃而起，奔向顶峰。

接下去的 5 个年头，复星以猛虎的步伐追赶着业界的先辈，并一次次把他们甩在身后。集团的主要产业迅速涵盖了医药、钢铁、地产、零售等四大领域，复星集团旗下共发展出 100 多家公司，并且是其中 4 家上市公司的第一大股东，同时还拥有 H 股上市的上海复地及招金矿业，此外还参股数家上市公司。郭广昌把这些数字牢牢记在心里，他要时刻提醒自己，要做以及能做的事情还可以更多一点。他是如此崇尚伟大，以至于在外人看来，他的想法近乎于强迫症患者不可抑制的重复行为。

天变不足畏，祖宗不足法，人言不足恤。

别人的看法改变不了郭广昌的信念，复星的脚步不应该停滞不前。向前去，追随时代的节奏，明天才会更好。

1998 年，国内企业纷纷改制，家族企业的模式遇到了发展瓶颈。郭广昌的复星团队不得不面临改变。

复星集团的大会议室里，几位元老聚在一起，共同商讨复星应该选择的经营体制。郭广昌点了一支烟，在吸第一口的时候他的双眼被熏了一下，伴随着剧烈的咳嗽声，梁信军把一杯水推到他面前。

郭广昌摘下眼镜，喝了一口水，用力地揉了揉眼睛。其他几个人有点坐立不安。毕竟，今天的议题和在座的每个人都有至关重要的关联，这次讨论的结果将决定他们今后在复星的身份。郭广昌重新戴上眼镜，望着面前跟自己同甘共苦的几位元老，他的眼神显得意味深长。梁信军的手指轻轻地敲击着桌面，汪群斌扭过头朝窗外看去，范伟低着头双手握着一只杯子，只有谈剑静静地看着郭广昌。

"下面，我们来讨论一下咱们公司的体制改革，大家有什么想法直接说。"郭广昌的声音有点低沉，这句话看似简单，却充满了时不我待的无奈。这时候，氛围有点尴尬，谈剑替郭广昌解了围，她清了清嗓子："改制不是坏事，是为了企业更好的发展。这么多年了，我们几个都一起走了过来，现在，只有敞开了谈才是我们应该做的。"

谈剑恳切的语气一下子打破了沉默，几个人都开始积极地表达自己的真实想法。半个小时过去了，郭广昌又点了一支烟，这次他没有深吸一口，而是淡淡地吐了一个烟圈。讨论还在继续，会话焦点围绕着如何改制和大方向是什么这两个问题进行。一个小时、两个小时，当第三个小时过了大半的时候，郭广昌的笑声响彻空旷的会议室里。其他人也相视而笑，他们谈到了改制后的前景：集团和众多旗下公司上市，募集资金，扩大产业链，做中国最牛的投资集团，涉足各大产业领域等。

谈到兴起，郭广昌不由得大笑，这笑声很完美地契合了这次破冰之旅。

会议结束后，改制工作在全公司不温不火地开始了。复星五虎将各自负责自己分管的团队，将会上的精神贯彻到实际工作中去。改制进行了两个月时间，明确了公司持有人制度，细化了财务账目，制定了股东大会章程，并为上市作好准备。

一个月之后，改制后的复星集团在内地上市，一举就募集资金 3.5 亿元，这个数目在郭广昌的预料之中，却还是让人有一点意外。郭广昌真切感受到了资本市场的强大吸附力，他从几个月前改制会议上的笑谈渐渐转变成认真思索了。如何将产业与资本对接，这将是集团下一步的战略部署。从此之后，复星不断地以参股或控股方式投资于企业这个"产品"，日渐繁多的上市公司公告、令人目不暇接的与各地国企合作的仪式，这些事实都明晰了一个趋势：郭广昌要打造一个充当行业整合者的复星，他开始加速实施复星多元化的扩张战略。

复星的产业运作从这时开始转变为为资本运作服务。一方面，为资本运作提供理念和承载；另一方面，为资本运作提供不间断的现金支持。复星关注证券金融业始于数年之前，并已初步作了一些投资，如参股兴业证券、上海银行等。在复星集团，公司在本质上就是一个投资手段，是项目投资的有力武器。

成功的投资决定成功的崛起，一夜之间，满地遍是复星系。

郭广昌一直都非常推崇李嘉诚，除了李嘉诚高超的商业手段外，郭广昌还很赞赏李嘉诚的眼力，他抓住了 20 世纪 60 年代香港经济起飞的大形势，由此一步登天成为商界巨擘。反观今日，上海在经济崛起势头、未来发展方向、投资环境等方面与当年的香港极为相似。如果能抓住这个机会，那么，郭广昌和"偶像"之间的距离将被进一步缩短。

几年内，郭广昌在产业和风险投资方面所作的项目储备，终于在新世纪伊始收到了前期大礼：复星实业投资的上海德律风根微电子公司被光大证券列入推荐国内创业板上市的首批名单；持股 96% 的上海克隆生物高技术有限公司也在香港上市；以钢铁产业为主营业务的唐山建龙也选择在香港上市。

决策之后的打拼来得迅猛无比，而一连串的硕果采摘也让复星羽翼渐丰。2001 年，复星集团及其资产关联企业总销售额已达 310 亿元，总资产 200 亿元，净资产 100 亿元，纳税总额 10 亿元，并初步形成主打现代生物科技与医药产业，辅以房地产业、钢铁、信息产业共同发展的企业格局。郭广昌在进行产业扩张的时候有一个原则(在后面还要提到)，那就是对象必须是行业龙头。

复星旗下曾有一家医药企业，每年利润率都很不错，但是郭广昌看它很难做到更大规模，就把它转手了。或许，这就是郭广昌完美主义的体现，客观来说，这种看似"偏执"的并购价值观使复星的品牌扩张更具话语权。

复星集团在内地上市后，郭广昌实际控制的上市实体包括复星实业、豫园商城、友谊股份、羚锐制药和天药股份，这5家公司形成"复星系"雏形。资本运作手法凌厉是郭广昌的护身法宝，此外，他区别于其他资本能手的最大不同在于，一般的资本运作都要在前期大肆宣扬，制造鼓噪震天的气势，而复星则更像一只善于隐匿的猛虎，不动声色地潜伏，一旦爆发，瞬间就将猎物擒到手下。

2001年11月，刚刚成立不到一个月的复星投资与豫园商城签署了控股权转让托管，转让总金额为两亿元，复星投资成为豫园商城新的第一大股东。复星投资的首战告捷令郭广昌兴奋异常，紧接着，他再度运作了对友谊股份的收购并由此完成了复星实业—友谊集团—友谊股份—联华超市的连环控股链。

满溢的现金流使复星有能力进行全国布局。对医药产业的轻车熟路使得复星将初期投资重点放到了西部开发重镇、素有"老医药基地"之称的重庆。

复星实业以两亿元资金额控股了重庆的两大著名医药国企——重庆医药工业研究院和重庆药友制药有限公司，从而在西南地区布下妙棋。复星下属的上海复星医药产业公司再度闪电受让武汉中百所持武汉中联药业的5 000万股股权。至此，复星实业实现了在华北、华中和华东的布局。令人称道的是，武汉中联是中国连锁药店先锋企业深圳中联大药房跨区域连锁的先行棋子，复星的此次受让，实际上也为其在市场庞大的华南地区埋下了伏笔。

资本和实业对接，资本实业两条腿走路，使复星急速扩散、瞬间长大。从一家自有资金只有3.8万元的小型科技咨询公司起家，发展成为拥有70余家跨行业、跨地区、跨所有制下属企业的大型民营控股企业集团。在神话铸就的过程中，郭广昌的个人作用无法忽视。而他也深刻认识到，中国的经济发展现状使整合成为一种需要。另外，竞争壁垒在降低，中国社会在走向工业化、城市化、民营化，这个过程使整合成为势在必行的选择。

正如鲁迅先生所言："于浩歌狂热之际中寒，于天空看见深渊。"当复星神话继续走高的时候，郭广昌提醒自己要保持新鲜的心态和深刻的洞

昌运复星：

郭广昌的中国式商界传奇

察力，各行各业都有低潮高潮，投资价值何时体现，没有良好的心态是不行的，需要认真思考认清形势之后再作决策。企业构架上，郭广昌说要搭建能充分发挥投资银行性能的平台，为各产业提供有利保障。"还要搭建和资本市场对接的平台，强化竞争力。产业资本是根本，我们所做的一切都是靠产业来赚钱。产业布局上，要构筑合理的产业方向，并以此为基础，进行内部资源的有效整合。"这不能不说是郭广昌浑身散发出的睿智光辉。

民企英雄：心中装着全世界

"三军可夺帅也，匹夫不可夺志也。"志存高远是复星一个不成文的企业内涵，无论是在广信时代，还是在复星神话时代，保持向上看始终是郭广昌的本色。他的这种特质渐渐地影响到了公司由上到下的每个员工，随着复星的蓬勃发展，复星人都达成共识，那就是大公司要有大理想，要在心里装着全世界。

实际上，复星 2006 年在香港上市只是整体上市战略的第一步，其后郭广昌还会引领复星在国际资本市场上推进更多的运作，目标就是要使"公司更加国际化"。因为有复地前面的成功经验，业界都认为复星集团在香港上市是水到渠成、功成名就的事。然而，如果仅此看待复星的理想，则未免有点坐井观天，郭广昌要运作的平台远不止港板。

2007 年"五一"期间，复星高管层集体远赴国外，此行就是为了打通国际资本市场的通道。复星高管层的人士直言不讳："目的很明确，就是为了游说。"

而在资本市场运作的同时，复星可能也会推动在海外的股权投资。这几年，复星一直在国内运作，但它在国际市场却建树不多。在香港上市时变身为港资企业的复星，在内地流动性过剩的情况下，募集的资金将很难以外汇汇入的方式进入内地，所以今后在内地开展并购与股权投资并不容易。这也是复星扎根内地，同时积极寻求海外发展的最大原因。

对于是否会在国际上展开并购，复星集团尚未明确，但以郭广昌的个性来看，国际并购与资本运作只是时间早晚的事。而在此之前，豫园商城旗下的餐饮业已经开始向外扩张，在日本等国开出连锁店，主推小笼汤包。

现在复星的问题是会否首先投资钢铁和房地产，通过系统的海外考察，郭广昌很明白地产和钢铁在国外已成夕阳产业。因此，复星的国际资本运作很可能会在医药业打开大门，而且复星集团现在已经有了收购国外一些研发机构的想法。

前路艰危：行业整合势在必行

亦余心之所善兮，虽九死其犹未悔。

郭广昌早就认识到，中国要走集约化产业道路，最大的集约就是整合，其中蕴藏了无限商机。谁能不断反观自己，反观周围环境？只有不断创新的企业和企业家，方可抓住机会，拥有美好的明天。

对于复星集团整体赴港上市，业内人士最为关注的莫过于郭广昌如何整合旗下资产。他在很多场合都坚称自己的产业整合理想，面对众多如"核心竞争力缺失"的质疑，郭广昌决心像屈原那样誓死忠于理想，永不后悔。

古人云："攻城不如攻心。"复星最大的特点，就是在产业并购上甘做配角而不争主角。复星把人才经营当做集团的头等大事，优秀人才和团队的合作是复星的求胜战略。郭广昌把吸引人才也当做一种投资，而且是回报率更高的投资，针对外界质疑的核心竞争力问题，如果在产业上看似缺失，那么在人力资源上，人才可以迅速提升企业的核心竞争力。

纯粹的理想主义者会在现实面前一败涂地，最完美的状态应当是表面务实，而内心纯粹。只有此二者的完美结合才会让理想继续、让务实升华。

产业整合必须建立在资本实力的基础之上，郭广昌必须要有足够多的钱。正因如此，复星集团才始终保持对资本市场的灵敏嗅觉。2004年2月，当上海房地产业界都沉浸在房价高速上涨的喜悦中时，上海复地远赴香港上市融资。而在A股市场风头正劲时，上海复地又适时踏上了回归之旅。郭广昌是资本玩家，也是产业整合的高手，他的目标是用资本整合产业。在谈到资本手段如何练就时，他提到了自己对李嘉诚的极力推崇："李嘉诚也不是商科专业出身，眼光和判断力就是他的专业。"

质疑并非一无是处，有时候，别人的质疑正是自己最大的缺憾。长久以来，郭广昌一直在思考，复星的核心竞争力到底是什么？尽管现在还没有明确的答案，但有一点可以肯定，行业整合势在必行。郭广昌说的整合就是"集成"，他希望构建一个具有张力的产业架构。正所谓"五指成拳"，只有多元化发展，同时整合不同资源，才能做到可放可收、有足够的空间确保整体的利益。

而整合对象还是万变不离其宗——龙头。应该有相当规模，具有高成长性和发展空间，在中国打造有长期国际竞争力的产业。也就是郭广昌时常挂在嘴边的"最彻底的多元化、最彻底的专业化"。

第二章
少年意气：在东阳中学的日子

第一节　苦寒花香：犹记当时冰彻骨

试玉要烧三日满，辨材须待七年期。

年少的郭广昌和许多幼时历苦的伟大人物一样，经受了生活的九九八十一难。是金子总会发光，是人才就必经磨难。

郭广昌在许多场合都说，我不下地狱谁下地狱？在大度和禅性之外，透露着风雨过后的豁达与隐忍。有经历的人眼中都含着沉默，面对少年贫寒，他没有在沉默中消沉，而是积极地面对这苦难，如同鲁迅先生笔下的真猛士，敢于直面惨淡的人生、敢于正视淋漓的鲜血。郭广昌，40岁的浙江儒商，更敢于迎接痛苦与荣耀铸成的轮回，坦然地面对成败。

见过炮火纷飞，才不会被烟花震慑；穿过十尺冻土，才不会被飘雪冰封。

郭广昌应该感谢少年时的苦难，正是这些经历让他走过创业时的艰辛，从容地穿行在自己的产业梦想之中。

蓦然回首：横店的寒门少年
十载寒冬，十载冰霜，一朝阳春自不知。今天的横店已经成了远近闻名的影视基地，大街小巷随处都能见到欢迎影星的横幅，湿漉漉的空气里还飘着金华酥饼的干菜香，淅淅沥沥的春雨中，影视城的秦皇宫、度假村、清明上河图都笼罩在一片朦胧之中。这个渐渐被世人瞩目的江南小镇因为影视而成名。现在，横店又迎来了"本土制造"的一位明星——横店寒门学子郭广昌一跃成为上海滩上一富豪的传奇，又为这个名镇罩上了一轮耀眼的光芒。

小时候的郭广昌，用家徒四壁来形容一点都不夸张。穷人的孩子早当家，小小的郭广昌很懂事，看到家境贫寒，他没有一点怨言，反而把为父母分忧当成自己的责任，看到父亲外出打工他就早早起床，为父亲把行李准备好。父亲不在的时候，他就对母亲说，我现在是家里的男人，有什么事我扛着。母亲听着他稚嫩的声音，为这个孩子的早熟感到欣慰，同时也有点无奈。

一般而言，来自小地方的人总是比较小家子气，但郭广昌却是个例外。他没有因为家境不好而自暴自弃，也没有一点自卑感。直至今日，他仍然对幼年贫穷充满感激，如果没有坎坷的生长环境，他也许不会过多思考生存的艰辛，也就不会有少年老成的稳重，更不会有做事情的周全完满。

更难能可贵的是，郭广昌没有在苦难面前屈服，他保持着一颗积极乐观的心，不管人生落到了什么样的低谷，他始终坚信曙光会来临。正是在这样的人生观指引下，方才有今天这个在商海里游刃有余、豪气冲天而又心思缜密的郭广昌。

可能是因为对生活的思考用情太专，以致在人际交往中，郭广昌给人的感觉总是捉襟见肘。这种习惯在他做企业时也有所体现，员工大会上，郭广昌很少发言，就算发言也总是言简意赅，把该说的说完，一句闲话都没有。反而是身边的梁信军充当着上下打点的角色，有什么事情总是他把局面打开，郭广昌负责幕后指挥。

然而，郭广昌是平和的，旁人印象中的他是个非常容易相处的人，如果请他帮忙，他总是很热心。早在广信创业的时候，有个高中同学来上海找工作，郭广昌就帮这位同学联系工作、安排住宿，对待同学就跟对待家人一样，而他们在高中时代也只是见面点头的交情。郭广昌从小就喜欢用心去关照身边的一切。初中时，他读了海德格尔的《存在与时间》，从此便更加着迷哲学这回事。中学时令他最为自豪的是作文课上老师总是请他讲解文章中引用的哲学理论，此时的郭广昌认为自己将来最理想的职业是成为一名哲学家或社会学家。

当时学校有一个小小的图书室，虽然藏书不多，但是有很多记载浙商历史和打拼经历的史料，郭广昌幸运地接触到了这些书籍，往往在图书室一泡就是几个小时。喜欢哲学的郭广昌对这些商业传奇也非常感兴趣，对浙商的故事更是熟记于心。这是他第一次沉迷于思索之外的事情，也许，正是这些书使他种下了对商战智慧的热爱。

2005年的大年三十，在复星股价的一路飙升中，如日中天的郭广昌驾着大奔风尘仆仆赶回老家横店，参加横店中学1989届（2）班的同学会。

按约定，这个聚会的时间是晚上8点，到10点多时，郭广昌才出现在老同学面前。当年的班长向这个上海滩首富要500块钱的活动费。郭广昌搜遍全身竟然也找不出500元现金，他说他身上只带信用卡。这笔钱到第二天才交。

这算是这位首富荣归故里时发生的一个小插曲，也是最具戏剧性的一个细节。别的，怎么看都显得波光激潋，平淡不惊。

秋天的东阳火车站，落叶飘洒，景色迷人，从这里出发沿公路驱车20分钟就到了横店城区。天空中清冽的暮霭令人感受到些许凉意，远处的山脉绵延不绝，将名镇横店围绕在环抱中，勾勒出横店湖光山色的动人天地。

在横店有一条比较繁华的商业街，来此地拍戏的剧组都在这条街上采购一些必需品。街道两边，老人们三三两两地坐在店铺门前拉家常，享受难得的秋阳；孩子们在不远的街心公园里捉迷藏，怡然自得；店铺里总有成队的行人鱼贯进出。

"你要找的就是那个有100亿的郭广昌啊！"在路上做小生意的一位大爷脸上不经意流露出一丝自豪，虽然他并不清楚自己说的这个叫郭广昌的老乡在外面到底是做什么生意的，为什么能赚那么多钱。也许在他的脑海里，根本就没有"房地产"、"生物科技"这些概念，他也不清楚股票是怎么回事。

但是，郭广昌和这里并未因此而失去联系。生于此、长于此的郭广昌，身上流淌着浙江商人的血液：睿智、朴实而坚定，做事低调，做人务实。这个长着一张瘦长面孔的年轻富豪，常常把家乡的土壤挂在嘴边，是浙商的优良传统使他从一坠地便拥有了先天的商业智慧。也许是财富的光环太耀眼了，2005年，随着复星在香港整体上市，胡润和福布斯不约而同地把"上海首富"的招牌交到了郭广昌手中。由此，这个年富力强的复星掌门人与廊檐巍峨的影视基地一起，成了横店的活广告。

20 多年前的郭广昌，其貌不扬，学习成绩也普通的不能再普通，入学时在班里的排名只居于班级中游，当年的同学们怎么也无法把"首富"的名号和郭广昌挂起钩来。世事难料，没有一成不变的人，只有永恒普遍的真理——韬光养晦，一鸣惊人。让人记忆深刻的是，每次考试，郭广昌的排名总在进步，尤其以高二、高三两年最为明显。后劲十足的郭广昌在升入高二之后，惊人的韧性和猛烈的上升势头让人不禁把今天复星的节节攀升归功于此，至于他缘何突然间在学习上刻苦奋发的原因，人们有诸多猜测。郭广昌从没向人透露过中学往事，尽管他毫不掩饰出身贫寒，但对于中学的制胜法宝却避而不宣。

高考如期而至，在此前的模拟考试中，他最好的一次成绩也仅是班级第五。很多同学从考场出来之后愁容满面，郭广昌没有过多的兴高采烈，但沉稳的面容中满是镇定和坚忍的神色。考场上有一位同学因为被查出携带课本，当场就吓哭了，每个参加考试的人都明白高考对自己意味着什么。郭广昌却不以为然，也许是少不更事，也许是经过了寒彻骨之后他已拥有了一颗平常心。总之，沉默不语的郭广昌在考场上心无旁骛，所有心思都集中在考卷上。如同上天注定般，问题都迎刃而解，甚至有好几道选择题完全是凭着感觉走而根本未经计算，事后竟然是正确答案。极端平静过后必是心潮澎湃，果然，一个月后，郭广昌以破纪录的高分被复旦大学录取。复旦是郭广昌理想中的大学，他在很小的时候就深深向往这所黄浦江边的名校了。

今天的教育界流行一种观点，很多专家从以往的丰富案例中发现了一个规律，班级排名在 1/3 处的学生，长大成人之后往往会成为最出色的一个。因为这个位置的学生总在寻求进步，而且也有进步的可能，心理压力也不像尖子生那么大，郭广昌的成功也暗暗契合了这个规律。

每个硬币都有两面，每个人都有许多面。中学时代沉默寡言的郭广昌尽管学习成绩一直中等，但他是个把事情放在心里的人，事情多了，想的也多。可能这是他在高二突飞猛进的一个原因吧。世界上任何事情都有起因，醍醐灌顶也是建立在之前大量思考的基础上的。后来，郭广昌进入复旦大学哲学系学习，这和他爱思考、爱钻研的习惯不无关系。

人生第一课：父亲的苦难

苦难是人生的财富，此话不假。人多地少的东阳很早就以建筑大军为尤，郭广昌的父亲就是当时横店集体工程队中的一名建筑工人，经常随大队人马去外地务工。这天，工程队接到一个爆破任务，时间紧迫，但这时雷管却不够了，剩下的都是一些被搁置已久的旧雷管。大家都觉得有风险，但这个任务对于建筑队非常重要，因为还牵涉到后期的合作，如果放弃任务，一笔可观的收入就泡汤了。

谁来负责完成？工人们面面相觑，大家都不富有，但为了挣钱把命搭上不是明智之举，而且再缺钱，也还没到揭不开锅的地步。这时候，一个人站了出来，此人正是郭广昌的父亲。他仔细地看了看那堆旧雷管，然后小心地挑出了几根比较新的，翻来覆去地观察了好一会儿，他决定去完成爆破。

身边的老乡拉了他一把，劝他放弃，想想家里的孩子。他拍了拍对方的手，叫他们放心，这些雷管虽然旧，但还能用，没事的。提到家里的孩子，老乡们不知道，老郭就是因为想让孩子过得更好，才作出这个决定的。

第一个雷管被安置好成功引爆了，第二个也没出什么岔子，大家慢慢悬着的心慢慢地放了下来。到最后一个的时候，等了半天都没动静，老郭看了看情况，估计是刚才那根生锈的雷管炸药和导火线连不到一起了。他跟大家说了说，然后自己去查探故障。

果然不出所料，生锈的雷管阻塞了导火线，他正想办法，这时候炸药起了作用，他来不及跑远，"轰"的一声闷响，老郭应声倒地。大家赶快跑上前去，把他从石堆中拉出来，送到医院。幸运的是，炸药并没有完全爆炸，老郭只炸伤了右手，却再也不能去建筑工地揽活了。后来，他被安排到村里一个集体企业当门卫，每月领取不到20块的工资。

这时的郭广昌还在上小学，他的两个姐姐也刚刚成年，在生产队挣不来多少公分。老郭是因公负伤，但生产队年底还是催着郭家交公积金，当时郭家真的是穷，实在交不起。回忆起多年前的艰辛，郭广昌的大姐还是眼中含泪，郭母就对小广昌说，孩子，你一定要争气，咱家是穷人家，只有好好读书才能有出息。

当时的横店远没有今天这么热闹，横店人的日子都非常清苦。郭母跟郭广昌说的话是当时人们普遍的想法，农民的孩子想离开农村，只有两条路：要么读书，要么去做建筑工人。家境清寒的郭广昌选择了读书，家人在这个问题上也达成了共识。

于是，家里人给郭广昌提供了"特殊待遇"，在东阳中学的三年里，郭广昌的任务就是努力学习，家里的事情不用管，郭广昌拗不过家人，只能答应。由于家在农村，他一直住宿在学校的集体宿舍里，平时很少回家，就连漫长的暑假，他也经常泡在学校图书室里看书。事实上，农村学生的暑假要挨一个农忙，郭广昌非常想回家帮忙，半大小子正是干活的好手。可是，姐姐和母亲死活都不让他干活，一心让他好好读书。她们都说，你把书读好比你干再多的农活都更让我们高兴。

父母和姐姐为自己付出了这么多，郭广昌都深深烙在心里。1993年，事业起步不久的郭广昌有能力让父母过上好点的生活了，他在横店买了块地皮，建起一栋5层高的楼房，当了半辈子泥水匠的郭父，年轻时四处替人建房，这次终于住进了儿子为自己建的楼房。

本来，郭广昌要接父母去上海住，复地已经开发了几个项目，但父母都说不习惯上海的生活，在尝试了几次之后，只得作罢。但郭广昌却加倍孝顺二老了，事业初期他的工作很忙，即便如此，每个星期他仍不忘打电话回家问候父母，电话那头总是"老娘"、"老爸"这么称呼，非常亲切。

现在，郭广昌给两个姐姐都盖了新房，还给二姐家买了辆出租车，让大姐收了生意摊子，从16里外的吴宁镇搬来跟父母住在一起，专职照顾。郭广昌还主动承担了大姐两个孩子的学业费用。

苦难让郭广昌决心帮助更多人免受苦难，也更懂得感恩。2001年，东阳中学迎来了校庆，母校给郭广昌发了请帖。不巧的是，此时的郭广昌事务缠身，苦于分身无术，但他从个人账户中拿出了10万元，在东阳中学设立一项奖学金，用于鼓励家境贫寒但刻苦学习的后辈们。

东阳人的性格中带着一种"佛性"，那是一种聪慧、敦厚和安分淡泊集于一身的个性。大诗人李白"天姥连天向天横，势拔五岳掩赤诚"两句诗似乎更能诠释出郭广昌的个性和抱负。当浙江人坚韧、精明和投机的本能，遭遇复旦哲学系高才生经纶满腹的务实头脑，40岁的郭广昌怎么看都像一个充满仁慈的实业家。其实，他对友情、对乡情，何尝不怀着一种"君子之交淡如水"的胸襟。

2003年，郭广昌在上海进行了一连串的产业收购，成为众多新闻事件的主角。此事刚刚尘埃落定，不曾想，20年前他就读的东阳中学校史陈列室里，也起了一个小小的变化，而这个变化也是有关他的。

东阳中学时任校长和几位老师悄悄地把郭广昌的照片贴在了"东阳人杰"一栏里。自此，郭广昌成了东阳中学的一名英才校友，为东阳中学的校史写下了令人赞叹的一笔。照片上的郭广昌沉稳依旧，也格外增添了几分指点江山的意气风发。

虽说出身农民，郭广昌却心怀天下，这和他喜欢哲学书籍和商业传奇的习惯密不可分。正所谓英雄不问出处，这只从东阳飞出来的金凤凰现在正积极筹备向全世界进发。

第二节　从师专到高中：我的未来不是梦

"我知道，我的未来不是梦，我认真地过每一分钟。我的未来不是梦，我的心跟着希望在动……"郭广昌兴趣很广泛，去KTV唱歌是他的一大爱好。每次和部下去KTV，张雨生的这首《我的未来不是梦》都是他的"保留曲目"，他笑称自己是"一首歌歌手"。

高昂的理想主义色彩是郭广昌爱唱这首歌的原因，陶醉在自己打开心胸的歌声中，他无数次地回到多年前决定从放弃师专转读高中的那个午后，从那时起，他一直相信，未来不是梦，未来就在自己手中。

高中：跳出农门的"判决书"

"吾尝终日而思矣，不如须臾之所学也。"郭广昌像哲人一样终日苦思，这在很大程度上影响了他日后成长的轨迹。在同龄人忙着嬉戏玩乐的时候，他却在图书室里抱着厚重的马克思主义经典哲学理论读得如痴如醉。做一个哲人，理性地对待这个世界和自己的生活是他的理想，但理想总是会或多或少地发生改变的，世界上很多东西都是人力无法控制的，唯一能控制的就是自己。

控制自己，当他在 19 岁那年第一次看到这四个字的时候，仿佛一下子看清了人生的真谛。在一刹那间，他找到了似曾相识的人生信条，不要妄图控制世界，但一定要控制自己。控制在某种意义上等于决定，控制自己，时刻保持清醒和理性，这样才能决定命运。想到这点，郭广昌兴奋地拍着桌子，沉积了多少时日的寻觅在瞬间找到了出口，他看到了命运的希望，点燃了自我的曙光。

对今天大多数莘莘学子来说，大学毕业前的这段时间的人生轨迹基本上都是固定的：小学——中学——大学。在这段时间里，你要做的就是专心读书，争取在每次考试中拿到较高的分数，在老师的严厉约束下向更好的成绩前进，你没得选，似乎也没有选择的余地。但是在郭广昌念中学的那个年代，上大学并不是唯一的终点。有很多多快好省的方法能让同学们先一步走上自食其力的道路，师范就是其中最让人羡慕的一种方法。

郭广昌出生在浙江东阳的一个贫苦的农民家庭。人杰地灵的东阳，在经济上却还是非常落后的。像大多数的农家父母一样，郭广昌的父母也希望自己的儿子早日跳出"农门"，因此父母让他报考了师范。以郭广昌的成绩，上高中有点"浪费"，上师范却绰绰有余。一方面可以及早减轻家里的负担，另一方面也可以马上跳出"农门"，而且师范不仅免学费，还有额外补贴，成为一名让人尊敬的老师，这是许多家长都希望看到的。

郭广昌同意了父母的决定，报考了师范。尽管心里有点忐忑，但眼下，他也不想再看到每天下地干活的母亲和姐姐日渐消瘦的面容。很快，成绩出来了，他顺利地通过了考试，被金华师范学校录取了。拿到中师录取通知书的郭广昌，就像拿到人生的判决书。难道这辈子就待在东阳做一名乡村教师吗？东阳中学走出了那么多大学生、硕士生甚至博士生，难道自己这一辈子就只能是一个中师生吗？

小不忍则乱大谋。姐姐和母亲再受累也只是一时的，但如果自己作出了错误的选择，耽搁的就是一辈子。孰轻孰重，显而易见。

这时候，他想起了商海沉浮中不屈不挠的东阳前辈，如果换成是他们，他们又会如何选择？时间无法倒流，命运无法互换，自己的路要靠双脚来走，控制不了世界，那就控制自己。

选择总是很难，如果没有矛盾，就无须作出选择。郭广昌此时最大的矛盾是：一方面，他很想替家人减轻负担，并尽快捧起挣钱养活家人的铁饭碗；另一方面，如果去中师读书，三年后回到东阳做一名中学或者小学教师，每个月领着屈指可数的工资，也过不上什么太好的日子。而让他最痛苦的问题在于，一想到以后一辈子要当一名乡村教师他就觉得无法接受。自己的梦呢？那么多的商海士人，那么多的哲人雄才，如果去读中师，这些就跟自己彻底划清界限了。

连续三天，郭广昌不言不语，白天下地干活，晚上黑着灯躺在那张吱吱作响的床上，闭着眼也没有一点睡意。好不容易睡着了，做梦却梦到自己站在讲台上，戴着高度近视镜，手执一根教鞭教台下的孩子们朗读课文，时不时地还要咳嗽两声。他吓坏了，仿佛在梦中已经穷尽了自己的一生。

第二天早上，郭广昌早早地起来，把所有农具都清理了一遍，然后坐在院子里望着朦胧天色中远近交叠的农田。庄稼长势不好，这意味着这一年又是一个坏收成，填饱肚子都显得可望而不可求。

经过激烈的思想斗争，郭广昌作出了一个改变一生命运的决定——放弃中师，改读高中。他把这个想法告诉了家人，一直都支持他的母亲这次显得很生气。在她看来，上中师已经是很好的出路了，何必要再等几年去追逐没有希望的大学。郭广昌看看父亲，身体虚弱的老郭靠在桌边，愁容满面，一言不发。两个姐姐也不知道该怎么说，在这个家中，母亲说的话不容否定。

以前的郭广昌唯父母之命是从，但这次，他非常坚决。他在心里给自己打气，不能上中师，要上大学，去上海，不在东阳。就这样，局面僵持了半天，母亲和姐姐拿起农具下地去了。屋子里留下了郭广昌和父亲两个人，父子都不说话，郭广昌有点沮丧，违背了母亲的意愿是一件大不敬的事情。

正在郭广昌暗自神伤的时候，父亲走到他身边，轻轻地拍了他两下，说了一句话："如果决定了，就要负起责任，再多的苦也要挺过去。"说完，父亲走出房门，郭广昌抬头望着父亲并不高大的身形，内心涌起一股感动。父亲用男人的方式打消了郭广昌心里的纠结，坚定了他走下去的信念。不错，再多的苦都要挺过去，肉体上和精神上受的苦都要自己来扛。19岁的郭广昌在那天意识到，作为男人的肩膀要承担的最大分量不是刚收割的水稻，也不是从井边挑起来的水，而是自己作出的决定。

过了几天，他悄悄卷了一床竹席，背了十几斤米去了东阳中学。高中三年，回家背几斤米和一罐霉干菜成了他学习间隙与家里唯一的联系。

正是过早地承受了人生的风雨和苦难，使得郭广昌能够在以后的人生路上处变不惊、临危不惧。今天的郭广昌，已经很少向人提及这段往事了，可是他自己知道，那是自己人生的第一个抉择。这个看似很小的决定，几乎影响了郭广昌的一生。正是因为读了高中，才有了他后来上大学的机会，他的眼界也由此而更加开阔，这为他以后在资本和产业这条路上一路飞奔奠定了坚实的知识基础。

苦读："博士菜"成就大学梦

明朝学士宋濂在自述青年时代求学的困难和刻苦学习经历的名篇《送东阳马生序》中这样写道："当余之从师也，负箧曳屣，行深山巨谷中，穷冬烈风，大雪深数尺，足肤皲裂而不知。"与宋濂相同，东阳的书生从古至今都在秉行着苦读的历史准绳，他们像苦行僧一般，冒着严寒四处求学，哪怕受冷挨饿也在所不惜。回想起来，郭广昌也是典型的东阳书生。

东阳多山，人多地少，平均到每个人头上的土地不到一亩。郭广昌回忆起小时候说，东阳村民的生活，在改革开放以前，真的非常苦。人们充饥的食物主要是玉米、山药等杂粮，田里种出来的水稻是上等良品，平时根本吃不到，就算逢年过节也只能适量地少吃一点。

就算是杂粮，在日常生活中也还是不够吃。他清楚地记得，小时候，到了青黄不接的季节，家家户户都没有余粮，就要去借粮食，说得好听是借，其实和乞讨无异。郭广昌的妻子是上海人，现在偶尔吃一点山药，赞不绝口，说这么好吃的东西你从小就能吃到，真幸福。郭广昌无奈地笑笑，因为妻子不了解当时村里人的生活状况。直到今天，郭广昌一闻到山药味，还觉得受不了。

读高中时，学校离家20多公里，郭广昌每餐的菜就是自带的霉干菜。他说，吃霉干菜可称为东阳读书人的一个传统，久而久之被当地人称做"博士菜"。东阳在当地也被称做"博士市"，因为这里出了很多博士，很多农民出身的博士，就是靠这价廉又易保存的霉干菜维持读书生涯的。

有一回，郭广昌的霉干菜不知道被谁吃的一点都不剩了，他没有过问。同学们过得都很清贫，有的人真是穷得穿不起鞋，还要坚持上学，大家都抱着同一个梦想在奋斗。郭广昌看在眼里，心想一罐小小的霉干菜又算得了什么呢？但郭广昌的肚子不答应了，饥肠辘辘的他就生生地扛了两天，好不容易到了周末，放学之后他急匆匆地往家赶。一回到家，抱起菜罐，夹了一碗就吃了起来。现在想起来，那是他吃霉干菜吃得最香的一次。

分得清轻重，看得明是非，这是郭广昌为人处世的一个特点。俗话说，三岁看老，从上学时就深明大义的郭广昌在以后的商海中打拼，恪守着有所为、有所不为的古训，有些无足轻重的利益舍了也就舍了，没什么大不了，而对得起良心始终是他从商和做人的一个原则。

1985 年，郭广昌考入复旦大学哲学系，带着做一个哲学家的梦想走进大学校园，可算是圆了自己的大学梦。20 世纪 80 年代，恰逢中国思想界异常活跃、思想流派百花齐放的时期，很多人认为中国出现问题，那一定是上层建筑——社会哲学上出了问题。政治、经济体制改革遇到了难题，越发激起了人们对哲学思考的兴趣。

当时的郭广昌真可谓是春风得意、如鱼得水。高中三年，他不仅在学习成绩上高歌猛进，对哲学和商业智慧也有了自己独到的见解，加上一直培养起来的对思考的热爱，他开始在复旦哲学系崭露头角。

第三节　恰同学少年，风华正茂

东阳自古出书生，"书生意气，挥斥方遒"。郭广昌在东阳高中的三年里，学习成绩不断提高，自己也越来越自信。屡有"大言不惭"之举，让老师和同学们看到了他风华正茂的一面。

年轻没有失败，因为年轻人有时间去后悔，犯了错还来得及更改。郭广昌听从父母的意愿考取了金华师范学校，但他马上就后悔了，并作出了让自己一生庆幸的决定——继续读高中。

在高中，爱读书的习惯造就了郭广昌意气风发的少年时代。他"控制自己"的人生观和"不说空话"的务实精神都显现了一个热血少年的青春物语。

自制：让老师"无话可说"

郭广昌从作出放弃中师去读高中的决定开始，真的就履行起"控制自己"的人生信条来了。他不知道这个世界上到底有多少充满诱惑的选择，但他知道在面对这些诱惑的时候一定要理性地思考，不要冒失。太多的选择在开始的时候就注定了对与错。海德格尔在《时间与存在》中说："选择是无从选择的"，正因为如此，人更须控制自己。

在东阳中学读高中的三年内，郭广昌没有和一个同学红过脸，自己赖以果腹的霉干菜被人吃了他也没有半句怨言。脾气谁都有，没有脾气的男人不是好男人，关键是脾气得用对地方。在碰到难解的题目时，就得发狠，有一股不解决问题誓不罢休的狠劲才能不惧怕难题。但对待身边的同学，却不应该发脾气，尤其是在了解对方实际情况之前，更不能轻易动怒。

随时随地站在对方的立场上，怀着一颗宽以待人、严于律己的心去善待别人，这是郭广昌给"控制自己"做的第一条注解。

高二时，有很多同学来向他请教问题，他总是热心地帮助他们，没有一丝得意。在他看来，开口求人是需要勇气的，如果自己再摆出一副冷冰冰的面孔，那对方心里必定不舒坦。反观现在的社会，求人办事需要付出许多代价，有的人拿着鸡毛当令箭，有一点权力就忘乎所以，对所有有求于他的人都冷若冰霜、颐指气使，充分"享受"役使他人的"快感"。郭广昌觉得这是非常愚蠢的，也是社会不文明的一种表征。在一个心智成熟的社会里，控制自己的第一层含义理应是善待他人。

遵守规则是郭广昌"控制自己"的第二层注解。小到学校、公司，大到社会、国家，都有规则。古语有云："国有国法，家有家规。"旧社会用体制束缚人，那些灭绝人性的规矩当然要打破，但是完全没有规则也是不现实的。如果没有规则，久而久之，必然会造成社会和文明的紊乱。现在全世界都在讲法制和法治，这个"法"就是规则，是保障大多数人利益的，是人类文明进步的象征。作为社会的组成细胞，个人应该遵守这个规则。

年过古稀的吴加清老人是郭广昌在东阳中学念高中时的班主任，老人从教一生，桃李满天下，但他对 1985 年毕业的郭广昌记忆尤其深刻。三年当中，郭广昌基本上没有违规的地方，吴老师甚至都没机会找他谈话。每天的早锻炼，他都跟在老师后面跑，从不缺席，从没掉队，绝不偷懒。吴老师也知道他经常去图书室，大量吸取课堂外的知识，但这压根就不算错，不是所有"闲书"都应该被禁止的。而且郭广昌学习也很努力，每次考试都在进步，高二以后更是大幅度地进步，吴老师把这些都看在眼里、高兴在心里。

规则应该是大多数人都达成共识的，如果只是少数人定的霸王条款，就要坚决抵制。当然，也要讲究战略战术。在这个世界上，没有解决不了的问题，只有想不到的办法。很多事情，都可以通过沟通和谈判去解决，暴力只是一种最无奈的举动。当一个人需要通过暴力去解决问题的时候，那只能说明这个社会的公平机制出了问题，这是一个社会的悲哀，更是一种人性的悲哀。

人之所以是人，就是因为有卓越的思考力，通过哲学思辨不断提升肉体之外的精神力量。信念指引行为，行为才得以控制，当行为失控，毫无疑问就是信念崩塌了。每当听到人们口中"守规则的都是老实人"这样的论调时，郭广昌就感到一种无名的悲凉，现在许多人处于无信念状态，而且守规则反而成了一种备受歧视的行为，这让他无法理解。

郭广昌"控制自己"的第三层含义是积极向上。并不是每个人都有一颗勇于进取的心，勇气在更多时候是自己给予的，是一个心理暗示的过程。

在东阳中学的日子，郭广昌就时刻处于这样的状态。是人就会感到疲倦，不知疲倦是一个非常形而上学的概念，这就跟是人就有七情六欲一样。当感到疲倦、受到诱惑的时候，控制自己往往会决定事情的走向。

主见：不写"废话连篇"的总结

子曰："君子和而不同。"郭广昌秉性温和，与人为善。但这并不意味着他人云亦云，没有主见。从高中时代开始，郭广昌就形成了自己独立的世界观，这得益于他阅读的海量课外书籍，从这个角度看来，郭广昌是一个个性十足的学生。

提起郭广昌的个性，吴老师犹豫了一下，这位看着郭广昌一步步走完高中三年的班主任老师一时也不知道该怎么评价这个叱咤风云的好好学生。说他个性张扬吧，他还挺温文尔雅的；说他平淡无奇吧，他却常有惊人之举。总之，在郭广昌身上既有"温良恭俭让"的传统士人品格，又有"恰同学少年，风华正茂"的新青年意气。

郭广昌最让吴老师头疼的一件事发生在高二下学期。那时候，郭广昌的学习成绩已经在班里排到了前五，也许是成绩的飙升让郭广昌信心倍增，以前沉默不语的他在这段时间显得非常活跃，在类似于班会这样的群言场合也敢于表达自己的观点了，更可贵的是他不仅仅是简单的陈述，而是意气昂扬的呐喊，他的观点很有些冒天下之大不韪的批判精神。

当时班上经常搞活动，吴老师会让学生写个活动总结或感想什么的。其他学生的总结都交上来了，唯独郭广昌没有。吴老师就把他叫到办公室谈话，这也是他们为数不多的几次谈话之一。被问到为什么不写总结的时候，郭广昌直言不讳，他说："没必要总结，也没什么可总结的，与其说大话套话，还不如缄口不言。"

吴老师没想到平时沉默寡言的郭广昌竟会如此直白地把自己的想法说出来，而且看他的样子，一点都不觉得胆怯，反而显得志满意得。吴老师这下非但没有生气，却感到很高兴，这个不爱说话的学生原来是有想法的，不是个书呆子。

这天，吴老师和郭广昌谈了很久，关于人生，关于未来，关于社会。吴老师发现眼前这个清瘦男生的眼界远远超出了同龄人，甚至在一些问题的看法上比自己这个当老师的都要深刻。吴老师感到很惊奇，平时不显山、不露水的郭广昌怎么会有这么多一针见血的观点呢？他就问他，平时都看什么书。郭广昌这时候倒有点不好意思了，可能是觉得看"闲书"不是什么光荣的事。吴老师看出了他的疑惑，就笑了笑说："老师不是在批评你，你的想法让老师觉得很欣慰，也很好奇。"

"老师对我的想法很好奇?" 郭广昌有点不可思议,在他看来,这些想法应该是每个人都能意识到的,有什么可好奇的? 吴老师坚定而充满信任的眼神打消了郭广昌的疑虑,他把自己最近一直在看的书一股脑地说了出来:《存在与时间》、《查拉斯图特拉如是说》、《林中路》、《马克思主义经典哲学》、《众神的黄昏》、《释梦》等。

他提到的每本书都是经典的哲学著作,吴老师一下子明白了,他拍了拍郭广昌的肩膀,对他说:"读了这么多哲学著作,难怪你的眼界这么开阔,更难得的是你的学习成绩也在不断进步,这些老师都看在眼里,希望你能继续保持这种好习惯,老师相信你会成功的。"

和吴老师的这次畅谈,在郭广昌平淡无奇的高中生活里激起了一圈圈涟漪。得到了老师的赞赏和鼓励,年轻的郭广昌非常兴奋,在学习中更是动力十足,最终在高考中以全班第一的成绩考取了复旦大学,专业正是哲学。

第三章
复旦求学：在"知本"的田野上

第一节　初来乍到：哲学系的理科生

资本可以创造财富，而"知本"可以开拓未来。

在全球经济发展到一个新平台的今天，科技和人类自身的思想力量被提到了同一个水平线上，二者分别从器物和理想两个层面影响着人类的走向。

从某种意义上来说，理想比器物更重要，因为人的精神世界越来越得到承认，关注人自身的运动正在进行。当我们为改变世界付出沉重代价之后，人类不得不为此设法补救。对外在世界的补救只是治标，探寻人的内在世界方可治本。

郭广昌选择了探寻自我的内心，从哲学入手改变自己，然后尝试着改变他人。复旦给予他最多的不仅是完整的学术历程，更是一片"知本"的广阔田野。

决断：开启学问之门

关于学哲学，他说："哲学训练了思维，让你看问题角度比较多。"学哲学的人有三种，一种是进不去；一种是进去了出不来，迷失在完美主义里；还有一种是进得去也出得来，这是最高明的。他谦虚地说自己大概是属于进不去的那种。事实上，他却是第三种。

初中毕业时，郭广昌不顾母亲的反对，毅然放弃金华师范学校，转读东阳中学。临行前，他跟母亲立下军令状："我凭自己的努力，一定要考上大学。"

三年后，念理科的郭广昌竟然报考了复旦大学的哲学系，没多少文化的父母可能不清楚儿子这次的决定，要不然他们又要着急了。吴老师当时也觉得郭广昌志愿填得不妥，这个学生本可去清华、上海交大读个工科或理科学位的。虽然郭广昌热爱哲学，但高考志愿非同小可，这涉及一个人一辈子的生活轨迹。但吴老师没叫他改，他相信郭广昌的眼力。

后来，郭广昌在写给吴老师的信中，说自己在大学里除了学哲学，还读了很多力学、数学的书，他说他不仅想读社会科学的研究生，还想攻读物理学的博士学位。自然科学与哲学本来就是同一宗派。

"形而上谓之道，形而下谓之器。"哲学和科技可谓今时今日之道与器。哲学囊括了所有学科的上层建筑，而科技涵盖了人类生活的方方面面。

古希腊时期的自然派哲学家被认为是西方最早的哲学家，不管他们认识世界的方式是否正确，但是他们的想法之所以有别于迷信的原因在于，这些哲学家是以理性辅佐证据的方式归纳出自然界的道理的。苏格拉底、柏拉图与亚里士多德奠定了哲学的讨论范畴，他们提出了有关形而上学、知识论与伦理学的问题，至今依然。某些现代哲学家认为，直到今天的哲学理论依旧只是在为他们三人做注脚而已，仍然离不开他们所提出的问题。换言之，即使数千年后，我们依旧在试着回答他们所提出的问题，这也代表着我们依然为这些问题或是这些问题所延伸的更多问题而感到困惑。

吴老师为学生的远大抱负和志向感动了。他不知道，郭广昌有太多的理由要让自己成为一个优秀的学生，他要出人头地，选择哲学是他通往理想的第一步。在上大学之前，郭广昌只是隐约感受到哲学著作给自己带来的冲击与警醒，进入复旦哲学系之后，哲学的系统理论和历史渊源更令他振奋。原来，哲学和自己的距离是如此之近，甚至就流淌在浑身的血液中。如果说，之前郭广昌接触到的都是西方经典哲学，那么，在复旦哲学系的四年里，他开始全面地阅读中国哲学，去体悟中国人为人处世的人生哲理。

在中国，"哲"的概念起源很早。如"孔门十哲"、"古圣先哲"等。中国哲学起源于东周时期，以孔子的儒家、老子的道家、墨子的墨家及晚期的法家为代表。而实际上，在这之前的《易经》当中，已经开始讨论哲学问题了。

哲学的"海量内存"令郭广昌痴迷不已，他的胸怀开始像哲学一样变得无所不容。

哲学家的梦想还在继续，但郭广昌感到了前所未有的困惑。因为，世界上只有少数具有热情与天赋的哲学家才能精通各个领域并且提出一套自己的理论。只有这样的哲学家才能名垂青史，他们的理论通常非常具有说服力并且横扫历史改变了人类对于世界的看法。

他能成为这样的哲学家吗？郭广昌心里没谱，孔子、孟子、尼采、康德、黑格尔等这些伟大的名字曾经改写了人类的认知，他郭广昌能不能像他们一样呢？谁也不知道。

但高中的理科背景让郭广昌在哲学系显得如鱼得水。从西方学术史看，科学是哲学的衍生物。后来，科学独立为与哲学并行的学科。科学产生知识，哲学产生思想。高中老师不同意理科学生报考哲学系正是犯了将科学与哲学割裂的错误。

哲学是通往所有学问的前路，是人类了解世界的一种特殊方式。从某种意义上说，哲学不具有"现世"用途。有人认为，离开哲学，各门学科也可以发展得很好，或者会更好。事实上，哲学并不关注各门学科中实例、概念或定理的具体内容，它所关注的，是这些具体科学的"基本常识"，或者其中被人们惯常使用因而视做理所当然的概念、准则、定律。

如此看来，学习哲学将使人变得崇高。想到这一点，郭广昌感到由衷的自豪。

这就是哲学的本质效能，精通哲学的人是站在高岗上俯瞰所有学科的，并随着高度的攀升，眼界也越来越远大。郭广昌选择了哲学，就是选择了通往所有学科之路。他注定要成为一个博学的人，用他自己的话来说，就是"学无所长的人"。

磨刀：明辨慎思笃行

"一个人或者本来就是或者永远不是哲学家。"郭广昌认为，哲学的意义不在于它的晦涩艰深，而在于它的包罗万象。任何学科，如果深入考究，都有自己的哲学体系。哲学不是唯一，哲学是所有。

也就是这时候，郭广昌突然意识到自己或许永远都不会成为哲学家。在某种意义上来说，哲学家是天生的，博学却是后天的。

希腊人早就知道智慧和知识是不同的两种东西，尽管有时候容易被混淆。古希腊著名哲学家赫拉克里特曾说："博学并不能使人智慧，否则它就已经使赫西阿德、毕达哥拉斯、克塞诺分尼和赫卡太智慧了。"知识总是特定有效的，而既然人类的心灵并不是一大堆零碎的知识，那么就一定有一只"看不见的手"在把各种知识、情感和经验编织在一起使之成为一个整体的心灵，那就是智慧了。

郭广昌热爱哲学，但没有把哲学当做唯一。高中时代的郭广昌就意识到"偏科"带来的片面性，这也是理科背景的他在课外喜欢阅读文科著作的一个原因。知识的全面性让他受益匪浅，正是全面性造就了这个"复星企业哲学家"。

在大学期间，专业为哲学的郭广昌还学习物理和经济学。他延续了泡图书馆的良好习惯，复旦的图书馆里每天都能看到郭广昌的影子，每个门类科室都有他的借阅记录。翻看一下记录，内容涉及各个学科，甚至包括《冶金原理》这样的生涩专业著作。回忆起在复旦的生活，郭广昌说图书馆预兆了复星集团后来的产业构成。这种说法可能有点夸张，但无可否认，对各门各类的涉猎明确了后来复星的几大主攻方向。

一直声称自己"学无所长"的郭广昌，哲学就是他的特长。只是哲学全面的学科属性令他更像一个学者而不是专家。

哲学讨论所有的重要问题和观念，而不是在生产关于那些问题和观念的知识。科学家、历史学家、经济学家、社会学家、人类学家、逻辑学家、语言学家等专门负责生产知识，哲学家也可以参与生产各种知识，如果他是一位全能的天才的话。但是哲学真正要做的事情是思考如何使各种知识"艺术地"配合在一起而形成一种具有生态和谐水平的观念体系，这样人们就能够更加和谐地、充分地思考各种问题了。

简言之，哲学想创造的是一种思想能力，而不是某种知识。郭广昌给复星濡染的正是这样一种思想力，而不是如何炼钢、如何制药。

哲学考虑的是由各种观念构成的思想画面如何才能够使思想的能力和魅力最大化。一个观念就其本身而言并不比别的观念更加错误，它只是有可能被放在不恰当的思想位置上而破坏了思想画面的效果，就像是一步臭棋。某个观念落在什么位置上，就像某个棋子下在什么位置上一样。如果经济学家没有意见的话，我就想说，哲学是思想的博弈论。

哲学家都有自己的一些特别经验。胡塞尔说他追求哲学的纯粹结果就像他小时候磨小刀，总是唯恐不够锋利，于是磨呀磨，有一天突然发现小刀磨没了。

维特根斯坦说他父亲是个生意人，而他的哲学也无非是想把能够算清楚的事情像算账一样一笔一笔地算清楚。

郭广昌经常做一个实验，他会随便在什么地方（如在路口），看着随便发生的一切事情，如行人、汽车、堵塞、违规、罚款等。替所有事情着想，同时反对自己一贯的立场，慢慢地就会"心神错乱"地发现，所有事情的道理是如此互相矛盾并且自相矛盾，而又都非常合理。他觉得，这就是哲学要追寻的"真实"。

出鞘：无形更胜有形

进入复旦大学哲学系以后，以前认识的很多人都问郭广昌，你学哲学到底干什么用？郭广昌也在反思，哲学的用处是什么？吃穿住行好像都不可以，也不能帮助你增长工资，无法叫你存活于世界上。但是，为什么有这么多的人研究哲学呢？

哲学与其说是一种职业，不如说是一种爱好，一种终生的像鸦片般上瘾的爱好。学习哲学，其实是学习人生，学习一种态度。哲学的作用就是打开你的视野，开放你的心灵，使你在迷茫中追寻真理的曙光。因此，哲学带给人类的往往是痛苦和迷惑、不解和抑郁。世间万物追寻等价交换原则，追求智慧和真理必定要越过无比艰辛的无人理解的孤独的荆棘路。前人尸骨未寒，后人已经开始披荆斩棘。

郭广昌觉得，身边的人问他"哲学有什么用"这个问题就好比问他：孔子为什么伟大，孔子的人生哲学有什么亘古永恒的精神内核，影响了华夏几千年而未曾中断。这就是哲学的无形力量。

孔子生于春秋战国之际，礼崩乐坏，经济、政治、社会正在发生激烈变迁，导致华夏上古以来流传有序的宗教、文物、典章、制度即文化传统，在社会动乱和战乱中，面临崩溃和毁灭。而孔子则自觉和自发地承担起挽救这一伟大文化传统的使命。

商周时代，学术本来是国家及贵族的专利。但是经历东周的变乱、春秋的战乱、官学废弛、典章毁坏、图书流散，孔子自觉地担当起挽救学术传统的工作，这就是他的"克己复礼"。他一生的主要活动，都是教诲门徒。对弟子的选择，他主张因材施教，"有教无类"。所谓"类"，既是指种族、氏族、族姓，也是指阶级、等级。这在当时那种贵族垄断一切社会文化资源的时代，是个非常伟大的创举。

郭广昌对孔子的理解跨越了普通人对儒家"封建、守旧"的印象，他结合了历史、社会实践，还原了一个真实、自由的文化伟人形象。在这件事上，马克思著作中注重考量的"理论结合实践"的唯物主义史观决定了他的方法论运用，长久以来积累的哲学方法论开始在他的理论系统中发挥作用。

他进一步读懂了孔子与历史上许多博学的学问家共通的地方——苦学。正是这种学术传统使得儒家哲学在无形中渗入了华夏文化的经脉之中，源源不断地流传了下去。哲学以无形的体例胜过了许多有形的科技，作为精神食粮，抚育了无数处于黑暗中的灵魂，激励他们在希望中生生不息。

我们通常所说的"四书五经"，这些书在孔子的时代，其意义已经晦暗不明。孔子为读通它们不羞上问（如问天道于老子），也不耻下问。他的苦学使他自我修养成为当时列国中最博学的人。

郭广昌对孔子和儒家的研究使他变得更加平和，也更加明智。在大学里，他变得愈发活跃起来，参与各种社团，积极组织学生活动，而在和人打交道的时候，尤其注意"仁义"和"知耻"。

"仁"字的字形是"二"与"人"的合文。通过查阅大量哲学典籍，郭广昌领悟到了"仁"字的字源。其实，"仁"就是怀孕之"妊"的会意字，所以其字记做"二人"。母子二人相连为"仁"，母子之情亦为"仁"，所以"仁"的引申义就是爱心。

"耻，羞也。"在儒家的人格体系中，耻是另一个重要的价值观。所谓"知耻近乎勇"，耻就是自尊。

在郭广昌看来，哲学体系遭到部分破坏之后必然会出现价值沦丧。当今社会上，许多人唯利是图、不讲道义，正是因为传统哲学被一概否定了，维系社会千百年的精华成分也一并丢失了。从这个意义来说，哲学对于人类社会的和谐共存是不可或缺的，其根本作用是科技进步所无从解决的。

认识到这一点，郭广昌对哲学的热爱更加坚定了。在日后从商的过程中，他始终恪守自己的人生信条，讲仁义、重尊严，时刻将自己和民族、社会联系起来看问题。博大的胸怀和多元的知识架构让他在商场上充满了大智慧、大眼界。

41

第二节　读万卷书，不如行万里路

古训有云："读万卷书，行万里路。"说的是"万般皆下品，唯有读书高"的精神境界。然而在风云变幻的时代里，这句话或许应该改一改。"实践出真知"，读书固然重要，但一味读书，而不去实地体验书中所言，最终会落个"纸上谈兵"的结局。

在复旦，各种学生组织激荡着郭广昌积极向上的心态。在社团里锻炼起来的组织能力让郭广昌在暑期成功地进行了两次"理想之旅"，第一次是小试牛刀，一个人沿着大运河北上，实现了由来已久的行路梦；第二次他组织了十几个同学，沿着海岸线南下，对沿途城市的经济概况进行了实地考察。

对于一生的旅途而言，这两次"行万里路"使郭广昌的眼光更开阔，也让他的风云之梦更澎湃。

历史的足迹：从大运河到北京

操千曲而后晓声，观千剑而后识器，走遍河山可饱览历史。中国领先了世界 2 000 年，落后世界只有 100 多年。在这片土地上，有数之不尽的历史文化遗产，但人们往往是"身在福中不知福"。距离曾经的世界巅峰如此之近，却总是无心去了解它们。

郭广昌在读小学的时候就记住了课文中描绘的那条"京杭大运河"，这条举世闻名的运河是世界上历史最悠久、河道最长的一条人工运河，其长度为苏伊士运河的 16 倍、巴拿马运河的 33 倍。当再次面对这些难以置信的数字时，郭广昌那颗渴望燃烧的心火烧火燎起来。

大学课堂上，听老师讲中国应该怎样发展的时候，大多是空谈理论，对于当时国家的经济状况到底怎么样却不知道。作为一个农村出来的孩子，郭广昌吃得起苦，唯一的缺点是阅历比较浅。书本毕竟存在偏颇，读再多的书，还是不明白实际情况是什么样的。

1987 年暑假，郭广昌一个人沿大运河考察到了北京。青春像一堆柴，在冒烟就是没有燃烧。于是，郭广昌带着 200 块钱，骑了一辆破旧的自行车，踏上了"触摸"京杭大运河的旅程。正如郭广昌所言："只要轮子在转，目标就会越来越近。"

大运河北起北京通州，南达杭州，流经北京、河北、天津、山东、江苏、浙江六大省市，沟通了海河、黄河、淮河、长江、钱塘江五大水系，全长 1 794 公里。

郭广昌每到一地，就拿出地图，仔细搜寻图纸上标示的地理位置，然后和眼前看到的实物进行比照。时不时地还拿出纸笔，把感想随时记录下来。每次他在抄录标志性建筑物的官方说明时，总会联想起千百年前的一幅幅历史图景。

大约 2 500 年前，吴王夫差挖邗沟，开通了连接长江和淮河的运河，并修筑了邗城，运河由此诞生。今天所说的大运河开掘于春秋时期，完成于隋代，繁荣于唐宋，取直于元代，疏通于明清，前后共持续了 1 779 年。

如果将京杭大运河的历史价值、文化内涵和对中国历史发展的贡献相加，在某种程度上说可以与长城相媲美。

在领略京杭大运河宏伟奇景的同时，郭广昌也为历史的匆匆脚步黯然神伤。他看着斑驳的河岸长满了绿苔，看到古老的石桥上彩练不再，一股历史的悲凉感从心底油然而生。

那天晚上，他借宿在当地一位老乡家里，和他们聊天的过程中，郭广昌了解到运河两岸普通老百姓的生活实景。

当时，运河整改工作还没有全面展开，旅游业在国内还不像今天这么红火。普通人家还没有从改革中富有起来，但对于运河，他们有着很深的感情。俗话说："一方水土养一方人"，京杭大运河就是他们与生俱来的母亲河。郭广昌细细体味着他们的心情，他心想，如果大运河也能像长城那么有名，来这儿旅游的人就会多起来，大运河的历史和文化也能被更多的人所熟知。

但是，如何提升大运河在世界上的知名度呢？长城是世界文化遗产，大运河呢？如果大运河也能成为世界文化遗产，其名望值必定成几何式增长。

郭广昌没想到，当时的这个想法在今天终于被政府提上了议事日程。相关部门已经从战略高度，启动了对京杭大运河的整改工作，有关专家、沿岸政府参加并鼎力支持的研究机构正在全面摸清大运河"家底"，尽快制定大运河整体保护规划，并将在适当时候申报世界遗产项目。

20 天之后，带着厚厚的考察笔记，郭广昌终于抵达了运河的终点——北京通州。

通州自古以"通天下"得名，是大运河的起点。在通州逗留一日之后，郭广昌蹬着自行车向八达岭长城进发了。16 个小时在郭广昌不断踩动的双脚下一点点地过去。近了，更近了，在望到八达岭雄关的那一刻，郭广昌忘掉了浑身的疲惫，加劲骑着自行车。也许是他太心急，也许是好事多磨，这时候，车胎突然没气了。郭广昌看一眼瘪瘪的车胎，再看一眼不远处巍峨的八达岭，不由得苦笑了一下。既然不能骑车了，那就徒步，20 天都过来了，难道在最后一天止步吗？他推着自行车，一步一步地朝着长城入口处走去，回头看看，身后是一串和着汗水和泥土的脚印，他突然想到了一个词：历史的足迹。

想到这儿，他笑了，这笑容里带着一路风尘，而更多的是欣慰和幸福。

经济的脉络：黄金海岸 3 000 里

阅读了大量的哲学著作之后，郭广昌发现相对于作为上层建筑的哲学而言，经济基础才是人类生活最根本的东西，而哲学更多的是去影响和引导人类的走向。冰冻三尺，非一日之寒，谁都无法找到一种办法让中国一夜之间追上发达国家，还是脚踏实地地一步一步去做比较现实。于是，郭广昌开始对经济学越来越感兴趣。

1988 年，恰逢海南建省，郭广昌对改革开放前沿的海南岛产生了向往。这年暑假，他组织了十几个同学搞了个"黄金海岸 3 000 里"的活动。他们自上海出发，豪情满怀地骑着自行车，一路南行奔向海南。郭广昌选择了沿东南海岸线骑行，他说因为当时国家的 5 个经济特区都在这条线上。从东海到南海，他们一路走、一路调查、一路思考，既感受了这些经济特区火热的发展势头，也看到了不少社会问题。

到了海南，他们停留了六七天。郭广昌印象最深的就是十万人才下海南接受市场经济洗礼的情景，很多大学生找不到工作，就在街上卖馄饨、摆地摊。同时，文昌鸡的香味至今让他不能忘怀。

大学毕业时，郭广昌当时在一位海南籍同学的毕业留言簿上自信地写下一句话："海南太令人神往了，总有一天，我会在海南拥有自己的一片土地。"已经在海南盘下位于海口金贸区中化大厦的郭广昌，目前正积极筹划参与海南钢铁公司的改制重组。当年在海南籍同学留言簿上写下的那句话，已经变成了现实。

郭广昌如今常常飞去海南，除了生意上的事，休闲度假海南也是他的首选。三亚的亚龙湾、文昌的东郊椰林都是他流连忘返的地方。

2003 年开始，郭广昌开始在产业上关注海南，并决定投资海南。几年前，当他忙于创业时，正是海南遭受房地产泡沫最严重的时期。到了 2003 年，他认为前一轮发展所产生的房地产泡沫的影响已经基本消除，海南的后发优势正在显现。经过近几年的恢复发展，海南的基础设施已经基本完善，而国家能源消费结构的调整，正使得海南的特色矿藏、丰富的海洋石油天然气等各类资源的重大战略价值日益显现出来。特别是海南的优质铁矿、金矿等，不应该仅仅停留在简单的开采上，一定要与海南的现代工业结合起来。这也是郭广昌打算收购海南钢铁之前的一个想法。

此外，中国经济的增长使旅游变成了全中国的热点，从而对海南的旅游、房地产等服务业也起到很好的拉动作用。

大三时对海南的经济考察让郭广昌对海南自身发展作了一个简单的 SWOT 分析。海南的优势是发展有特色的旅游业、旅游房地产业、矿产资源深加工和现代化农业等，而且可以通过吸引其他地方的资金。例如上海，沪琼两地可以实现互补，上海有资金、技术、管理、人才等优势，海南有后发优势。海南的劣势在于与内陆的交通还不够便利，阻碍经济发展、没有大型工业、劳动力成本也较高。海南的机遇则是中国旅游业和度假地产的迅速发展，可以加快发展具有热带风情的旅游度假经济。SWOT 分析中的最后一项，威胁与竞争基本上很小，由于海南独一无二的地理位置，国内没有一个省份可以与之匹敌。

在郭广昌看来，海南哪里都靠不着，但同样也是哪里都靠得着，就连俄罗斯的游客现在也同样不远万里到三亚去晒太阳。所以，海南不能因为现在的经济总量还小、社会经济还不够发达就禁锢自己，而是要高起点做好开发规划工作。眼光狭隘永远没有机会，只有站在更高的层次上才能实现跨越式发展，要用全球的眼光来看海南，来为海南定位，规划要远，否则就会极大地浪费海南的资源。

现在已经有一批大企业看中海南了，海南要抓住这个难得的机遇，加大对城市的定位和城市推广营销。很多人还不是很了解海南，按一般人的想法，热带城市的夏天一定是很热很热的，但去过之后才发现不是这样，尤其对于北方的客户，一定要让他们知道在夏天去三亚避暑是一件非常惬意的事情。只有加大城市营销力度，让外界更了解海南，才会拥有更多机会。

第三节　梦断出国：塞翁之马

是梦就总会有醒来的时候，郭广昌做了25年的梦，从大学梦做到出国梦，未必每个梦都会实现，而梦本来就是虚无缥缈的，他不愿意再把梦做下去，而是希望踩着大地，踏踏实实地去开创未来。

告别空想：大使馆前的徘徊

1992年的一天，郭广昌怀揣4 000美元，加入美国领事馆门口等待签证的长长的队伍。从那时起，出国的人是越来越多了，随处都能感受到出国的"热浪"。上海每年大学以上学历出国的人数以16%的速度向上攀升，每年的出国人数都要比前一年翻一番。

站在长队中，听着耳边或兴奋或无奈的对话，郭广昌感到非常失落，他没有了从前背着霉干菜走向东阳中学时的那种毅然决然的神情。这是他一生中最犹豫的一刻，在等待的两个小时里，他想了有生以来想过的最庄严的问题。在郭广昌的人生经历中，这天将永远铭记。

以前一直笃信的出国梦在那时显得脆弱不堪，出国到底能不能算是一个梦呢？这个梦的分量有多重？这些都是郭广昌站在大使馆门口之前没有想过的。他变得异常冷静，出国，对他而言显然不是一个正确的选择。

这个世界有太多的思想、潮流、想法，这个概念那个概念的，有很多诱惑，这时候就一定要保持理性的判断力，太完美的东西背后会有什么，要仔细去分析。

他是这么说的，也是这么做的。

1989年大学毕业，郭广昌留在复旦大学工作，带学生做了不少社会实践和市场调查活动。1991年，他和梁信军带学生参加暑期实践，一路上去了很多企业，了解了企业运作的流程，二人都感慨万千。跟企业相比，学校是一个避风港，教师可以安安心心地搞科研，行政人员按部就班地做学生工作，体面而不劳累。可能对于普通人来说，这样的生活已经可以满足了。但那年夏天的郭广昌却怎么也平静不下来，他又想起了初中毕业后父亲对他说的话："如果决定了，就要负起责任，再多的苦也要挺过去。"

他是不是该作一个决定呢？没多少时间留给他专心思考，必须迅速定夺。没几年就到而立之年的男人，在学校里熬着实在太消磨意志了，而郭广昌从来都不想做一个没有理想、一味应付日常生活的人。

他悄悄地从长队中退了出来，迫不及待地往别处赶去。

弃文从商：点亮一生的"南巡"

其实，郭广昌决定留在国内创业，一个直接的原因就是当年的"小平南巡"。邓小平同志在这次南巡中的讲话成了点亮郭广昌一生的星火。相信就是强大，怀疑只会抑制能力，而信仰就是力量。

1992年春，邓小平先后在中国南方的武昌、上海、深圳、珠海等地视察，并就一系列重大问题发表重要谈话。这些讲话史称"南巡"讲话，讲话中提到了涉及新时代发展市场经济的诸多重大决策。革命是解放生产力，改革也是解放生产力，社会主义本质就是解放生产力，发展生产力，消灭剥削，消除两极分化，最终达到共同富裕。

"小平南巡"后，国家在经济体制改革上出台了一系列的积极政策。其中，包括对私营企业的放开。这意味着以前国家包办的经济业态现在私人也可以介入了，通俗点就是机会更多了，只要眼力够准、决定够迅速、打拼够努力，就能换来无法估量的回报。

郭广昌走出等候签证的长队，回到复旦大学的教工宿舍，找到梁信军，把之前已经探讨过的办公司的想法说了，两个人一拍即合。梁信军打趣他，你不是要出国淘金吗？

郭广昌笑了，他捶了梁信军一拳，说："在国内照样能淘金。"

第二天，两人带着郭广昌借来作为留学经费的钱，加上梁信军的一部分积蓄，来到上海市工商局注册成立了"广信科技咨询公司"，公司的名字"广信"分别取郭广昌的"广"和梁信军的"信"。

自此，郭广昌的梦走到了尽头，他变得更务实了。从空中楼阁降落到广袤平原上，一步一个脚印地开始谱写自己的商业传奇。

第四章
初露峥嵘：广信科技咨询公司

第一节　市场调查：第一个 100 万元

人生有无数个第一次，带着对未来的憧憬和不安，如同新生的婴儿对世界充满了好奇与渴望。从第一声啼哭开始，很快，这个婴儿会拥有自己的第一个玩具，可能是一个柔情满怀的毛绒玩具，也可能是一柄威风凛凛的塑料短剑，这些都取决于这个婴儿自己的选择。

广信这个新生儿选择了那柄短剑，那柄有可能割伤自己的双刃剑。没有风险就没有成功，选择了利剑，就选择了行走江湖的宿命。

犀利目光：填补市场空白

"爱人者人常爱之，敬人者人常敬之。"虽然今天的郭广昌富可敌国，但他仍然保持着谦虚谨慎的儒商本色。"我们是一个小公司"，在大多数场合，郭广昌还是谦虚地这样说。但谦虚的背后是 10 年来，这家原始注册资本 10 万元的广信科技咨询公司一次次用小资金换取大资产的传奇故事。

广信在成立之初就带着锐利的开路先锋色彩。一切都是顺其自然，郭广昌和梁信军在复旦工作的几年，一直带着学生作假期调查，专业的社会统计方法加上实践经验的积累为广信科技咨询公司的诞生打下了基础。广信成立时，全国的咨询公司不超过 10 家，上海就有 4 家。作为行业排头兵，广信以敏锐的目光迅速掌握了上海的咨询市场，随着越来越多的企业进驻上海，对上海的需求调查成了广信得以立足的前提。

然而，创业总是艰难的，郭广昌骑自行车创业的故事更是被众多创业同盟者津津乐道。广信科技咨询公司确实是个小得不能再小的公司，在一间不足 15 平方米的小平房里摆了公司最显眼的家当——一台 586 计算机，而公司的"公车"就是一辆 28 式的大横梁自行车。

年轻的郭广昌并没有因为条件的简陋而感到退缩，他在离开复旦的时候就下定了决心：选择了就不能后退，后退是懦夫才做的事，我郭广昌是顶天立地的男人，我要用自己的智慧开创未来。

就是在这样的信念支持下，郭广昌每天骑着自行车穿行在上海的大街小巷。

8 月的上海，连风都是灼人的。这个瘦削的浙江台州人，架着一副眼镜，骑着比身体大得多的自行车在阳光下穿行，汗水不停地流过他的脸庞，流进眼中，视线模糊了，心却是清新明亮的。

"咨询"这个行业通俗点说就是古时候行军打仗的军师。20 世纪 90 年代初的中国，做这一行的人并不多，这也是郭广昌选择这个行业的一个原因。他常常说："创业要选择新的行业，老行业不需要创业而是需要创新，但创业也不能选择太新的东西，领先半步是先锋，领先一步就成先烈了。"

1993 年，刚刚进入上海市场的台湾元祖食品公司想寻求进一步的多元化发展，就希望专业的咨询公司为其出谋划策。为此，元祖发布了一个咨询公司的招标会，期待能得到满意的招标结果。

看到招标公告之后，郭广昌非常激动。他知道，这么多天以来一直在寻觅的就是这样一个机会。

郭广昌蹬着自行车，飞速赶回广信，把这个消息告诉了自己的几位同仁，几个人都很兴奋。大家心里很明白，如果这次可以中标，那么公司就可以咸鱼翻身、鸟枪换炮了。几年以来的彷徨和犹豫终于会换来一个满意的回报。憧憬归憧憬，接下来要做的就是把公司的资质材料认真地准备好，然后报名竞标了。

在元祖的招标办公室里，已经有三家咨询公司通过了资质审查。广信的法定代表人郭广昌带着自己的团队来到这个宽敞的办公室里，几个人心里都有点发虚。空旷的办公室里，威严的气氛萦绕在周边。

郭广昌把公司的资格证明和经验材料递交给负责审查的工作人员，他显得小心翼翼，这个机会对他来说太重要了。工作人员接过材料，粗略地扫了一眼，就放到了一边，和另外几家公司交上去的材料相比，广信的只有几页纸，郭广昌在心里一遍遍地劝自己：不要太紧张，不要看得太重。

但怎么可能不重视呢？他甚至在走出办公室的门口时绊到了门槛，一个趔趄差点摔倒。身后的梁信军赶忙把他扶住，两个男人紧紧地扶住对方，在未来的10多年里，这两个人将始终互相扶持着经历风风雨雨。

过了两天，元祖的电话打到了广信的办公室里，通知广信已经通过资质审查，下一步就是准备好材料参加竞标。接完电话，郭广昌和梁信军激动不已，他们早就把资料准备好了，郭广昌有一种预感，这个机会一定能把握住。一想到这个，心脏就一阵剧烈地跳动。

竞标当天，天气炎热，郭广昌和梁信军带着公司另外两个工作人员，一起来到了元祖的会议室里。元祖的市场部负责人现场发给他们一些公司的背景、发展规划等资料，然后简单说明了此次招标的目的，并要求广信在20分钟之内阐述对于项目的理解和开展调查的方法。

在这么短的时间里作出一个详细完整的调查规划不是一件简单的事情。在广信之前的两家公司就是因为没有一个胸有成竹的规划而遭到淘汰。广信在来竞标之前就把工作规划都认真想了一遍，就像郭广昌参加高考前就预测到了考点一样，元祖的问题正中下怀。

在元祖市场部负责人陈述完毕之后，郭广昌和梁信军耳语了几句，从包里拿出几张纸，上面是广信为元祖制定的市场调查策略，包括对象抽取、样本采集、调查方法、调查周期都作出了详细的说明。郭广昌把这份工作计划提交给对方，然后言简意赅地介绍了一下。

对方显然有点惊讶，他们怎么都不会想到广信已经把眼光投射得这么远。在这位负责人的脸上闪过一丝不易察觉的喜悦，郭广昌捕捉到了这个神色，心里既紧张又期待。20分钟很快过去了，元祖的工作人员凑在一起商量了一会儿，当场决定和广信合作。

郭广昌记住了走出元祖会议室时的那个影子，望着地上坚定而渐渐拉长的身影，郭广昌却异常平静，他想，接下去该大干一场了。

专业水准：元祖多给了两万元

葛优在《天下无贼》中有一句台词："21世纪什么最值钱？人才。"

人才为什么值钱？因为随着新经济的快速发展、信息技术的广泛运用，脑力密集型的从业者的个人价值越来越凸显。对于新经济模式的准确把握是这类人才最容易创造财富的契机，脑力从业者的根本标准在于快速适应分工日益明细的资本市场，而要适应风云变幻的未来，唯有以不变应万变，这个不变的，就是专业水准。

毋庸置疑，郭广昌代表了一大批世纪交叠的新兴人才。他们在 20 世纪末开始积累，经过 10 多年的打拼，在新世纪迎着晨光破茧而出。一个行业在开始兴起时总是摸索着过河，没有行业标准，也没有职业操守，一切只为了原始资本的获取。

郭广昌却反其道而行之，从创业伊始就订立了专业而细致的标准，像军人一样恪守着自己的职业操守。他的成功是真正意义上的成功，因为他订立了一个行业的从业标准，以专业的准入姿态对市场进行了细化操作，使得当时的广信咨询披荆斩棘，一路领先。

广信和元祖签订合作协议之后，郭广昌身先士卒，事必躬亲。他和当时广信仅有的几名员工一起，从设计调查问卷到上街头发放、现场访谈、收集问卷，每个细节都尽职尽责。在设计问卷的过程中，郭广昌和梁信军主要起草，其他人负责归类分析元祖之前的运营模式和销售业绩。问卷的问题不能太多，太多了被调查者没耐心一一答完，但元祖作这个市场调查的目的就是尽可能全面了解上海的食品饮料市场。如何解决这个矛盾成了摆在郭广昌面前的第一难题。

在广信的小办公室里，郭广昌一坐就是一周，累了就趴一会儿，醒了接着想。按照预先排好的工作节点表，一周之内必须把问卷拿出来，一个月之内第一次调查就要出成果。时间不能说不紧迫，而且在这么短的时间里要切切实实地得出结论来，这真把学哲学出身的郭广昌急坏了。

以前，哲学课上也讨论、也思考，但没人要求你一周之内解决一个哲学问题。哲学本身就是无解的，只能说合理与否。现在不同了，要的是实打实的数据资料，不专业的人还真干不了这事。尽管郭广昌在复旦带着学生们作过考察，也作过一些数据统计，但和这种专业的市场调查比起来，就显得捉襟见肘了。他找来了专业的市场调查统计方法参考书，一边读书一边设计问卷。

事实上，从这次为元祖作调查开始，郭广昌就习惯了活学活用、现学现用。超强的学习能力和领悟能力使他能快速地理解一门新知识并且和自己的工作结合起来，这种素质应该是新世纪人才的又一个注脚，没有强大的学习能力，就无法跟上瞬息万变的时代步伐。

到第六天晚上，问卷终于设计完成了，每个问题都巧妙地涉及群众在购买食品时关注的购买点，结合了元祖关心的需求比例和问卷的趣味性，最关键的是整个问卷只有10个问题。由于问卷篇幅有限，郭广昌在现场收集的同时要结合访谈，以期得到全面的分析结果。

接下来该去街头发放了，这次被调查的就是普通的消费者，因此样本越一般越具有代表性。

早上7点，当人们刚刚起床准备吃早餐时，郭广昌已经站在鲁迅公园门口向过往的行人展开调查了。他对身边的每个人都耐心而和善地询问、解释，人们对这个瘦瘦的小伙子很好奇。很少有人主动上前对他们进行访问，除了偶然会碰到的电视记者。一个填好问卷的大妈笑着问郭广昌："侬是电视台的?"郭广昌也笑了笑，他给大妈又解释了一遍这次调查的动机，是为了让大家能买到更符合心意的食品，是一件对大家都好的事。

郭广昌的笑容让被调查的每个人都觉得很轻松，大家没有不耐烦，而是不停地问郭广昌一些问题。这倒是他事先没想到的，趁着这个机会，他也跟每个人攀谈一小会儿，从谈话的过程中他能获得一些新的想法。

调查的第一天，他从早上7点到天黑，只吃了一块面包，喝了一瓶水。他边发问卷边和其他人聊天，回来一统计，这天光他就发了足足一万份问卷。分散在其他几个地点的同事们也都颇有收获。

晚上，郭广昌顾不上吃一口饭，兴奋地翻看着回收的问卷，微微发肿的双眼难掩他满脸的喜悦。每份问卷都认真地填写了，他心里充满了对被调查者的感激。大家积极的心态让他萌生了一个想法。

第二天，郭广昌早早地上了街。这次，不是在鲁迅公园了，他买了一堆小礼品，搬了一张桌子，就坐在一个临街的路口，写了一块小牌子：填问卷送礼品。这下，本来就好奇的行人纷纷驻足上前询问，听了他的解释之后，口耳相传，大家填问卷的积极性都被调动起来了。半天不到，所有礼品都发完了，换来的回报是带来的一万份问卷也已所剩无几。

任何事情都不是一帆风顺的，正在郭广昌笑着和群众聊天的间隙，有三个治安巡逻员来到了他的面前，二话不说，抄起桌子就放到了巡逻车上。郭广昌一看，桌子不要紧，收回来的将近一万份问卷无论如何丢不得。他上前和治安队员沟通，对方看他戴着眼镜，弱不禁风的样子，并没有对他动粗，加之郭广昌说得头头是道，看上去是个文化人，就跟他说："要问卷可以，跟我们走一趟。"

所幸的是，当天的任务已经超额完成，郭广昌想，走就走一趟吧，这会儿，说问卷是命根子都不过分。到了街道治安管理办公室，郭广昌把经过和对方详细地说了一遍。人家说，现在是市场经济了，各种经济模式的兴起，只要不触犯法律不违反规定，都是国家鼓励的，但发放问卷这种活动，至少应该和街道管理处打声招呼，不然，大批人群密集在闹市区，不便于管理。

　　郭广昌赶忙道歉，并保证下次一定先申请。话说到这份上，治安队员也没再为难他，把问卷还给了他。拿着两袋子问卷，郭广昌第一次体味到了什么叫失而复得，那种从心惊肉跳到最后大石落地的安稳感真是世界上最幸福的感觉。这时，有一名治安队员跟他说了一句话："我看你也是个读书人，怎么不好好在办公室里待着，跑到大街上干这种粗活来了？"这句话让郭广昌一辈子都记忆犹新。

　　人们的观念长期受到了计划经济体制的约束，认为读书人就该安安分分地享受办公室里的悠闲。曾经，这也是郭广昌的想法，他甚至产生了怀疑：为什么放着复旦安稳的日子不过，要跑到外面来受苦？

　　这个念头在这天晚上就打消了。回收的问卷和他通过聊天得来的信息已经足以表明一种市场趋势，具有本地特色的产品经过精加工将受到人们极大的欢迎，而来自全国各地的食品同样需要精加工——精细化产品，这是人们的普遍需求。

　　接下去的半个月，郭广昌放慢了调查的脚步，每天有针对性地发放问卷，并深入挖掘新的市场切入点，就跟梁信军说的一样："复星自己都没作过这么细致的市场调研。"

　　就是在这样认真敬业的基础上，仅用时一个月，郭广昌和他的团队就作出了一份详细全面的调查报告，更难能可贵的是，这份报告用到的专业术语和调查方法令元祖的工作人员叹为观止。当这份资料翔实、分析独到的调查报告送到元祖食品公司后，得到了老总的高度评价。老总当即拍板，在原有合同上追加两万元调研费，作为对广信咨询的一种认同。

　　这笔合同的总金额为 28 万元，加上多给的两万元，正好是 30 万元。一个多月的时间，公司账目上多了 30 万元，看着自己夜以继日的辛劳有了回报，郭广昌和他的同事们都有说不出的开心。

　　更让郭广昌感到欣慰的是，元祖追加的那两万块钱，其价值甚至超过了合同约定的 28 万元全款。在他看来，那两万元是对广信这个品牌的认可与信赖。就这样，郭广昌和同事们为公司竖起了诚信、优质的服务品牌。

广信的业务开始繁忙起来了，包括太阳神、乐凯胶卷、天使冰王等许多国内知名品牌都纷纷找上门来。到了年底，公司的账目上存了整整 100 万元。

急流勇退：寻觅更广阔的天空

有志者事竟成，破釜沉舟百二秦关终归楚；苦心人天不负，卧薪尝胆三千越甲可吞吴。

郭广昌的第一桶金就这样发掘到了。在旁人看来，先入为主和专业先行是广信科技咨询公司赢得众多客户的原因，而运气更是成了郭广昌成功的一个借口。但郭广昌不这样认为，他承认对机会的把握是自己获得利润的先决条件，但把握机会绝不等于拥有了运气。运气这东西，从来都可遇而不可求。如果每一次都靠运气，那这个人的运气也未免太好了。

广信成功的原因只有一个，那就是眼光。运气可能每个人都有机会拥有，眼光却不是每个人都有的。眼光在很大程度上比运气更重要。如果非要说郭广昌异于常人，那么只能说他比别人更有眼光，而不是更有运气。

郭广昌独到的眼光决定了他的大有作为。真理总是掌握在少数人手里，郭广昌也掌握了那个再简单不过的基本原理——低价买入、高价卖出。看似简单的一句话，其中真味几人晓？

就在广信咨询干得有声有色的时候，郭广昌突然决定退出咨询行业，另谋他途。"当门庭若市的时候，差不多也就是门可罗雀的时候了。"郭广昌的这句话意味深远。

果然，咨询业在经过两年的风风火火之后，随着越来越多的咨询公司加入，这块本来就不大的蛋糕也变得越来越小了。

第二节　房产销售：第一个 1 000 万元

从量变到质变有一个过程，对于郭广昌来说，这个过程显得短了些。这取决于他凡事都要捷足先登的个性，从第一个 100 万元到第一个 1 000 万元，他只用了不到 5 年时间。

开路先锋：上海首批民企之一

郭广昌的从商经历对得起他离开复旦时立下的誓言：只有懦夫才后

退，我决不后退。这个并不健壮的男人，在沉浮的商海里始终在扮演着开路先锋的角色。从广信咨询开始，每一次退出与进入都是在走别人没走过的路。

1994年，随着范伟和谈剑等人的加入，广信正式更名为复星，主打医药，并开始涉足房地产。郭广昌摇身一变，成了上海首批房地产开发商之一。

时隔10年之后，复地获得了上海首批房地产开发企业诚信承诺企业标牌。这一年，复地集团在北京举行的地产峰会评比中成绩骄人，位列当年中国房地产百强企业综合实力榜第三、成长速度第一、赢利能力第五。

一连串数字都在演绎着复地的传奇，被业内人士惊讶的同时，也在为郭广昌这个领跑者惊讶。

贵为中国房地产百强企业综合实力第三位的品牌房地产企业，今天的复地已经用一系列产品和品牌运作奠定了其在上海的杰出地位——上海最大的房地产开发集团，上海房地产企业综合实力三强。

然而，谁能想到，这个声名显赫的房地产公司在刚进入地产市场时也曾低迷过。当初决定放弃咨询行业转战医药和房地产时，郭广昌和梁信军就产生了分歧。如果说医药是因为范伟带来的技术尚且有所保障，那房地产对复星来说则完全是新领域。梁信军对此持怀疑态度，郭广昌跟梁信军畅谈了一个晚上，最终，梁信军同意了郭广昌的观点。

当时，国家政策决定了一个行业的兴衰，从计划经济中复苏的市场还不成熟，国家的宏观调控对市场的规范化运作起到了重要作用。并且，在任何一个市场经济环境中，经济主体都无法从根本上脱离政策的引导。

房地产和所有原本由国家控制的产业一样，不可能一下子放开，总是摸着石头过河，一步步走过来的。郭广昌承认，在这件事上犯了冲动的毛病。尽管国家决定放开了，但贸然进入一个陌生领域，还是让郭广昌尝到了苦头。

作为上海首批房地产公司之一，郭广昌刚开始是从中介干起的。可是公司接手的第一个楼盘根本卖不动。纯粹的商品房在当时的上海还不是居民的购房首选，单位集资仍是普通上海市民住房的最佳选择。郭广昌从1992年开始就关注上海的阶层分化，他预料到之后会有蓬勃兴起的中产阶级，但这个阶层的到来远没有他想象得那么快。

那个滞销的楼盘直到复星接手之后，郭广昌制定了针对楼盘的广告方案，方才重装上阵，一举售罄。通过这件事，郭广昌对政策和市场有了一个新的认识。

目前，复地在全国的业务全面铺开，光在北京就有四个优质楼盘——玉泉新城、位于西大望路的"PEKING HOUSE"、位于西单的高档公寓"复地天赋"以及位于小汤山的别墅"复地元墅"。

在进军房地产市场的同时，郭广昌再次显示了自己独一无二的眼光。以"PEKING HOUSE"为例，该项目位于西大望路，是北京聚集了商务公司的精英以及国外驻京企业的骨干的CBD区域，通过这个项目，这些人不用再往距离CBD相对较近的郊区通州跑，而是工作和生活都在CBD。

在复地刚开始入主房地产时，市场上就一直存在一个问题。开发商交房后，很多后续服务跟不上，购房人就处于"爹不疼娘不爱"的状态，一方面造成了业主的不便，另一方面也有损于开发商的品牌建设。郭广昌非常注重集团的品牌效应，每一个楼盘、每一个项目，在售出之后都要把服务做好，"好人做到底"，不能收了钱就拍拍屁股走人。

为此，复地成立了许多客户俱乐部，就是为入住后的客户提供全面持续的服务。加入俱乐部的成员都能享受到复地集团提供的资源，而定期的娱乐文化活动、酒会沙龙等为会员构建了完备的交流平台。即使在今天，很多房地产开发商仍然没有意识到这一点。

1992年就意识到将有个中产阶层崛起的地产商，不出意外现在都成了鹤立鸡群的开发商，这就是鲜活的市场需求，谁有这个眼光，谁就能成为领跑者。

另辟蹊径：渗透宣传，上门广告

在为元祖作市场调查时，郭广昌深切体会到"众人拾柴火焰高"这句话。但在刚入主房地产时，他却没有及时把这个原理结合到楼盘销售中去，这也是刚建成的楼盘卖不动的一个原因。

直到后来，他才意识到发动群众的力量是走向成功的不二法门。换个角度来看，群众就是自己的客户，对待客户岂能不理不睬？反之，对客户只有一条路——不离不弃，从心里把客户当成上帝。这就要求一心一意去为客户着想，针对每个具体的住户制定出强有力的传播策略。

想通这一点之后，郭广昌结合楼盘特性，总结了一套行之有效的推销系统——渗透宣传，上门广告。世界上那些最容易的事情中，拖延时间最不费力。为了不浪费时间，他们说干就干。

20世纪末的上海，开发商卖房子并没有专门的售楼处，通常是在工地附近挂块广告牌子就开始售楼了。郭广昌不愿意这么做，他想，楼盘要与众不同，在楼盘售出之后靠提供优质售后服务，在售出之前就得靠别出心裁的广告方式。

跟作市场调查一样，房子也是要交到具体的每个人手里，那么了解这些潜在客户的需求，让他们知道在市场上有适合他们需要的楼房，这是最关键的广告点。郭广昌接手的第一个楼盘在上海郊区，当初是专门为那些有"洋插队"成员的家庭建的，可是建成后，却无人问津。郭广昌觉得楼盘的开发初衷没错，自己在创业之前还差点出国留学呢，如果出国的话，在国内有房子，不必等到将来回国之后再买。而且，任何一个有战略眼光的人都会看到房产的升值潜力。

那么，怎么让这些有"洋插队"的家庭知道有这么一个楼盘呢？传统的广告方式无外乎在报纸上登广告，但相对于大块文章来说，报纸夹缝里的豆腐块广告很难引起客户的关注。如果能找到这些潜在客户，然后上门把材料交给他，那样效果应该会不错。

这时候，梁信军给郭广昌提了个醒，他说："顺藤摸瓜呗？每个出国留学的人都记录在案的，应该能查到。"顺藤摸瓜，说者无心，听者有意。郭广昌记起当年自己要出国的时候排队办签证的事，没人能跳过这一步。所有的记录都在出入境管理处，去那儿查一下不就行了吗？

第二天，郭广昌和梁信军就跑到出入境管理处。说明来意之后，对方说留学生的家庭住址岂是谁想查就能查的，你们需要介绍信。可是，上哪儿找介绍信去呢？正在郭广昌犯难的时候，一个大学同学从屋子里走了出来，郭广昌一眼就认出了他，想当初在复旦的时候还一起参加过诗歌朗诵会呢。

郭广昌走上前去，拍了这位老同学一把，对方愣住了，半天没反应过来。后来终于认出是郭广昌，他们就谈了起来。原来这位同学毕业之后就到了出入境管理中心，一直疏于联系，于是对面相见不相识。

有熟人就好办了，这位同学跟负责管理档案的工作人员说了一下，郭广昌就顺利地拿到了资料。

顺藤摸到了瓜，接下去该按图索骥了。照着资料上的地址，郭广昌他们兵分五路，分别负责一个片区，把楼盘资料和配套设施以及售后服务制作成简洁明了的宣传册，分发到了家里有留学生的地址。

这一招立竿见影，本来滞销的楼盘立刻门庭若市起来，通过为这个楼盘做代理，当年年底郭广昌就赚到了复星的第一个 1 000 万元。

人在成长过程中要经历许多事情，有好事也有坏事。谁有能力把坏事变成好事，谁就能获得更多的人生财富。从第一个 100 万元到第一个1000 万元，郭广昌渐渐从旁人对他放弃复旦体面工作的质疑目光中走了出来，谁也不会想到，当初看似疯狂的选择铸就了今天的千万富翁，而更让人想不到的还在后头呢。

第三节　生物制药：第一个一亿元

你可以这样理解 impossible（不可能）——I'm possible（我是可能的）。从郭广昌决定从商那一刻起，他就没有怀疑过自己把握财富的能力，对任何事情的孜孜以求只会让他的所得大于期望。

生意场上的"探测仪"

郭广昌有自己异于常人的市场嗅觉，他恪守着"走到市场中去，体验鲜活的市场需求"。今天来看郭广昌的市场运作手段，其特点总结起来就是："能买的不租、能租的不建"，也就是利用现成的东西。尽管自己也是白手起家，但正是遵循着这个规律，他在 10 年间使自己的版图成几何级数增长。

1993 年，"五虎上将"中的汪群斌、谈剑、范伟陆续加入复星。郭广昌将公司为元祖作市场调研和代理房地产积累起来的"第一桶金"，悉数投入到了基因工程检测产品的开发上。国家正在复苏，各行各业都在蓬勃发展，但是万事开头难，谁也不知道该选择什么项目，选择的项目是不是昙花一现。

在最初创业的几年里，郭广昌并没有被眼前的利益蒙蔽了双眼。他意识到，现代医药必将是新世纪市场竞争的必争之地，而一开始就定位为"科技咨询"的广信当然不能只说不做，现代高科技的主攻方向之一就是生物工程。在赚到 1 000 万元之后，他最终确定把基因工程作为公司下一步的构建主体，而现代生物医药这个科技含量极高同时风险也极大的高科产业方向将是公司的主攻方向。

范伟和汪群斌的及时加入为复星的这个选择提供了技术后台。学遗传学出身的范伟是典型的学者，他专注于生物制品的研究，在复旦的时候就经常泡在实验室里，郭广昌用醉生梦死来形容范伟对实验的痴迷。

在郭广昌的力邀下，范伟带着自己对生物医药最新的研发技术来到了公司。他不仅带来了技术，还带来了一大批资源。实验中碰到的技术难题，通过范伟的学术关系网群策群力，为复星创造了无形的价值。郭广昌深知这一点，他在进行市场推广的过程中总是谦虚地说自己"一无是处，干着剥削压榨他人的勾当"。实际上，做市场推广一点不比药品研发轻松。在某种程度上来说，对市场的把握决定了药品研发的方向。

郭广昌对市场的精确把握来源于他事必躬亲的实践精神。走到市场中去，亲身体会市场需要什么，这是郭广昌拥有独到眼光的基石。"天才的诗人，他的第一声啼哭也不会是一首好诗。"同样，再独到的眼光都不是一日之间练成的，而是需要经过市场的磨炼。

艺术来源于生活又高于生活，郭广昌对市场的把握又何尝不是一种艺术？

他把高起点、高投入开发与中国人相关疑难杂症的基因工程新药作为企业发展高科技产业和产品的追求。

除了范伟和汪群斌的研发能力，鲜为人知的是，梁信军学的也是遗传学，他和汪群斌还有范伟都是 1987 年进入复旦大学的，比郭广昌低两届。梁信军和郭广昌作为复星最初的搭档，对市场的开拓是公司生存下去的首要任务，因此梁信军的专业知识反而没派上用场。

等到复星决定向生物工程进军的时候，梁信军已经和郭广昌一起，在市场上摸爬滚打了好多年，丢掉市场去做实验显然不是明智之选。更何况，此时的郭广昌在市场把握上缺不了梁信军这个左膀右臂。

也正是因为梁信军在遗传学业内有很多老朋友、老同学，郭广昌也借机了解了更多关于这方面的市场动态。众所周知，一种经济形态开始复苏时，最活跃的肯定是意识形态。早在别人听任市场摆布，因为滞后性而跟不上市场步伐的时候，接受过高等教育又在商海中鼓浪弄潮的这批人是最容易领先市场、发现商机的。

电影《大腕》的故事情节就是冯小刚和一帮朋友在饭桌上聊天聊出来的，同样，郭广昌对生物工程和医药领域的关注也是从一次饭局开始的。当时，复星还在代理房产，生意非常兴隆，梁信军就请了一些以前在复旦读书时的好朋友吃饭，郭广昌也参加了这次聚会。

席上，心情不错的郭广昌喝了些白酒，俗话说，酒后吐真言。喝得有点晕乎的郭广昌和在座的那些朋友们高谈阔论自己对经济大势的看法，大有指点江山的意味。而当时在座的好几位就抛出了"生物工程"这个概念。

郭广昌一下子被这个充满了科技色彩的词汇吸引住了，他一言不发，静静地听他们讨论这个学科在国外的尖端性。郭广昌一听就是一个小时，酒席散去之后，"生物工程"和医药深深地烙在了郭广昌那颗"不安分"的心里面了。

广开分号，独占鳌头

赚钱之道很多，但是找不到赚钱的种子，便成不了事业。1995年，复星的几位研发人员在范伟和汪群斌的带领下，经过半年的总结，把已经研究了三年的课题"种子"转化成了成品，这就是后来在复星历史上大名鼎鼎的PCR乙型肝炎诊断试剂。

乙肝的传染性很强，而且很难根治。传统的检测方法程序繁杂，而且准确度也不够高，医院和病人都为此深感头疼。如果有一种方便快捷的药具能够准确地检测出乙肝，那将是应用医学的一大进步。

范伟和汪群斌的研究课题就是这种乙肝测试药具，在复旦大学三年的苦练修行，已经取得了一定的实验基础，但缺乏进一步的资金支持。梁信军的无意之举促成了这一成果的诞生。在那次聚会之后，郭广昌经过深思熟虑，决定把生物制药作为复星的主攻方向。

之后，他又和范伟深谈了一次，最终达成共识，范伟和汪群斌以技术入股，郭广昌则把之前公司积累的资金全部投入乙肝试剂的研制实验。

这无疑是一次赌博。成功了，回报不可限量；失败了，后果不堪设想。郭广昌倒是很豁达，他想，大不了重回无产阶级嘛，年轻人又不是输不起。

其实，对药品实验的投入不是最主要的，做PCR试剂的成本并不高，资金主要投在全国各地建立销售公司上了。郭广昌的策略是：磨刀不误砍柴工。药品研发是排头兵，销售网络是后勤部队。

这样，尽管复星用于建立销售公司的成本非常高，但他们的PCR乙型肝炎诊断试剂很快就在全国以压倒性优势拉开了销售网。到1995年年底，复星就赚到了一亿元，坐上同行业龙头的位置，而且为他们留下了一个价值不菲的全国销售网络。

第五章
劫后重生：整合出击

第一节　2004 复星"体检"：民企"过冬"样板

　　人若百病突发，则悔不该忽略定期体检。企业亦如此，定期体检能让健康的更健康，腐坏的被清除，于人于己都是莫大的好事。2004 年，复星在国内民企风声鹤唳之际及时做了一次体检，保证了企业肌体的健康茁壮。

前夜：德隆崩盘

　　1992 年，唐万新在新疆注册成立了新疆德隆实业公司，注册资本 800 万元。随后，深圳股市传来通过认股抽签表的方式发行 5 亿元新股的消息，唐万新花钱请了几千人到深圳排队领取认购抽签表。三天之后，抽签表变成了唐万新口袋里的现金。

　　1994 年，注册资本一亿元的新疆德隆农牧业有限责任公司在新疆进行农牧业开发，投资农业自此成为唐万新的一个长期稳定的资金源泉。

　　时隔一年，唐万新通过购买法人股的办法控制上市公司，一边继续在二级市场上炒股获利，一边摸索着向实业运营者转型。1996 年 10 月，德隆第一次在资本市场公开露面，受让了部分新疆屯河法人股，1997 年通过控股屯河集团而成为其第一大股东。

这一时期，德隆在股市上呼风唤雨，一时间风光无限。尽管唐氏兄弟开始有意识地在以番茄酱加工生产为核心的"红色产业"上进行整合，并在水泥、汽车零配件、电动工具等领域取得一定成效，但实业并未成为德隆的主业。

民间关于德隆是"庄家"的传言越来越热闹，无论是普通投资者还是媒体，都把德隆视为洪水猛兽，并对之咬牙切齿。与此同时，唐万新始终选择沉默，这种"神秘感"又让德隆的负面印象再次放大，而这也最终成为德隆危机爆发的导火索。

事实上，人们很难定义德隆危机究竟始于何时，或许，从它投身股市的第一天起，这个命运就已经注定了。

2003年7月开始，中国证券市场猛料迭出，"啤酒花"、"南方证券"、"青海信托"等一连串危机事件接连爆发，德隆旗下的金融企业几乎没有丝毫进账，屋漏偏逢连阴雨，从2003年8月起，全国范围内十几家银行突然对德隆采取"只收不贷"政策。

2004年初，德隆作出决定，抛售持有的流通股套现，试图缓解眼前资金流短缺的窘境。由于德隆手中集中掌握了大多数筹码，抛售行为立即引起二级市场股价的持续下跌，随之而来的是更为猛烈的疑问与声讨。

2004年4月13日，德隆系股票跌入下降通道，上市公司的违规担保等不利情况显露无遗，金融机构的委托理财黑洞也全面暴露。

崩盘危机迅速击中了德隆，唐万新已无力回天。

4个月之后，国务院向央行下达有关文件，正式批复了市场化解决德隆危机的整体方案——德隆将被一并交由华融资产管理公司进行整体托管。德隆国际、新疆屯河集团与华融签订《资产托管协议》，这三家公司都将其拥有的全部资产不可撤回地全权托管给华融，由华融全权行使其全部资产的管理和处置权利。

至此，唐万新彻底丧失了对德隆的控制力。

人的悲剧之一是追错了目标，而悲剧之二是只有回首往事之际才能清楚地看到自己的过错。

唐万新把金融看做博弈的平台，凭借自己过人的胆识和勇气迅速积累了大量财富，但在实际操作中，他往往倾心于手段，却因此而忘记了要达到的目的，这就使他常常陷于资金窘境之中，然后不得不以曲线获取自己所需的资金资源。

在管理方面，德隆是一个"货真价实"的家族企业，事无巨细都依靠唐万新定夺的模式让德隆的决策明显地带有浓重的个人色彩。而缺乏所进入行业需要的专业人才导致了德隆对所并购企业缺乏控制力，无法对目标企业进行实际运营管理。

成也萧何，败也萧何。德隆依靠股市完成资本原始积累，也因资金链断裂而寿终正寝。这是一个带有浓厚宿命意味的悲剧。

纵观整场事变中媒体的角色，让人感慨良多。虽然决定因素并非媒体，然而媒体对德隆"庄家"恶名的肆意传播加剧了德隆的覆灭。对于其他同样处于社会转型期的民营企业来说，学会与媒体打交道不可谓不重要。

今朝：央视剑指复星

德隆的覆灭引发了中国民营企业界的一场声势浩大的"体检"。就在郭广昌大刀阔斧地整合钢铁王国的时候，一个坏消息从北京传来。

中央电视台在一则产业新闻中如此报道：宁波经济技术开发区管理委员会在未经国家审批的情况下，擅自批准宁波建龙钢铁公司投资 3 000 万美元，建设年产 160 万吨宽厚板的开工报告。建龙又将投资规模从 3 000 万美元增加到 12 亿美元，约合 100 亿元人民币，宽厚板年产量增加到 600 万吨。经过中央台报道，宁波建龙一时成为媒体翻炒的热点。

宁波建龙是复星之前不久就有意投资的钢铁项目。这一来，郭广昌被推到了媒体的风口浪尖上，各种传闻纷至沓来，令人应接不暇。

事情发生之后，复星迅速发布澄清公告，称公司对宁波建龙钢铁有限公司没有任何投资，公司与宁波建龙及其股东没有任何资金往来。态势发展急转直下，过了一段时间，浙江省委、省政府根据调查结果，对建龙事件作了严肃处理。宁波市计委、市经济技术开发区管委会、市国土资源局等有关部门的 6 名领导干部分别被撤职或行政警告。宁波市环保局、宁波银监分局也分别对建龙和有关商业银行的违规操作进行调查，并依照法律法规作出相应处理。

不为失败找理由，要为成功找方法。

在宁波建龙钢铁有限公司被省政府处理之后一个月的时候，郭广昌首次在公开场合对该事件作出回应。他信心百倍地说，我们不能把建龙问题混为一谈，需要明确一点，那就是建龙是符合国家钢铁产业政策的，该项目主要的问题是项目审批违规。在他表态的同时，建龙已经具备重新申报以及得到有关部门批准的条件，公司股东很快就重新递交了审批报告。因此，复星不会放手，并且有信心做好。

宁波建龙钢铁有限公司位于宁波北仑，占地 3 000 多亩，总投资 100 多亿元，主要生产钢中宽厚板。宁波建龙也是目前国内民企单独投资额度最大的钢铁项目。郭广昌投资该项目的主要原因是因为其地理位置好和板材市场的发展前景好。郭广昌在决定投资之后就准备将其打造成世界先进钢厂和民企投资钢铁业的样板。

即使是这样，媒体仍然有不少质疑。郭广昌必须稳定军心，让复星渡过这场生死劫。他再次召开新闻发布会，会上请来了宁波市的相关领导，他对媒体表示，建龙的现有股东有足够的实力建成项目。在回答"是否会和别人合作"的问题时，他表现得相当大度，"复星愿意以一种开放的心态，欢迎各种资本一起参与建龙的建设"，而合作伙伴的选择标准则是能够给企业带来价值，如技术、人才。郭广昌从来就不是一个强调资金的人，在产业整合的时候，他最关心的是产业的技术和人才。

然而，打击还不仅仅这些。这一年，中央开始宏观调控，各项产业、金融政策骤然收紧。宁波建龙只是一个表征，更多的挫折在于整条产业链的运行艰难，整个复星集团的并购速度突然被迫放慢。

自我解剖 1：非上市拿出"安永报告"

不得已，郭广昌带着复星集团高层特意到北京进行公关，希望新闻媒体不要对复星进行"跟风"炒作。因为在此之前，关于复星资金链紧张的传闻已经在大街小巷传开了。

一波公关不够，就来两波；两波不够，就来第三波。在信息无比畅达的今天，铺天盖地的舆论足以毁灭一艘航空母舰。郭广昌对媒体和公众不能缄口不语，他必须用行动来说话，告诉大家复星能够挺过来。

回到上海之后，复星请来安永会计师事务所为其作财务分析报告。这份产业巨人的体检报告表明，截至 2004 年 6 月，复星集团负债总额 200 亿元，资产负债率为 68%。郭广昌对众人许下承诺，复星将会很快将负债率降至 60% 以下。

自我解剖 2：非国有拿出"国研报告"

在作财务分析的同时，复星还请国务院发展研究中心企业研究所作了"复星集团的市场地位、竞争力和多元化发展战略的初步研究"。郭广昌发动一切资源，通过具有官方效应的"国研报告"对复星集团多年来的产业发展思路加以佐证。

复星不是一点问题都没有，关键是这个问题还没有到门庭冷落的地步。郭广昌在宁波建龙事件后决定收缩战线，逐步淡出四大主营业务之外的其他行业。

重生：复星国际悄然临世

在这个非常时机，"合法"和"透明"成了郭广昌最常讲的两个词，也是他抵御外界质疑的两大法宝。他决定暂时远离"整合"这个主题。

然而，就在复星作报告的同时，一家名为复星国际的公司在香港悄然注册，复星国际全资拥有复星高科技集团的所有资产。这正是他当时为复星高科技集团整体上市迈出的第一步。

这个执著的浙江人并没有轻易放弃他的产业王国梦。

许多年之后，当回头来看，许多当时的凶险都已转危为安。现在的郭广昌再回头去看宁波建龙，并不觉得那是一场劫难，至多算产业发展过程必经的严寒。

躲过了宏观调控，躲过了重重危机，躲过了外界的怀疑和责难，这位幸存者仍然执著于这个梦想。直至复星集团在香港整体上市，募集来的资金除了偿还之前的银行借贷，主要用于投资或收购钢铁、医药、零售、金融服务业及其他策略性投资。

光环：年度经济人物

阴霾之后是阳光，在穿过重重迷雾之后，郭广昌在这年收获了另一个登堂入室的机会，他当选了 2004 年 CCTV 中国经济年度人物。

"他用求实精神理性创新，率领企业阳光运营，一位知识经济时代的掘金人，一位资本投资的创造者，他的故事告诉我们：绿色财富更加健康。"这是 2004 年 CCTV 中国经济年度人物颁奖现场给新任当选人郭广昌的颁奖词。此后，他和现场的多位专家进行了诙谐而意境悠远的对话。

第一个发问的是中银国际首席经济学家曹远征，他说："据介绍，您是自己花的审计师来审计，而且是非上市的部分，而且还把审计结果交给银行，那么一般的企业是怕审计的，更怕审计出来的结果交给对手，您为什么这样做，原因是什么?"

郭广昌想了想，这样回答他："一个人得了感冒之后，最不希望的就是被别人怀疑成非典，如果确信自己只是感冒，那么做体检是最好的证明。同理，如果企业遭遇的小问题给公众造成了一定的错觉，那么最好的解决方法就是做一份审计报告。一个人不可能没有缺点，我们可以更好地发现自己的缺点在哪里，然后去改正它。另外，这种做法可以取得别人的信任，这种信任是非常宝贵的。"

这时，另一位经济学家也提出了自己的问题："作为成功人士，您做了很多公益事业，我想问一下，您为什么要做这么多公益事业？"

郭广昌这样回答："我想这涉及我的一生，20 岁以前我主要在学习，25 岁以后主要在创造财富，而 50 岁以后把我主要的财富回归给社会，去设立各种基金，去做各种有价值的事情，现在我回报给社会的还是很少很少，因为我现在的主要精力还是在创造价值，大家可以看看我 50 岁以后，我一定会实现我回报社会的承诺，我希望在 70 岁以后还能为社会作贡献。"

现场的专家们纷纷提问，郭广昌应对如流，在回答"什么是关乎企业成长命脉的因素"时，郭广昌语气坚定地说："市场。我觉得如果市场是对的，任何别的方面有点小错都没有关系。但是一旦市场方向是错的，与市场背道而驰的时候，你会被别人抛弃，所以我会永远关注市场。"

主持人适时地将对话从市场引向了财富："今天不光关注市场还关注财富，您过程的屏幕中多次提到了财富，我知道郭先生的父亲是一名石匠，您自己出生的家庭并不是非常富有，您能想到在今天您的父亲留给您的最大财富是什么吗？"

郭广昌听到这个问题，迟疑了一下，然后娓娓道来："勤劳、善良，除了我父亲之外，我要说说我的妈妈。她非常善良，她是靠卖小菜让我读完大学的，但是卖小菜从来不去弄有毒的农药，她很反对农民种这个菜的时候用了一些不该用的药，所以这份感恩和善良是我们复星集团团队创意，也是我自己能走到今天最重要的动力，所以我感谢她。"

全场响起了热烈的掌声，这阵掌声也让郭广昌看到了阴霾之后的阳光，他相信，对于健康的肌体而言，适时体检不仅非常必要，而且必须，复星也从这场冬日体检中学会如何去预防各种来自外界的病痛，并妥善地处理它们。

第二节　上海复地：创地产新空间

"我想有个家"，当歌手潘美辰复出歌坛，重新演绎这首经典曲目的时候，几乎每个人都更深刻地领悟了这句歌词的含义——房子，房子，还是房子。要想有个家，首先得有个房子。从这个角度出发，不难理解现在房地产市场"祖国山河一片红"的热火朝天。

财富是和房地产连接最频繁的一个词，亿万富翁在房地产界不足为奇。在这些亿万富翁中，执著于和团队共同创造理想，再去实现理想的方显高人一筹。

毋庸置疑，郭广昌就是这样一个共创理想空间的亿万富翁。

10年前的上海，初现峥嵘的楼市并不比外滩的阳光更灼人，上海房地产业在沉稳的经济文化上逐渐升温。在这不久前，高额头、高颧骨、瘦长脸，长着典型的浙江男子面孔的郭广昌带着自己的创业合伙人闯入了上海房地产市场。

当时的郭广昌并没有想到，正是在黄浦江边，他将步入自己开创的房地产世界。

美丽梦想：开拓地产新世界

"木不可无叶，资本不可轻易示人。"哲学系出身的郭广昌自然深谙此理。但是人在地产界，绝不可相忘于江湖，要想摆脱众人议论是不可能的。随着房地产投资的风生水起，渐渐体态丰盈起来的复星集团成了众人眼中的焦点。

当初，郭广昌和几个复旦学子一起创办了复星高科，而后开始投入房地产业，逐渐在上海房地产界崭露头角，主攻内地新兴的中产阶层。10年间，复星集团控股的中国复地公司从一个小小的营销代理公司，发展到年销售额800亿元的地产巨头。

作为中国房地产事业成长的见证者，复星集团从上海扬帆起航，而这一切都是从赫赫有名的复星花园开始的。

复星花园缘起于一个偶然。当时，上海楼市处于即将升温而未成规模之时，很多地产公司并不清楚自己的开发方向应该是什么。郭广昌和他的创业团队在驻足老本行——医药科技的同时，看到了房地产市场的巨大前景，但他们也不太清楚到底将房子卖给谁。

小资和互联网的盛行给复星带来了启发与契机。

1995年是中国互联网疯狂增长的一年，大批网络用户的出现为奢侈品消费打开了更为便捷的大门。虽然互联网已经进入个人用户时代，但有能力和机会使用互联网的仍旧占少数，这个少数就是后来风行一时的小资。

小资的粉墨登场意味着社会中产阶层的初步成熟，他们有购买能力，而且追求品位，吃穿住行特别注重独立性，对待房子的态度也是如此。普通的公寓楼虽然造价相对低廉，但私密性不够；高档别墅私密性很强，但价格昂贵。如果有针对中产阶层量身定做的楼盘，既保持私密性，又在房屋设计上追求别出心裁的个人风格，应该会非常契合中产阶级的品位。

复地决定通过网络搞一个针对中产阶层的地产市场调查。

郭广昌和他的团队兵分四路，通过网络对潜在客户进行了访谈。过了两个月，结果出来了，他们却一点都兴奋不起来。被调查者都表示对公寓型住宅表示满意，并不追求特别华丽的私人空间。

事实证明，复地的猜测并不完全准确。小资追求的是品位而非华丽，只要品质足够优良，内饰设计能够突出主人对生活的态度，即使是公寓也能令住户满足。这个结果虽然偏离了郭广昌最初的构想，但在客观上反而降低了对楼盘的开发难度。如果是公寓型住宅，那将比独栋商品房造价更低，而他们要做的就是在住房细节上重点突出小资的品位。

有了这个调查结果，复地马上着手进行房产规划，机会来得正是时候。只用了半年时间，楼盘已经全部到位，工期在一年之内即可完成。接下来该给楼盘设计一个足够有吸引力的案名了。

有人说就叫"白领公寓"，简洁而直切主题；有人说叫"丽人之家"，温馨而富含深意；还有人提议干脆叫"富寓"，一语双关，既代表入住者的身份，又揭示楼盘的性质。在听取了多方意见之后，郭广昌却有不同的看法：白领公寓固然切题，但没有诗意；丽人之家温馨有余而质感不足，富寓有深意但不直白。而且，所有这些案名都没有包含开发商的名字，复地在这时只是刚刚注册的新公司，品牌无法和已经小有名气的复星相比，如果要涵盖企业特质最好用复星的名义，案名的前半部分有了，关键是如何对这个针对小资的楼盘进行品质定义，这让郭广昌感到头疼。

郭广昌心烦的时候习惯到公司外面的一个花园里散散步，这天，他照例来到了这个花园，在里面待了半个小时还是没有什么头绪，他起身打算离开，就在站起来的一刹那，一个词在脑海中迅速地闪过——花园。

"复星花园"，就这么定了，复星花园。忙碌了一天，谁不想坐在花园里好好地休憩一番？谁不想"笑对世间态，醉卧百花园"？

半年之后，这个案名被证明是非常成功的。楼盘从开盘到售罄只用了不到两个月的时间。就是这座针对上海中产阶层的"复星花园"，让郭广昌在上海地产界猛然崛起。

"黄河之水天上来，奔流到海不复回。"复地集团从复星花园开始踏上了房产世界的王道乐土，但他们不满足，去更远的地方是郭广昌对理想的规划。如同黄河之水，从遥远的天际奔来，一直去往更广阔的大海。

此后，复地又增加投资了 11 个房地产项目，不过，复地当时还没有获得这些项目的土地使用权证。这 11 个项目总账面净值约为 6.1 亿元。如果计划能够实施，复地将赚取更丰厚的利润。

复地给复星集团赚钱最多，这是集团公认的事实，然而复地在首次赴港上市时却铩羽而归。2003 年，复地在汇丰的安排下招股，计划于 3 月 6 日在港交所挂牌，发行 4 亿股筹资 10 亿港元左右，相当于股本扩大后每股有形资产净值溢价 51%~73% 。

但在公布招股结果的前夜，复地却临时宣布推迟上市。郭广昌解释说，因为潜在投资者担心美伊可能开战，严重影响投资气氛。但同时有消息称，复地推迟上市的主因是招股不理想。

明眼人都可以看得出，复地此次上市失败的症结在于：第一，内地房地产"泡沫说"使得机构投资者对认购内地房地产股抱谨慎态度；第二，复地单股定价偏高，考量价值的方式备受质疑；第三，复地在招股书中并没有阐述清楚上市集资资金所为何用。

面对挫折始终抱有希望是最可贵的品质，不论结果如何，对过程充满激情是郭广昌从商的至理名言。

经过一年的精心准备，郭广昌卷土重来。这一次，复地共发售 6 亿股 H 股，预计筹资 11 亿 ~ 14 亿港元。其中 90% 为国际配售，10% 公开发售。

不过，复地重新返港上市，招股价较前一次低，而且前一次被市场诟病的土地使用权证问题也基本解决，这令机构性投资者对复地仍有热情。国际配售部分更是获得良好反应，并已超额数倍。

至此，复地完成了郭广昌的初步理想——财富裂变。在过去的 10 年间，有一个不争的事实：郭广昌的财富增长了 10 000 倍，他本人更是被誉为"上海的盖茨"。

财富使人变得宽广，而宽广会带来更多的财富。单纯开发楼盘所赚得的利润和宽广的胸怀相比毕竟是有限的，骨骼清奇、面容清癯的郭广昌就拥有一颗无限宽广的心。他称得上是中国资本市场上真正的智者——龙潜深渊，静候良机，三年不出，出则惊人。

三起两落：香港股市扬帆

世界上本来就没有一帆风顺的事情，当一件事情进行得过于顺利的时候，不免让人心生疑窦。从这个意义上说，复地在香港股市经历的起伏实属好事多磨。

2002年，复地准备实现第一次IPO。但当时中国电信进行了大规模IPO，结果市场反应并不热烈。在中国电信被迫推迟计划之后，复地不愿顶风而上，因而推迟招股。

到了2003年，复地在汇丰的安排下再次安排招股，但在公布招股结果的前夕，复地突然宣布押后上市。实际的原因是：复地招股很不理想，占集资额90%的国际配售部分，认购仅得35%；公开招股部分的认购也只有70%~80%。认购倍数严重不足，令上海复地在2003年3月3日宣布停止招股行动。

2004年1月，复地再次启动了上市计划，这是它两年内第三次整装上阵。这一次复地的保荐人也已由汇丰转为摩根斯坦利。

最终，复地于2004年1月30日中午完成招股，并于2月6日在港交所挂牌。这也是春节后港交所第一只上市新股。

历经三年，复地终成正果。但郭广昌对此说并不赞同，因为在他眼里，复地刚刚扬帆起航。

2004年房产商：复地第一

10年日夜兼程，10年地产风云，从1994年8月开始从事房地产开发业务到2004年郭广昌当选年度经济人物，10年间，曾经的书生意气变得沉稳厚重，曾经的同学少年一个个浮华退去，当郭广昌坐在位于黄浦江边的办公室里凭窗远眺之际，复地在不知不觉中已经成长为全中国最出色的房地产公司之一。

1998年8月，复地以上海复星房地产开发有限公司的名义成立。

2001年9月，复地改制为股份有限公司，并将公司名称由复地(集团)有限公司改为复地(集团)股份有限公司。

2004年2月，复地完成首次公开售股，筹资合计港币17亿元。

而上市募集的港币，主要用于购买新的土地。这些土地将主要集中在北京最繁华的区域。正如郭广昌所言——房地产有一个很大的秘诀，谁掌握这个秘诀就能赚到钱。这个秘诀就是地段，地段，还是地段。而复地取得土地的过程是非常理性的，是很有纪律性的，绝对不会创造几个地王，为了出风头举一个过高的牌子。

很多优秀的房地产公司最后都是被庞大的土地储备拖垮的，对于一个房地产公司而言，拥有一堆土地储备与实现巨大利润之间还有一段很长的道路要走。因此，复地没有为了迎合某类投资者幼稚的想法而去大规模圈地。而且，在以后的发展中公司将坚持自己的商业模式。

郭广昌的坚持和几位高管的执行让复地在 2004 年全线飘红，这一年，属于复地，属于刚刚上路的郭广昌。

筑人蓝图：客户关系管理

郭广昌的文科背景让他时常自称"学无所长"，就是这个"学无所长"的人，却领导了一个多元化控股集团，并率领 4 位创业元老一同登上福布斯中国富豪榜。

懂得更好地管理客户关系，懂得用人，懂得在合适的时间作正确的决定，这是郭广昌成就大业的稳固基石。郭广昌明白，能不能找到最好的人、能不能维系住最稳定的客户，这关系到企业的未来。企业最大的失误，不在于一个项目的得失，而在于一开始就找错了合作伙伴。

推举郭广昌做领头人时，其他成员表现出高度一致："郭广昌情商高，能很好地整合与协调其他人的关系。另外在战略思考上，每次当一件事达到一个水准，觉得可以休息一下的时候，他都能提出一个新的像大山一样的目标。他善思辨，新奇的想法从来不断。"

郭广昌则认为"创新不是马上想到钱，而是应该待人以宽、待人以诚，应该看到别人的长处，听取别人的意见，创新最重要的是要学会去倾听别人。"

在复星，郭广昌非常强调要学会听："在公司里面要听别人的意见、听员工的声音，在公司外面要听客户的意见。"他一直在强调："如果你对待客户能像谈恋爱一样，像对待自己的爱人那样，成绩肯定会不错。"

对待客户要像对待爱人，这就是郭广昌的客户关系管理理念。用自己的一片坦诚去对待客户，这是基本前提。

客户来购买自己的产品，如果不能以诚待人，那么结果只有一个：失去客户。性情中人郭广昌曾说："谈客户和谈恋爱在本质上没有区别，都是通过自己的良好表现去获得对方的信赖。"

在复星花园开盘之前，团队的每个人都被要求用心去作网络调查，要像找网友那样充满期待。尽管这个要求看上去有点过分，但结果不错，调查进行得很顺利，而开盘之后有很多参与过的被调查者都纷纷来复星花园考察买房。

在诚恳的基础上，要知道如何发展客户。复星花园后来又进行了三期开发，很多客户都是从第一批客户发展来的。之所以被复星花园吸引，除了精致的房屋设计外，后续服务也是让客户持续信赖的重要原因。

郭广昌在客户管理上无师自通，当他说要以诚待人的时候，其实也是在说自己。他是个理想主义者，身上带着太多的纯然色彩。而哲学令他特别注重细节，办事如此，做生意如此，与人打交道依然如此。

复星花园的住户在过生日的时候会收到来自复星集团的祝福短信，这个细节看上去微不足道，但就是这种充满了人性关怀、客户至上的管理理念让住户感到前所未有的尊崇感。

孔子曾言："与可言之人无言，失人；与不可言之人言，失言。"自己满心诚意并不是处理好客户关系的全部，也需要因人而异，并非不分青红皂白一味实诚。如果对方是可言之人，当然要全心全意去沟通、去挽留，但如果对方的意见还没有完全被你所领悟，此时，你的实诚反而会掩盖双方进一步互动的可能性。

善于倾听，勤于沟通，这是郭广昌处理客户关系的第二个箴言法则。

复星花园之所以持续抢手，除了有开发商提供的高品质服务、老住户对社区的强烈归属感等因素之外，还有一个原因就是郭广昌曾就小区的后续开发召开了小型听证会。

这个听证会被郭广昌戏称为"史上第一个由开发商主动召开的服务听证会"。事实上，这个称号一点都不过分。在听证会当天，很多对复星花园有意向的客户都参与了讨论，郭广昌的团队在会议开头简单说了几句话，就把发问权完全交给了客户。

于是，众人畅所欲言，从地产开发到物业管理，再到特色服务，无一不是真知灼见。从会上吸取到的宝贵意见比举办大型的研讨会更加"成果卓著"。通过这次听证会，复星也全面了解到了客户的需求心理。

会后，他们将收集到的意见进行分类整理，再结合公司对楼盘的定位作出了许多有意义的调整，并且完善了许多服务项目，在"卖楼获利"的同时，深深树立了复星的品牌形象。

品牌是复星处理客户关系最看重的要素，郭广昌深知，如果不看重品牌，就永远只能原地踏步。

在选择大客户时，郭广昌有自己的原则：必须是行业龙头。尽管与郭广昌同根而生的浙商以"四千精神"（走遍千山万水,道尽千言万语,想尽千方百计,吃尽千辛万苦）著称，但作为台州商人，与一般而言的浙商有共性，也有差异，如低调、单兵作战（很多台州商人刚开始都是背着修鞋挑子四处闯荡，终其一生依旧如此）。

从小在浙商背景下长大的郭广昌却不赞同这种个人主义，在复星集团，他把规模化运作与品牌意识放在一个战略高度。

财富是郭广昌的追求，却不是唯一的追求。客户不是企业的全部，却是未来的所有。大客户更是未来并且持续未来的里程碑。

当年，郭广昌带着一帮刚走出校门的年轻人靠 10 万元开始创业，直至坐拥 200 多亿元资产，复星集团已经成为中国民营企业前三甲，并在医药、房地产、钢铁、商业四大领域都有出色表现。虽然涉及的行业不少，但房地产却是赚钱最多的一个。

不论是与大客户签约，还是产业扩张的潜在收购对象，品牌都是郭广昌最在意的。从收购豫园商城和友谊股份这两件事来看，复星的选择都不是随意而为，注重品牌的对接，也是注重客户和自己的生命力。

第三节　零售江湖：与狼共舞

这世上的一切都借希望而完成，农夫不会剥下一粒玉米，如果他不曾希望它长成种粒；单身汉不会娶妻，如果他不曾希望有孩子；商人也不会去工作，如果他不曾希望因此而有收益。

境内：借花献佛吞并两大商城

每个人都有一条属于自己的命运之路。大多数人都羡慕别人的路，不愿意走自己的路。对于商人而言，这是一种莫大的悲哀。郭广昌很早就看到了自己的路，并排除万难，一直坚持走了下来。回头看看身后斑驳陆离的破盔旧甲，在为看不到路的企业陨灭而心生感慨的同时，也为自己坚持走产业整合之路的勇气而暗自庆幸。

从一心做咨询到兼容并包，商业触角探及制药、房地产、钢铁，复星走的是一条多道并行的高速公路，随着车流的增加，将会有更多的车道被开通。复星继前几条通道之后的第四条高速车道就是零售业。

复星进入零售业得从豫园商城说起。豫园商城位于上海著名的旅游区域——豫园商业旅游区，是 A 股上市公司。豫园商城的业务范围主要包括黄金珠宝等贵重首饰零售、餐饮业和商用物业租赁，商城旗下有"老庙黄金"和"亚一金店"这样的全国黄金珠宝零售招牌，此外还有400多家商铺、500多个零售网点。

豫园商城是国资委下属的企业，也是不多见的股权相对分散的上市公司，第一大股东的持股份额仅仅占了13%，最大的两个股东股权份额加起来也只有25%。零售行业相对稳定的现金流、充裕的土地资产和比较分散的股权构成，豫园商城具备的这些条件都使其成为一个理想的产业收购对象。

身处闹市，品牌悠久，汇聚了区位优势和700年文化沉积的豫园商城在每日10万人以上的客流量基础上，几乎不用增加投资的情况下就可以赚到盆满钵满。公司每年都有数亿元的纯经营现金流，而投资于主营业务上的现金支出不过两三千万元。这还不止，公司还有大批未开发的商业土地权益，这些土地潜藏着不可限量的现金流价值。

面对国外零售业巨头近年来对国内零售业的冲击，郭广昌早就产生了做中国老牌零售业新时代复兴者的念头。复星集团在上海起家，而上海又是中国经济最发达的城市，如果能整合上海的一批老字号，加以现代化经营管理，必将成为对抗"国外群狼"的有力招牌。

基于此，郭广昌一眼就看中了豫园商城，然而收购过程却不是一帆风顺的。从股权托管开始，几经周折，最终于2001年和2002年，以每股4元的价格分别买断了豫园旅游服务公司14%和上海豫园集团7%的豫园商城股权。这样，复星就以21%的股权成为豫园商城的第一大股东，郭广昌成功入主豫园商城董事会。

复星并购豫园商城时，豫园商城每股净资产为3.5元，每股纯经营现金流0.5元。复星只用了21%的股权就掌控住了全公司。

2002年，豫园商城纯经营现金收入5亿元，但投资现金支出不到7 000万元，巨大的赢利空间和丰盈的经营现金为复星借豫园商城进行多渠道投资奠定了基础。

就在复星准备依托豫园商城大施拳脚之时，一场意外却悄然来袭。

2003年，非典爆发，一时间满城人心惶惶、人人自危。往日门庭若市的商场大街这时却门可罗雀。豫园商城也没能幸免，当年，豫园商城净经营现金流只有9 000万元，以年均投入产出来看，顶多是收支平衡。

然而灾难总有离去的一天，既然是优质企业，就不怕短暂的困难。即使在2003年业绩不理想的情况下，因为前期现金储备足够，在复星的主持下，豫园商城还是出资三亿元参股了德邦证券，购得 30% 的股权，而复星集团旗下的产业投资公司则出资两亿元，获得 20% 的股权。同年，豫园商城还配合复星的金融战略出资 2 300 万元认购上海银行股权，当年净投资现金支出三亿多元。

此后，豫园商城的产值逐年上升。非典结束后，豫园商城的现金流暴涨到两亿元，当年又同复星共同参股招金矿业，出资 1.7 亿元获得 21% 的股权，复星旗下的另一投资公司则以 1.6 亿元的资金获得 20% 的股权。

豫园商城在巩固零售业的同时，身份角色也在发生变化，郭广昌通过豫园商城，更容易操作对零售行业的产业并购。除了零售行业，金融投资和产业置地也是豫园商城近年来新的产业动向。

同样是在 2003 年，豫园商城还与复星商业公司、豫园房地产开发公司共同收购了上海城隍庙广场。

收购的脚步一旦迈开，就不会轻易停止。豫园商城在 2005 年现金流 3.5 亿元，接着又出资 3 000 万元认购德邦证券股份，加上此外的部分土地购置活动，当年净投资现金支出 6 000 万元。这些投入在 2006 年收到了回报，豫园商城在这年纯收入 9 500 万元，并将前期收购的物业资产转手出让，年内卖出上海城隍庙广场，收回投资现金 6 亿元。

明眼人都能看到豫园商城的价值，但为什么郭广昌就能捷足先登呢？因为复星收购豫园商城是以非流通股作为收购对象的。非流通意味着风险的增加，因此很少有人问津。同时，非流通股的价格也大大低于市价。尽管 2006 年公司为了获取流通权又追加了一定数额的现金，但即使加上这笔钱，收购价格仍然低于市价。承担风险，获得超额利润，豫园商城的收购映射出郭广昌高人一筹的投资谋略。

一年之后，郭广昌如法炮制，完成了对友谊股份的收购。先和友谊股份大股东友谊集团出资 4 亿元合组上海友谊复星控股有限公司，友谊集团占新公司股份的 52%，复星集团占 48%。随后，友谊复星与友谊集团签署股权转让协议，受让友谊集团部分股份，友谊复星成为友谊股份大股东，对友谊股份运作宣告完成。

通过这两宗如出一辙的收购，复星在零售业"与狼共舞者"的角色性格初步形成，和国外零售巨头对抗，需要的不仅仅是胆量，更需要过人的智慧。

锦囊：整合求胜中国任重道远

"不能打败你，就整合并购你。"

面对当前国内零售企业多而小的局面，面对外资企业的"分食运动"，国内零售企业迫切需要重新整合，以便在短期内建立与外资企业相抗衡的商业旗舰，即整合现有的商业资源尤其是国有商业资源，变分散经营为连锁经营，变相互间恶性竞争为战略联盟或策略联盟。

在郭广昌看来，有时候收购比战胜对手更具可行性。就像豫园商城这种老字号零售企业，其生命力依然强劲，而且赢利空间很大，而其股权分散，收购起来更容易。从另一方面来说，中国零售企业整体不成规模，和国外零售巨头相比，显得势单力薄。只有通过整合，才有能力抗衡外商的猛烈冲击。

外资企业的产业蚕食是通过并购国内零售企业实现的，这种方式日益成为他们在中国进行战略布阵的重要手段。同时，中国零售业自身也在寻求整合突破，以此对抗外来者的强力冲击。

近几年来，随着国内零售业一波波整合大战旗鼓喧天，整合求胜的步伐越走越明朗。王府井百货宣称将酝酿向全国扩张；物美集团收购了新华百货，加快拓展西部市场；苏果超市、银座等区域连锁企业不断开拓市场。外资也非等闲之辈，面对国内同行的整合急行军，他们也在秘密谋划。家乐福、沃尔玛纷纷加快在中国的开店速度。

透过这一系列的规模化商战，可以明显地看到一个趋势，那就是不管是国内的企业还是外资企业，受到中国零售市场这块大蛋糕巨大潜力的推动，都明显加快了扩张步伐，都想成为这轮扩张中的"领跑者"。

在分析中国零售业整合求胜策略之前，先来看看零售业的商业属性。在我国，零售业提前开放的行业，在形态上是主动的。它是我国加入WTO之后最早向世界完全打开的行业之一，而且在客观上，其开放进程也早于我国加入WTO的时间。自1992年开始，外资零售企业就纷纷踏入中国，分食中国市场这块蛋糕。

外资挑战对于中国零售业而言是一张"利益双面胶"。一方面，国内的零售企业在跟外资零售巨头交手的过程中，学到了世界上最先进的管理经验、营销手段和整合形态。在这个前提下，国内已经形成了一批具有较大规模与品牌优势的零售商，包括复星旗下的豫园商城和友谊集团，还有其他一些传统老字号如百联集团、王府井等。另一方面，我国加入WTO的同时伴随着行业改革，国内民营资本也在日益壮大，国美、苏宁已经是家电零售业众望所归的巨头。同时，复星和新希望等有实力的民营企业也纷纷进入零售业，进一步加强了国内零售业的阵营。

在获利的同时，从产业竞争的角度来看，通过对中外零售企业竞争力中间层次的比较分析，包括业态创新、店铺扩张、营销管理、成本控制能力等，可以得出一个结论——中国零售企业与外资零售企业竞争力差距较大，主要表现在业态创新的能力和意识、利润增长、综合营销能力以及成本控制能力上。

也就是说，中国零售企业的内功还没能修炼圆满，认识到差距在哪些地方之后，他们将通过整合克服规模小、利润低的劣势，从容不迫地与狼共舞。

世界越来越平坦了，时间和空间对产业造成的障碍几乎已经可以忽略不计了，人们的生活已经初步进入全球化 3.0 了。在这个阶段，世界进一步被缩小到了微型，同时平坦化了我们的竞争场地。如果全球化 1.0 版本的主要动力是国家，全球化 2.0 的动力是跨国公司，那么全球化 3.0 的动力就是个人在全球范围内的竞争与合作。

在这个大背景下，全面对外开放的零售业必须国际化，这包括经营规模、经营方式等一系列配套工程的国际化；应该重新审视包括厂家、代理商、消费者等在内的价值链条，保证各主体利益的均衡化，并按照顾客的消费导向形成合力。

不在整合中求胜，就在竞争中灭亡。

随着大量外资企业的全面进入，零售市场竞争进一步激烈，一大批国内零售企业将面临并购、重组甚至是"雷峰塔倒掉"的危机。国内企业要竞争，逃避不能解决问题，但是正面交锋显然不是明智之举。尽量避开正面竞争，首先在中小城市站稳脚跟，巩固自己的区域竞争优势，然后再逐步向外扩张，拓展生存空间。在资金规模的打拼方面，零售企业必须拓宽融资渠道，通过并购整合、扩大规模来"巩固阵地"，更重要的是着眼于企业本身，优化经营网络、强化人力资源管理、注重品牌管理，只有补上内部经营管理上的短腿，才能在激烈的市场竞争中站稳脚跟。

零售业竞争的肌理深入，决定了这样的趋势——仅仅依靠开新店已经跟不上企业壮大发展的速度了，通过并购扩大市场份额是企业参与扁平化世界竞争合作的唯一途径。

商业的本质是一种规模经济，如果没有规模，就没有竞争力。有规模，才能形成货源和渠道优势、形成强大的竞争力。针对外资企业的规模优势，国内企业选择连锁经营的方式，快速做大企业，提高自己抵御市场风险的能力，是必由之路。

第四节　回归冷静：笑看"多元"

陷阱总是伪装成伊甸园，而冲动则是步入陷阱的导火索。对于商人而言，陷阱的可怕不在于井底的暗器，而在于看不出的伪装。保持冷静，保持理智，作为商人，当你冲动的时候，务必停下来仔细想想，甜美的开始是否意味着同样甜美的结局。

多元选择：不是陷阱是循环

过去的 20 年，中国压缩了西方上百年的经济发展历程。我们能够压缩历史进程，却不能跨越历史，"多元化冲动"是经济发展的必经阶段。复星的多元化是相对成功的，到目前为止，其多元化业务的战略和运营指标基本健康。但相对成功并不意味着多元化经营是企业的必经之途，相反，企业应该深耕自己的核心产业，培养自己的核心竞争力，而多元化看上去更像是一个陷阱——甜美的陷阱。

正因为如此，郭广昌坚持的多元化正在小心地绕过陷阱，从前方的螺旋阶梯循环而上。

郭广昌相信，城市化、工业化将为综合类公司提供成长壮大的机会，而复星的努力也将重新塑造多元化企业的面貌和内核，并使之成为受到尊敬的主流企业形态。

如今的复星，已经从 16 年前那家只有 4 000 美元启动资金的小企业，成为一家庞大的企业集团。郭广昌并不刻意回避外界对多元化的疑虑，这些质疑和批判曾在 2004 年达到高潮，当时以多元化面貌出现的德隆帝国轰然倒地，众多快速扩张的多元化民企面临宏观调控的重压，而将专业化做到极致的如家、百度则风生水起。

"多元化对应的并不是专业化，而是专一化。"郭广昌多次强调他对多元化的理解：并不是只做一件事情就叫专业化，做一件事情也可以做得很业余；一家公司同时涉足多个领域，也可以在每个领域都做得很专业。

复星追求的是投资上的彻底多元化和经营上的彻底专业化。多元化对于此时的复星，有着明确标准和目的的行业选择，已经进入并长期投资的几个领域，无不立足于中国巨大人口所带来的商业需求，在中国具有比较优势和高成长性。

在行业选择上，郭广昌几乎没有犯过致命的错误，而且善于先人一步逢低介入。1994 年进入房地产、医药产业，2002 年涉足商业零售业，2003 年进军钢铁业、证券业，2004 年屯兵黄金产业，2007 年投资矿业。如今，随着这些行业进入新一轮上升期，复星的投资收益格外抢眼。

如果说复星早期的成功带有一些偶然因素，那么 2004 年以来迈过外界质疑和宏观调控两道关卡，进而通过上市获得资本市场认可，显然不是随随便便就能做到的。

在复星 2008 年度大会上，郭广昌首次提炼出了"锻造三大价值链"的复星模式，就是以认同复星文化的企业家、团队为核心，以持续融资、持续发现投资机会、持续优化管理为圆周的正循环营运模式。

三大价值链的正循环造就了复星的初步成功，布局未来时，郭广昌决意将复星模式坚持到底。复星面向未来的战略，是要以成为中国特色、复星特点、国际一流的综合类公司为中长期目标。

与三个价值链相对应的是三个企业家团队，一是融资的专业团队，二是投资的专业团队，三是持续管理、运营的专业团队。人才缺乏的问题已经开始显现，郭广昌给自己确定的 2008 年首要任务，就是多花一些时间进行人才的培养和引进。

这个瘦削的东阳儒商娓娓道来，当公司有了资金、框架和战略，最重要的就是人的问题。

探底出击：德邦证券旧山河

伤害人们的东西只有三样：烦恼、争吵、空钱包，其中空钱包害人最甚。对于生意来说，赔钱是不道德的。而对于商人而言，贫穷是对其商业智慧的侮辱。作为一名出色的商人，郭广昌却总是不惮以"商"自居。直到出击德邦证券，投资金融领域之后，人们才更真切地领略到无所不通的商业智慧的魅力。

德邦证券成立于 2003 年，是一家规范的全国性综合证券公司，也是中国净资本最大的民营证券公司，在郭广昌接手之前已经连续 5 年赢利。

然而，证券市场中频频暴露的一些问题让民营资本入主金融领域饱受争议。德邦证券是目前复星在金融领域的试金石，郭广昌投资金融的目标是和世界上最好的证券公司进行合作，从而降低经营风险，稳步获得收益。而 2007 年复星也正式提出了公司的发展脉络——"专业的多元化产业集团"。

截至今日，复星集团直接持有德邦证券20%的股权。郭广昌打算先实现德邦证券上市，然后将着手增持股权。同时，德邦证券将为复星集团及其子公司、合作伙伴提供金融后台服务，而在直接投资方面德邦证券将重点实施与复星的"同心同力"策略。郭广昌对德邦投资银行业务的目标是世界投资银行前20强，并推动德邦增资、上市以及收购证券基金管理公司，快速发展证券业务。

无论是地产还是钢铁业，复星都选择在产业低谷时进入。现在证券业较为低迷，是投资的最好时机。复星系中的新兵豫园商城和复星产业投资两家联手重拳出击证券业，一举投入现金6亿元，来势迅猛，势不可当。

郭广昌选择在低谷时进入一个新产业，都是从长远来看的。他始终信奉看得远是生命力长青的唯一保障。从较长的时期看，目前的国内证券业才刚刚起步，它的成长性远远超过商业银行等其他金融投资形态。而看到这点的商人不止郭广昌一个，这也导致了证券业在低谷时仍然竞争激烈，但其市场基数很大，而且发展迅速。

最危险的地方是最安全的地方，而最不好的时候往往也是最好的时候。低谷时进入所需承担的风险是选错行业，如果行业选对，那么低成本得到的就是相对于高风险的高回报。

一大批金融创新形态会在未来不断出现，能给证券商带来很多机会。目前的企业重组仍然以地方政府为主导，随着市场化的深入，重组会向市场重组的方向转型，到时候证券公司会在重组中处于一个重要的地位。此外，财会顾问、咨询中的绝大部分也需要以证券商为依托。

复星目前正与排名世界前十的几家证券公司进行接触，德邦证券的外资合作对象及合作方式将取决于谈判的具体进展。这是从长远利益考虑的战略性进入，资本方看重的是其长期发展趋势。

低谷并不意味着亏损，证券业的利润其实还算比较高的，尽管这两年已很下降很多。暴利时代的结束意味着稳健增长时期的到来。因此，尽管现在市场低迷，仍然有一些上市公司特别是民营企业想趁机进入。

很多人都在说现在证券公司举步维艰，其实证券商都亏在资产委托环节和二级市场投资方面。至于不少营业部也在喊亏损，那是因为其整个商业模式出了问题。

既然证券商的日子短期并不如想象的难过，而长期看会重新成为香饽饽，难怪郭广昌该出手时就出手了。以郭广昌的精明过人，任何一次出击都不是贸然之举，这次入手证券业是经过长期策划和准备的。

此前5年，复星已经开始关注证券金融业，并初步作了试验性的投资，在参股兴业证券和上海银行等金融业态的进程中小试牛刀，然而始终没有获得完全控股一家证券公司的良机。当然，早期涉足金融证券也为复星带来了客观回报，公司不但得到了利润，更重要的是结交了很多朋友，建立了人脉网络。

从复星"多元化产业集团"的企业发展目标看，必须有金融产业的成就。德邦证券可以为整个复星积累大量金融资源。复星投身证券业，会强调专业化操作和市场细分，只有这样才能形成核心竞争优势。证券公司的前景很好，可以参与基金发行，可以做投资银行合资，即使是经纪业务，虽然佣金下调，但总量会上去。总而言之，金融产业的效益总体上比其他产业都要更好。

2008年初，复星系在国内A股市场已经有好几家上市公司，包括复星医药、天药股份、南钢股份、豫园商城、友谊股份等。在资本市场欣欣向荣的背景下，减持套现能带来巨额利润。复星国际出售股份可获取投资溢利及继续保留南钢控制权。

当时，郭广昌掌控的南钢联合持有南钢股份71.54%的股份，无限售流通股占17.07%，是复星系唯一可以大规模减持又不会危及控股权地位的股票。

在减持南钢联的同时，郭广昌却增持了旗下子公司上海复地。显而易见，一向擅长资本运作的郭广昌，希望通过回购方式来向市场传递对自家股票的信心。不止上海复地有所动作，世贸、瑞安、碧桂园、中国地产等纷纷宣布购入自家股票。

在港股市场，富豪在股市低迷时出来救市，或者说抄底，是一种惯例行为。此外，上市公司回购自家股票是高管对自己公司有信心的体现。

低值"染指"：招金矿业雄起时

伟大的商人有三种：靠胆量，靠大脑，靠直觉。郭广昌却是三者兼具的商人，凭着对生意的灵敏嗅觉和迅捷反应，加上破釜沉舟的勇气，每次探底出击都能功成身退。

每一个产业渐渐升温的时候，总会看到复星团队的身影，这取决于郭广昌多元整合的产业理想。黄金和证券有异曲同工之处，所谓低谷，并不等于赔钱。作为贵重物品，低谷只是相对于高峰而言。黄金在低谷中逡巡徘徊了很长时间，现在金价有大幅飙升的势头，在这种势起关头，当然缺不了复星的声音。

涉足招金矿业的是豫园商城和复星产业投资有限公司，与山东招金集团有限公司共同投资，发起设立了招金矿业股份有限公司。其中，山东招金集团控股55%，复星系总计出资超过4亿元，控股比例为45%。招金矿业主要经营范围为黄金矿产。

在郭广昌眼中，此次投资额并不是很大。豫园商城拥有全国最大的黄金及珠宝零售业，参股招金矿业后，可进一步加强豫园商城黄金产业的整体实力，健全黄金饰品产业链。

豫园商城在早些时候就发布公告，本应在2007年1月1日完成的对大股东复星投资所持的招金矿业16%股权的受让，延长一年托管期。与此前业内预测将中止这项受让相比，这算是一则福音，加上豫园商城此前对外界公开了2006年度业绩表单，与上年同期1亿元净利润相比增长不低于50%以上。可以说，复星入主招金已经获得了市场的良性回应。

复星对介入黄金资源产业和参与市场经营上依旧在寻求实质性的突破。郭广昌正在与国外贵金属商家洽谈，包括南美、南非地区的大型黄金加工企业，洽谈的目的是进入黄金初加工这一黄金产业链条的重要节点。由此，将形成覆盖黄金产业上、中、下游的一条完善而有效的产业链条。

豫园商城在"染指"招金矿业的同时，还在进行其他产业的拓展。郭广昌亲临武汉指挥豫园商城全资子公司上海豫园商城房地产发展有限公司，以36亿元的天价力挫和黄、华润，夺得武重机械厂800亩地块。

以黄金促进地产，这是郭广昌的又一记奇招。外界多有猜疑的是，缘何选择豫园商城而非郭广昌控制的复地地产出面竞标武重地块。事实上，这一点并不难理解，豫园商城参股招金之后，势必要对黄金市场作一个全面解码，而武重机械厂的地块位于武昌东湖和沙湖之间，紧邻湖北省行政中心，是武汉市中心不可多得的宝地。不难看出，豫园商城以金促地、互相补充的良苦用心。

"老庙黄金"和"亚一金店"以及豫园老街等大量商铺和地产项目的结合将是复星提升黄金招牌的一个连锁策略。除了黄金和地产，豫园商城还身居德邦证券第一大股东，另外还持有海通证券、申银万国大批股权，在当时股市暴涨的形势下，豫园商城的多元化投资已经获得了丰厚回报，这更契合郭广昌多元整合的产业思路。

2006年，招金矿业成功登陆香港主板，开盘发售价为13港元。豫园商城的身价随即激增。除去豫园商城对招金矿业的投资成本，投资收益已经超过 20 亿元。这笔投资收益正好可以支付此次拿地前期土地成本 16 亿元。这是对"以金促地"的最好注解。而 2009 年以后，武重地块将成为豫园商城的主要利润增长点，大规模投资将带来新的融资渠道，并为深入增发或配股打下了良好基础。

福布斯 2006 年中国内地 10 强富豪排名第九位的郭广昌，自复星集团于 1994 年成立以来，一手打造出了"复星系"。"复星系"利用杠杆原理的并购方式，以小搏大的产业整合模式无异于"豪赌"。先出资和对方成立由自己控股的合资公司，再通过增资，控制对方的资产。

郭广昌以豫园商城拿到武重地块，其中隐含的策略将是"郭氏"新财术的绝命杀招。

一流胆识：该出手时就出手

郭广昌和他的复星在金融与实业之间从容游走，对多个行业同时进行暴风骤雨般的收购与整合。收购所用的资金来源多样、上市公司直通资本市场、数不清的子公司孙公司合资公司进行连锁交易。作为民营企业，在这个庞杂的企业王国至高地，郭广昌是一个谨言慎行、而关于这个私营王国的一切却了然于胸的整合专家。

郭广昌和他领导的复星团队有个坚定不移的信念：弱时看强，衰中见盛。一个高速成长的新兴经济体，必将托起一些多元化的产业投资企业。这也是复星为何屡屡逆"专业化潮流"而动、标榜要打造一家多产业控股型公司的深层原因。面对嘲笑，他毫不动摇，因为坚信，这个世界并不是掌握在那些嘲笑者的手中，而恰恰掌握在能够经受得住嘲笑与批评并不断往前走的人手中。

历史总是惊人地相似。二战后，美国高速发展的国内经济背景下，产生了像立顿、Textron 等呼风唤雨的多元控股集团。而在东亚，整体经济态势从 20 世纪 70 年代至 90 年代的崛起过程中，三星、三菱等多元化集团几乎在一夜之间成长为体形庞大的商业巨人。

客观而言，其原因无外乎如下几个。第一，新兴经济体在高速成长期，可以为企业提供更多的产业机遇，这时的市场成长空间也比较大。善于发现并抓住产业机会的企业，往往就意味着成功了一半。第二，在新兴市场的蓬勃生机下，从银行到股市的金融市场异常活跃，企业不费什么力气就能得到资金支持，特别是资本市场的全线飘红为一些高市盈率的公司提供了可以通过换股而不是现金的方式去并购产业的机会，这样，买卖变得易于实现。第三，也是最重要的原因，就是"人"。新兴的资本市场是企业家精神激昂飞扬的所在，商人的创造力、创新思维与自信在此处一触即发。

中国正在成为继美、日、欧盟之后的世界第四大新兴经济体，在中国做生意就意味着一笔大生意。新兴经济体的成长必然伴随着挫折，在渐渐步入正轨的征途中会经过一段时间的沉积。有胆识的商人会勇敢地迎上去抓住机会，哪怕暂时处于低谷，也有信念坚持到最后。

抓住机会只是一个开始，要想管理好多元化产业公司却着实是个世界级的商业疑难。一轮轮经济周期下来，岿然不动的专业化公司不在少数，但世界顶级的、在多元化产业里成功运营的公司品牌却寥寥无几，美国有GE，香港则是和黄。面对这个难题，郭广昌显示出了自己的胆略。在他的带领下，复星愿以自己的实践，去挑战并竭力攻克这个世界难题。

这当然是中国商家面临最好的时代，中国商业从来没有像现在，不但迎来了它在中国这块土地上空前的活力时期，而且成为各路资本角逐较量最为激烈的平台。这个时代给了郭广昌面对海外资本时信心十足的谈判权，在这背后，是他大胆而智慧的目光。他的胆魄来自于一个信念：那些尝试去做某事却失败的人，比那些什么也不尝试做却成功的人不知要好上多少倍。

2002、2003 连续两年，中央政府无法遏制的固定资产投资浪潮，从外部环境上来看，是由地方政府和商业银行共同营造的。由于对地方政府投资缺乏相应的约束机制，同时，承受着股改压力的国有商业银行为降低不良贷款率从而倾向于做大贷款，企业面前的投资环境十分松快。复星也包含在享受到这种投资快感的企业范畴内。

21 世纪的头三年里，"复星系"以集团及子公司、合作伙伴公司的名义在钢铁、地产、零售、医药、金融等几个产业领域进行了资本密集性整改。与此相对应的是，在这三年中，除了复星医药于 2003 年底发行了9.5亿元可转债之外，复星并无任何实质性获益融资操作。值得庆幸的是，在2004 年中央强硬表态要对包括房地产在内的部分固定资产投资项目进行调控之前，复地抢先在香港上市，在香港拿到了 18 亿港元。

然而，在其他业务领域，复星都是刚投入大笔资金，脚跟尚且未稳，就突然直面收缩的信贷环境，这对复星的财务压力之大不难想象。在钢铁这个资金密集型的重工业领域，宁波建龙遇阻不能投产；南钢联项目直接推高了复星的流动负债风险，这笔负债时至今日仍是复星集团负债中的"龙头"。

年届不惑的郭广昌，16 年里一路打拼过来，从 10 万元人民币起家，一步步缔造了一个年销售收入达 245 亿元人民币的多元化控股集团，凭借的就是逆潮流而动的勇气和敏锐的商业眼力。

在复星国际 IPO 路演期间，郭广昌面对海外投行"就一个多元的综合类企业而言，招股价有些高"的质疑毫不让步，这个瘦削的浙江男人在路演大会上振振有词，强势而不可战胜。看看你眼中的中国，你就不会质疑复星的定价了。中国的生产力经过了 30 年的高速发展，相信还会有更多个 30 年的蓬勃势头，如果你不相信，我跟你谈了也白搭。另外一点，相信复星的团队，相信这个创造了大陆民营企业神话的公司，相信这个团队对投资的判断力、决策力和提升企业管理的实力，如果不相信，那也不要投。如果相信这两点，就没理由在乎价格多加 5%，一个企业的价值并不是由这小小的 5% 决定的。

后来发生的事情有目共睹，"复星国际"的国际发售部分获得逾越上百倍的超额认购，香港公开发售获得更加高额的散户超额认购。在这种强势狂潮下，复星国际在香港联交所成功 IPO，加上随后行使的超额配售，融资额达 132 亿港元，新股占复星国际扩大后总股本的 22%。

事实上，海外投资者的这种质疑不仅仅是针对复星一家企业的挑战，也是在对整个中国经济环境提问：这块土壤的商务政策、实业家资源、金融业态，舆论引导和人生价值观是不是足以培养这样的民营公司在多个产业里开展收购整合运动？

人不能没有梦想，人有梦想才活得有动力。然而，冰冷的现实不讲人情，并非每个人都有不断实现梦想的实力与运气。在过去的几年里，复星旗下的钢铁、地产和医药等主营业务领域一直在稳步增长。但招股书里的大量数据也表明，如果不及时完成此次 IPO，复星也难以满足其他业务领域倍增的资金缺口。看上去并不算高的负债率依旧让复星不得不将融得资金的四成拿去还债。

毋庸置疑，这次成功转运令复星走出了阴霾，也使人们近距离去重新审视这样一家横跨多产业、有更大雄心壮志的先锋企业。

2004 年是中国民营经济的灾荒之年，随着德隆崩盘、托普、啤酒花事件连锁闪现，民众对于快速增长的民营企业、乃至所有民营企业都产生了动摇。媒体舆论压力来临，对复星的批评和嘲讽也不断出现在经济头版。多元化、过度扩张和高负债率、资金链紧张成了人们津津乐道的传言，舆论环境的恶劣是郭广昌创业这么多年第一次经历的。

就在此时，作为产业多元化整合的后起之秀，郭广昌在上海与不远万里而来的杰克·韦尔奇进行了一场商业巨人之间的产业对话。

郭广昌的第一个问题就咄咄逼人："中国的经济气候发生了比较大的变化，个别企业的形象牵扯到了整体民营企业的信誉。GE在开辟多元产业整合的历程中，作为一个拥有非常强的品牌和非常有实力的公司，自从安然事件之后，GE也受到多方质疑，您是如何来处理这种状况的？我相信您肯定做了很多工作，该怎么办？现在，复星该怎么办？"

韦尔奇以同样有力的语言回答了郭广昌的问题："如果你对企业有信心，那么我想你最好的答复和回应就是用事实来回击传言，既然做出了非常好的业绩，就开放你的账簿，把你的账放在窗口中，让人们看一下，用中国话语来说就是'群众的眼睛是雪亮的'。"

这也是郭广昌要在产业备受批判的当口选择在香港上市的一个力量源泉。在IPO路演过程中，复星和其几位保荐人均反复向外界传递一种说法、建立一种形象：中国这样一个高速成长的新兴市场，完全有能力培植出像美国GE这样杰出的多元化投资控股公司，复星希望能通过扎根中国、投资有成长潜力的行业，成长为与这些世界级企业齐头并进的企业。郭广昌在上市庆功宴上仿佛更深地沉迷在他的精神世界和未来王国中。

时间回到郭广昌和韦尔奇对话之前，当时，郭广昌的朋友、上海证大集团董事长戴志康向复星的二当家梁信军介绍了国务院发展研究中心企业研究所所长陈小洪，这是复星在外界质疑声中突围的关键人物。众所周知的"复星集团的市场地位、竞争力和多元化发展战略的初步研究"正是在他的手中完成的。这份报告同安永会计师事务所作出的"复星集团财务分析报告"、上海远东资信评估有限公司对复星信用所作的等级评定一起，被复星主动递交给银行和监管部门。这三份透明化报告在很大程度上解了复星的燃眉之急。

透明并不是万无一失的，当时复星最为顾虑的是，安永审计会比较严格，这可能导致银行觉得复星的财务比以前差很多，如果这样，只会令情况火上浇油。后来的事情是银行对这份报告很认可。透明化只是减少了外界对复星的部分疑虑，当年的宏观调控给复星带来的挑战是前所未有的。甚至连复星总公司的财务也很紧张，而且他们早期运作资金时必然打了一些擦边球，在资金运行上必定拆东墙补西墙，矛盾没有暴露出来只是因为当时复星投资的产业比较稳定。

除了和外界沟通，复星自身也必须有所行动，只有自我拯救，才能治本，彻底解决问题。亏本的买卖不是复星的目标。有张有弛，适时调整发展步调，退出部分非核心业务，特别是金融领域的业务。2004 年，复星出售其在金龙客车的股权，出售兴业银行股权，这些出售投资的收益约为 7 700 万元。树欲静而风不止，当所有人都在怀疑民营企业入股银行的动机时，复星根本没办法也没有必要证明自己，这时最好的方式就是远离风口浪尖，明哲保身。

许多年过去了，郭广昌对当年在民企风波后受到的偏见仍然耿耿于怀，以至于一提"德隆"，他几乎会情绪激动、甚至出离愤怒。郭广昌是个商人，更是个男人，也会受伤，那些恶意中伤和风言风语令他饱受委屈。复星跟德隆有很多相似的地方，德隆不幸倒下了，复星侥幸活下来了，但事实并非如此。在他眼里，德隆不值得拯救。

说起自己的商务理念和产业价值观时，郭广昌像剑客握住了钟爱的长剑，变得激情洋溢、胸怀敞开。排比句式的观点脱口而出，令听者深深动容。这个演说家看上去确实在倾诉自己的信念，从衰弱中走出来的郭广昌变得更加强大，而信念也变得更加坚定。

复星没有时间为综合类公司辩护，专一化的确容易把一件事情做专业，但如果说只做一件事情的企业就一定是好的，郭广昌不敢苟同。"专业化"很大程度上包含了正面的价值判断，而"专一化"才是更准确的客观事实描述。多元化对应的是专一化而非专业化，多元不等于不专业，至多只是不专一。如果只把一件事情做好了资本市场可以给我涨价，把三件事做好了资本市场反而给我降价，这种事情本身就很荒谬。关键不是专不专一，关键是企业的结构、文化、团队能不能支持你把要做的事情都做好，能不能为股东创造价值，这才是资本市场给你涨价还是降价的内因。

郭广昌脸上写满只有新锐企业家才有的神色和毅力，他不加掩饰地排斥保守，保守的团队不值得去投资，复星的资源一定要给勇于进取的人、敢于承担的人。在这一套"相人"法则的背后，复星是有亲身体会的。郭广昌曾进行过一个大概的回忆，复星创业以来失败退出的投资可能有几千万元，而失败原因归结到一点上，就是看错团队，往往是产业没有错，问题都是出在人身上。

复星认可的人，都是具备非凡胆识的人，是深切体会过低谷的人，只有这样的人才有勇气在弱中看强、衰中见盛。

第六章
剩者为王：赢取资本江山

第一节　2007 香港整体上市：GE 中国造

对 GE 模式的推崇让复星集团始终保持着"几专多能"的发展格局。上市和二次创业是复星的必然选择。选择决定于自身，而学习决定于他人。向谁学习、学什么，这是个问题。

历史轮回：偷师李嘉诚的三条妙计

提到产业整合教父，世界级的是 GE 的韦尔奇，而在亚洲，李嘉诚当仁不让。因此，李嘉诚也就成了郭广昌最为推崇的企业家之一。推崇不能止步于欣赏，更要有所学习。2007 年复星在香港的整体上市，郭广昌偷师了李嘉诚三条妙计。

1. 骑牛上市

20 世纪 70 年代，香港股市牛气冲天，在这种大背景下，李嘉诚于 1972 年将自己名下的长江地产改为长江实业（集团）有限公司。紧接着，委托财务专家编写了上市申请书，并将上市所需的公司文件准备齐全。经过努力，同年 11 月获准挂牌，法定股本为两亿港元，实收资本为 8 400 万港元。

李嘉诚搭着股市的顺风车骑牛上市，投资者反应热烈。上市后一天之内，股票就升值近两倍，这也意味着公司市值增幅两倍。

1972 年，长江实业上市时，拥有物业 35 万平方英尺。当时，香港除香港地区政府之外的首席地主——香港置地拥有物业是长江实业的近 4 倍。

5 年之后，长江实业在地盘物业面积这点上，开始直逼香港置地。而上市之后的 6 年间，长江实业赢利增长近 30 倍，令所有人瞩目。

郭广昌在香港上市之前也认真分析了股市行情，而复星实业早已在港交所成功上市，此次复星化身为"复星国际"整体上市师出有名，此乃"偷师学艺"第一招——骑牛上市。

2. 蛇吞大象

包玉刚是世界顶级船王，李嘉诚名下的九龙仓是一家很大的现代化码头。

当时石油危机，油轮事业不景气，于是包玉刚计划登陆以发展陆地事业。而由于汇丰银行注资 1.5 亿港元给李嘉诚的"和记"，遂拥有了 35% 的和记股份，而作为银行机构又不允许经营非金融机构事业，所以汇丰也有转手股份的想法。

李嘉诚知道包玉刚与汇丰关系很好，通过与包玉刚的谈判，双方达成了协议：李嘉诚将九龙仓转让给包玉刚，包玉刚促成汇丰银行转让手中持有的和记黄埔股份。

协议达成后，李嘉诚的长江实业集团以 7 亿资产控制了市值 65 亿资产的和记黄埔，按照当时的股价，相当于拿 2 500 万元收购了 2 亿元的股份。

郭广昌通过更换企业名称之后的一系列运作也让复星国际获得了原复星集团的绝大多数股份，这一做法与李嘉诚控制和记黄埔如出一辙。

3. 套现秘籍

1999 年是世界电信企业最风光的一年，电信类企业的股票市值一路飙升。李嘉诚将自己持有的英国手机运营商 Orange45% 的股份，卖给德国的曼内斯曼公司，创造了"千亿卖橙"的神话。这笔生意为李嘉诚赚了 1 130 亿港元。

李嘉诚之所以高枕无忧，除了淡泊名利之外，充足的现金流也是一个重要原因。正如他经常说的一句话："公司的现金流是正数，便不容易倒闭。"在拥有足够现金流的同时，他还尽力将企业负债率控制得很低。没有现金流的威胁，负债与否取决于自己，企业也就拥有了掌控生意的主动权。

套现两个月后，李嘉诚就购得了在英国经营 3G 业务的执照。在 3G 业务迅猛开展的同时，李嘉诚把和黄的账算得很清楚。当决心将公司的部分财力倾注于 3G 业务时，在他心里已经有一个未来数年内可能出现的亏损预期，在此基础上，集团其他产业就相应提高利润率，如此便可将负债率降低到风险最小。

这样，尽管 3G 的投资巨大，但到 2006 年中期，和黄的现金与可变现投资仍有 1 300 余亿港元。

对现金流的保证和负债率的全面压缩也是郭广昌在复星运营过程中始终强调的重点，正是从李嘉诚的商业智慧中撷取的这几条妙计，让复星渡过了重重难关，并实现了利润的持续增长。

7 月上市：写就超级豪华股东名单

2006 年 7 月，复星国际作好了在香港整体上市的准备。

上市初期已经明确的 11 名策略投资者阵容豪华，一个个蜚声海内的名字赫然纸上：李嘉诚、李兆基、郑裕彤、郭鹤年、潘迪生、刘銮雄。

一些意向投资者在无法跻身策略股东的情况下转战国际配售市场，沙特王子阿瓦伊德就通过国际配售认购了价值数亿港元的股份。

招投阶段过后，复星国际取得数百倍超额认购，国际配售也获得极大倍数的超额认购。

豪华的股东阵容在某种意义上左右了复星国际的成功上市，当然，投资者更看重企业本身的业务实力。

奇迹再现：温柔雏菊幻化武士大刀

一个商人大多数时候应该像菊花静静绽放，少数时候要像武士刀杀气逼人。

郭广昌绝大多数时间里儒雅温和，但在香港整体上市的那天，他变得孔武有力、口气强硬，用强势说服了国外投资银行，也升华了复星的核心精神。

作为国内最大的综合类民营企业，复星国际有限公司 2006 年正式在香港联交所挂牌。复星国际上市第一天的开盘报价为 16 港元，高出招股价 10%。身为董事长的郭广昌持有复星国际 30 亿股，据此估算其持股价值超过 320 亿港元。当年，郭广昌就以个人资产 100 亿元的身价位列胡润富豪榜第 11 位。开盘当天，复星集团在香港举行新闻发布会，表示所募集的资金将全部转投内地。

在香港上市，复星迈出了与国际接轨的第一步，而募集到的资金全部转投内地，又证明了复星在内地经营的决心。郭广昌的角色变换同时给复星带来了类型之变。在公开发售之后，复星国际在香港再次售出 13 亿股，占到集团总股数的 20%，以每股 9 元的上限价格定价。与前一次胡润百富榜排在 11 位时的 100 亿元人民币身价相比，账面财富增加了 3 倍以上。

复星在香港 IPO 所募集的资金，除了偿还贷款外，已经全部投入内地，其中大部分资金将用于帮助旗下子公司进行战略性并购。在产业并购的大路上，郭广昌已经走了很远。郭广昌在上市仪式上说过，复星将致力于从"行业领先"向"行业领袖"迈进。

行动不一定带来快乐，而不行动则绝无快乐。

在总结复星的"多元化基因"时，郭广昌提到了这样几点产业构建理念。

复星这么多年的投资经验让集团已经具有某种"行胜于言"的文化内涵。复星是投资人，这意味着在某一个具体的投资产业里要有专业化的代理人与管理者，这个角色必须分清。如果没有一定的文化包容性，复星就不敢也不肯向代理人授权，只有足够的自信和宽广的气度才能让郭广昌愿意跟管理者分享企业的发展价值。管理团队的利益跟集团的长期利益是一致的，认识到这一点，复星总部才能对子公司和投资领域进行有效控制，这是复星投资的管理核心。

授权不等于不管控，复星在管理上也有自己的管控架构。复星管控的命门就是重大投资项目一定要民主审核，在总部投资会议上通过"系统对标"持续优化管理，提升投资加管理的综合价值。

在融资渠道上，复星在投资之前都会寻求多渠道融资的体系，而不是一门心思地想着向银行贷款。与此同时，复星也建立了风险控制的机制。考虑到企业所能承受的最坏结果，相应的，集团会采取什么措施去应对。资本市场就是战场，是战场就有输赢，赢了万事大吉，输了就得靠提前做好的功课，把损失降到最低。商场哲学和人生哲学有着惊人的相似，什么样的人就做什么样的生意。

如果这几条不去考虑，完全从赢利的角度出发去进行整合运作，风险就会被无限放大。尽管投资加管理提升的模式已经初步建立，但复星需要更多的时间证明自己。复星系旗下的所有业态中，只有医药和房地产业务已经稳定成长了 10 多年，钢铁与零售这两个主业，复星进入只不过几年时间，赢利再高，充其量也只能算占据了一席之地。作为民营企业，复星控制成本的能力与市场化激励机制初见效果，还谈不上立竿见影，而后续的产业内收购及整合能力还得靠时间去检验，除此之外，更遑论复星其他小规模的战略投资了。

在多元化投资控股巨头面前，复星还只是一个小学徒。郭广昌对此非常清楚，他不止一次在内部对几个世界成功的多元化公司的不同特点进行过总结：GE 主攻资金密集型、创新周期长的产业，企业强调人才、技术、资源，以及企业文化、管理、品牌的高度统一；巴菲特也可以归入多元产业发展的模式，他追求的是在发现目标价值的基础上，参股并长期持有，与 GE 不同，巴菲特更注重多品牌、多元产业投资模板整改，而不会特别深入地介入企业管理之中，更不会"一朝天子一朝臣"，替换原来的管理团队；香港的李嘉诚，他的模式介于前面两者之间，既要控股也奉行品牌策略，更倾向于对一定程度上起伏周期互补的高技术和传统产业组合进行投资，一次保持低负债率，确保产业有节奏的发展。

20 世纪五六十年代，美国的多元控股企业集团在 10 年的时间里风光无限，当产业环境和投资调控政策发生变化之后，它们无法将持续的收购合并转化为可见的利润。于是，一夜之间，顿时颓败，但从风雨中挺过来的笋尖就能更加迅速地茁壮成长。

美国的 GE、日本的三菱、韩国的三星，这些企业在整个经济体快速发展的时候，成长是十分迅速并且非常健康的，可能在这个过程中也不可避免地经历过迂回，但不能就此否定它。这就像一个正在青春期的孩子，不能因为他 16 岁的时候得了一场病，就断言他前面 16 年的成长都是不健康的，并且注定以后也会多灾多难，这样的论断显得幼稚而无知。况且，（需要强调一点）中国现在的经济体不同于韩国和日本，复星在这个经济环境下成长的时间更长，市场容量也更大，复星这样的综合类企业，其高速成长期也会更长。

郭广昌承认，随着经济体逐渐成熟，复星必然会不断地调整自己的战略与结构。小孩子在成长过程中也得不断地根据身体变化调整营养搭配，在这里就有个时机问题。

在修炼的过程中，复星要做一个集大成者，取所有前辈的长处，糅合之后形成自己的特点。复星要学习 GE 的前三名战略,学习他"让大象跳舞"的灵活机动的管理哲学,也要学习巴菲特的价值发现、组合投资的精神内核,更要学习李嘉诚那种既有自己操控也有战略投资的产业进退拼合之道,以及保持低负债率迎接发展机遇、保持有节奏而非高密度投资的发展策略。

16 年前,当郭广昌和梁信军从复旦大学团委辞职下海创立广信科技时,他们最初的梦想就是像四通、方正等一批先崛起的中国高科技企业那样,成为上亿规模的企业,方正在某种程度上代表了中国大学生将知识与产业嫁接的梦想,这可以称为当代中国梦。

这几个既没有资金又没有资源的创业者,唯一所能做的就是抓住市场和时代空气中擦肩而过的一次次机会。从产业的切入来说,郭广昌认为,复星从市场调查开始,尔后进入房地产,再后来做医药、直至进入重工,都是伴随着国家与社会对民营企业进入门槛的降低和宽容度的提高,复星抓住了这 16 年中国产业升级的机会。另外,自 1998 年将复星医药上市,复星也较早地意识到并充分利用了中国资本市场开放的美好时光。

作为复星上市后品牌重塑、投资者关系的第一推动者与负责人,郭广昌正在仔细品味中国政府、社会、舆论界喜欢什么样的企业。

他总结出受欢迎企业的四类特征:透明度高,成长迅速,有活力;能与大众心中的社会责任感产生共鸣;在海外,能够代表中国人的形象、中国社会的形象,有国际竞争力;不唯利是图,不店大欺客,能与人分享发展成果。富起来的企业不能老抱怨社会的仇富心理,中国民营企业确实面临着转型期财富二次分配的严峻课题。而在郭广昌脑子里,现在最重要的课题有两个。首先,补充复星团队的管理力量,特别是急需寻找最好的产业领导者进入复星团队。长期以来,复星集团只有一个副总裁,就是梁信军,上市前,他变身为总裁。这意味着复星的董事会将会空出几个名额,增设一些副总职位。其次,复星希望能跟更多的民营企业合作,只有把复星的资源跟最具有成长潜力的民营企业附着在一起,才是最安全、最具有成长性的。

没有一条路一定是对的,或者,没有一条路一定是错的。只有两手抓,综合各方优势,考虑到种种复杂情况,这样总结出来的模式才能保证企业在资本市场上无往不胜。

第二节　郭广昌：有创造力的产业整合者

　　一个有信念者所开发出的力量，大于99个只有兴趣者所开发出的力量。

　　世界上许多伟大的生意都天然地属于野心家、冒险家、狂想家、投机家等。他们的商业冲动一旦被激发，他们的商业触觉一旦被诱引，必然催生出欲罢不能的生意——狂想一般的生意！

　　要做到这些，必须永不放弃。永不放弃只有两个原则：第一，永不放弃；第二，当你想要放弃时，回头看看第一个原则。

重整旗鼓：国境内外产业大洗牌

　　万众一心的奇观要么意味着宗教领袖的诞生，要么意味着波澜壮阔的革命，要么意味着开疆辟土的商战。复星正在郭广昌的指引下，齐心协力去开辟一场划时代的资本商战。

　　随着复星集团在国内大型民企地位不言而喻的确定，根据相关中国法律法规及中国监管当局批准，复星系于2004年对下属所有产业进行大规模重组的大幕正式拉开。

　　重组从内地开始，逐步蔓延到国外。内地重组的战略目标在于巩固复星集团核心业务公司的控制权及出售集团非核心业务的拥有权。复星系公司内地重组涉及一系列的股权转让，大部分非相关业务转让给广信科技、复星高新及其子公司。

　　2004年年底，复星集团以9 400万元人民币的要价向复星高新转让所持的兴业投资90%的股权，转让价格是参考复星集团所占该实体权益的账面值而定的。兴业投资所经营的主打产业领域和复星集团的核心业务不同，尽管兴业投资的部分业务曾涉足房地产开发，但兴业投资于当年订立不竞争承诺，承诺不再经营房地产开发业务，兴业投资开发或拥有的所有物业均已售罄。

　　这次股权转让之后，复星集团不再持有兴业投资任何股权，而复星集团的房地产开发业务将由复地独家经营。这个类似于外包业务流程的转让使复星的"血统"更加纯正，对房地产等核心业务把握度更精细、更专业。

　　境内重组的脚步越来越快，复星在接下去的几年内，优化产业结构的战略步伐也将愈越迈越大。时隔一年，2005 年春天，广信科技以两亿元向复星集团转让产业投资 9% 的股权。转让完成后，复星集团所占的产业投资股权由 90% 增至 99%。

最有能力的领航人面对的风了总是格外汹涌。2005 年 4 月，上海西大堂科技投资发展有限公司和上海英富信息发展有限公司以总计 5 600 万元的价格向复星集团转让持有的复星医药全部股权。自此，复星集团持有的复星医药股权由 54% 增至 57%，从实际和名义上都成了复星医药的所有者。

郭广昌不喜欢"资本运作"这一说法，尽管他的整合在很大程度上就是一种资本运作。在他眼里，复星从来不是为了资产重组而重组。他不仅看重重组企业的赢利能力，更看重其对于完善复星整个产业体系的重要性。

作为一个产业整合平台，复星医药尽管已将业务中心放在医药产业，但对其他产业依旧有一定投入，这也对自身财务状况的稳定起到了弥补作用。2005 年，复星医药通过友谊复星获得投资收益超过 2 000 万元，其参股的同一体系的企业上海复地则贡献了 3 500 万元。一年之后，复星医药又通过子公司投资 5 000 余万元获取主营氢染料电池的神力科技的绝对股权。新能源领域在国内被许多有识之士看好，复星的这项投资势必为其带来巨额回报。

对于整个复星集团而言，除了在医药和零售业的投资外，房地产这个为其带来第一桶金的业务，以上海复地为产业中心，至今仍是整个集团的主要财富引擎。而适时介入钢铁领域便是在郭广昌的独到眼光之下，遇上了产业高峰，赚得满载而归，复星控股的南钢联合又与沙钢集团达成合作，利润仍然在成倍翻滚。

复星在国内的重新洗牌，为郭广昌带来的不止是财富，更是一种经验性的先锋管理。挑战整合管理这个世界级管理难题是复星境内重组、雄霸天下的一招险棋。

郭广昌没有迷失在自己设置的多元化战局中，他在某种意义上更像是一位投资家，而非简单的商人。与众多热衷于专业化发展的狭窄渠道相比，复星的这种模式无疑更加全面、更加锐利。

复星集团横跨医药、房地产、钢铁、商业流通乃至金融、传媒等众多产业领域。2004 年在民企风波之际，外界纷纷猜测，认为复星可能会成为"德隆第二"，断言复星会在产业重组的过程中土崩瓦解。但直到现在，复星由于其多元的产业结构及多元的融资渠道，其"风险免疫力"已变得坚不可摧。

在国内多重并购的征战中，复星医药已成为年营收 30 亿元的超大型医药企业，在医疗诊断、药品制造、零售、医疗器械等子领域皆有投资。复星旗下的重庆药友、桂林制药等子公司在各自的产品领域也都确立了产业特色。

郭广昌在复星内部会议上提出了复星的三个境内重组的重点方向：一是加大对国家控股大型企业的投入，巩固复星中国民企的核心企业地位；二是增大在新型产业上的投资；三是加大研发投入。

以复星医药为例，子公司桂林制药在青蒿药物上具有核心技术和制造能力，其产品青蒿琥脂在 2005 年成为世界卫生组织在全球的第三家此类药物的直接供应商。复星医药也由此成为中国第一个 WHO 直接供应商。在收购国内重点的研究机构——重庆医药研究院后，复星医药依托于此完成了医药技术中心的重组，并由此提升为国家级企业技术中心。

复星的产业并购体现了中国哲学中"循序渐进"的思想精华。所有复星的并购几乎都沿用了逐步控股的办法——先参股，然后控股，再到绝对控股。复星集团的所有子公司走的也都是这种并购模式，这种模式最优越的好处是使得目标公司在合作过程中逐步加深了解和信任，从而有利于最后整合。

整合与销售两手抓的方针使得复星拥有完善的销售网络，这对所有子公司产品的营销链条具有深远的战略意义，也正是在这种策略导引下，复星开始向海外进军。

招揽洋人进入中国生意场的人，是民族救星；而冲出国门进入洋人生意场的人，则是民族英雄。

在遥远的历史和眼前的现实轮回中，中国的国有企业开始走出去，开拓海外资本市场。特别是一些地方政府为了打造各自的窗口企业，往往采用控股公司的形式，将各自拥有的优质资产整合到红筹窗口企业旗下。但是复星集团的"红筹"重组，却是中国走进海外的第一家民营企业集团。

在香港资本市场上，独占鳌头的产业整合高手非李嘉诚莫数。李嘉诚借助于旗下的产业控股上市集团"和记黄埔"，不断地对集团所属的地产、电信、码头等产业进行整合。而对李嘉诚的战略眼光和判断力崇拜有加的郭广昌也梦想成为这样的整合高手。

复星集团成立后，郭广昌就开始谋划一系列的产业整合，打造了一个个旗舰队：钢铁板块的南钢联、房地产板块的复地集团、医药行业的复星医药、零售业的豫园商城和金融业的产业投资。

当这一切规划在境内已经逐步走向成熟之际，郭广昌的扩张伟略开始瞄准了海外整合。境外重组涉及建立海外新的股权架构，主要是通过新设立的海外公司返程收购国内公司的股权，实现"红筹架构"，为海外上市营造先声。

2004年9月，郭广昌、梁信军、汪群斌及范伟在英属维京群岛成立了复星国际控股，4位创始人分别认购复星国际控股58.0%、22.0%、10.0%及10.0%的股权。

2004年12月，广信科技和复星高新技术又在香港成立复星国际有限公司，并分别认购复星国际95%及5%的股权。在公司成立的同时，复星国际与广信科技和复星高新订立购买协议。复星国际以现金约10亿元的价格购入复星集团的全部股权。2005年1月，上海市外国投资委员会批准将复星集团全部股权出售给复星国际，并从属性上把复星集团由内资企业变为外商独资企业。2005年2月，上海市政府向复星集团颁发中华人民共和国台港澳及海外华侨投资企业批准证书。2005年3月，复星集团获得上海市工商行政管理局颁发的新的外商投资企业营业执照。

紧接着，复星国际在香港成立复星控股，并且认购其全部股权。2005年5月，复星国际控股与复星国际订立转让文据，以每股1港元的价格购入复星国际所拥有的复星控股全部股权。这样，复星控股以10 000港元的价格购入复星国际的全部股权。与此同时，复星国际与工商银行达成贷款协议。工商银行向复星国际提供1亿3 000万美元的定期信贷，这笔钱郭广昌用来支付广信科技及复星高新，用做复星国际收购复星集团的部分款项。2005年8月，复星国际以现金向广信科技及复星高新全额支付购买款。

交易完成后，中国政府颁布有关外国投资者投资国内企业的新法规，俗称"10号文"。由于复星的境外重组交易都赶在新法规生效日期前获中国政府批准，因此新法规并不适用于复星集团的境外重组。复星乘坐的这趟产业重组早班车跨越了两个不同的政策时期，保留了有利于复星的"车票"。

经过这一系列复杂的海内外洗牌，郭广昌终于打造了一个产业非常清晰的海外控股公司平台。整个"复星系"的核心资产，包括钢铁、医药、商业和金融资产，统统整合在复星集团的旗下，而与上述核心业务不相关的产业则从"主机"上剥离，分给广信科技和复星高新经营。就这样，中国第一家大陆版的"和记黄埔"应运而生。

面对复星"千手观音"般纷繁复杂的产业投资与资本运作，郭广昌坦言，复星从开始就是多元化投资。多元化不等于不专业，复星的产业运营理念是"多元化投资、专业化经营、专业化融资"，这是郭广昌多年以来一直坚持的投资管理理念。

旗鼓和鸣：一个中心五个基本点

慢是一种境界，人生应该学会慢乐，而不是一味地快乐。当你的脚步快到自己都无法控制的时候，就应该慢下来，重新打量身边的景色，看看哪些是可以把握的，哪些是暂时无从下手的。

经过近4年的规划和重组，郭广昌终于打造出了复星集团的"一个中心，五个基本点"。其中：一个中心是复星国际；五个基本点是钢铁、医药、地产、商业流通和产业投资平台。在复星国际的宏观把握下，五个业务板块分别在各自领域展开了有条不紊的产业整合。而稳步推进更是复星不变的宗旨，郭广昌明白，即使爬到最高的山上，一次也只能脚踏实地地迈一步。

1. 房地产

早在1993年，复星就涉足了这一利润与风险同在的行业。最初，公司的业务只是为上海的大华房地产开发公司做销售和市场推介代理。过了一年，复星终于开发了自己的首个房地产项目——复星花园。该项目以上海的中产阶层和大众住房市场为目标，历时两年竣工，并在房产销售上取得了成功。

任何事情都不会一帆风顺。在起初的几年里，复星的房地产并没有获得太大的赢利。1999年，郭广昌的公司在房地产开发上仅仅获得了620万元的净利润。对于房地产开发来说，这个利润并不算大。但是随后几年，上海的房地产市场进入了高速增长的黄金时代，复地也迎来了业务的跨越性发展。2004年2月登陆香港主板市场后，复地成功融资17亿港元。

遥想公瑾当年，雄姿英发，羽扇纶巾。15年前的仲夏，复星集团正式开始从事房地产开发业务。1998年8月，复地以上海复星房地产开发有限公司的名义成立。复星集团及广信科技注册资本分别为2 000万元人民币及100万元人民币，各占其95%及5%的股权。

进入 21 世纪，复地将公司名称由上海复星房地产开发有限公司更改为复地(集团)有限公司。复星集团、广信科技及信息产业分别注册资本9 000万元人民币、100 万元人民币及 900 万元人民币于复地，使复地注册资本增加至 1 亿元人民币。

2001 年，为了符合《中华人民共和国公司法》(以下简称《公司法》)有关股份有限公司的规定中"最少须有五名发起人"的条例，复星集团在一连串的交易中向广信科技、复星高新、信息产业、上海复星医药及若干第三方转让复地共51%的股权。在这招产业洗牌的"乾坤大挪移"之后，复星集团直接拥有的复地股权由 90% 变成了 39%，而复星集团间接拥有的复地股权却由 9% 增至 32%。

也是在 2001 年，当秋天的第一场寒霜降临之后，复地改制为股份有限公司，并将公司名称由复地(集团)有限公司改为复地(集团)股份有限公司。一个旧时代悄然走过，一个新格局轰然来临。

时间如流水，冬天到来的时候，复星集团向兴业投资注册资本 3 000万元人民币，占其一半的股权。2002 年秋，复星集团及广信科技分别以5 900万元及 1 600 万元的价格向其他股东购入兴业投资的 40% 和 10% 的股权，复星集团持有的兴业投资股权因此增至 90%。而进一步投资兴业投资的目的直指该公司的绝对控制权。在房地产业的洪河中激流勇进的郭广昌成功地运用地产走出了产业整合的新路子。

此后的资本运营来得激烈而迅猛，复地继 2004 年 2 月在联交所主板上市，完成首次公开售股筹资 17 亿港元后，又于 2005 年 3 月通过后续发售增发 1.5 亿股 H 股，筹集 5 亿港元。

房地产带给郭广昌的不仅仅是鼓起来的口袋，更是一种人生豪迈，一种大气磅礴。如果没有复地的屡屡出招，复星在其他产业的投资必将失色不少。也正因为如此，郭广昌把复地看做是"五个基本点"中的黄金分割点。

2. 钢铁领域

最早的时候，复星投资了国内效益最好的钢铁企业之———唐山建龙实业。由此拉开了积极介入国内钢铁产业整合的大幕，与江苏南钢集团开展合作。2001 年，复星出资 4 亿元收购唐山建龙 30% 的股份。此时正值钢铁行业复苏，复星在这次投资中稳获渔翁之利。尝到甜头之后，复星加大了对钢铁的投资。2003 年，复星集团、复星产业投资、广信科技和南京钢铁集团设立了南京钢铁联合有限公司，复星系实际控股 60%，并同时控股上市公司南钢股份。

"中通外直，不蔓不枝，香远益清，亭亭静植。"只有具备莲的气质，才可于万千混沌中唯我清涟。钢铁行业的鱼龙混杂令众多钢铁巨头万马齐喑，经历了早些年的暗淡无光，无力支撑的纷纷倒下，而郭广昌坚持着走了过来，在绝望中看到了希望，重新举起了进攻的大旗，向行业龙头发起冲击。

随着近两年钢铁行业重回"流金岁月"，复星对钢铁产业的大举进攻也赢得了丰厚回报。在招来一片仰慕之情的同时，复星也面对着是否存在"大炼钢铁"的诸多怀疑。在复星内部，一项致力于成为在全球有竞争力的钢铁集团的产业发展战略已经在紧锣密鼓中向前推进了。

在资本运作方面风度翩翩的郭广昌，在切入任何产业的时候，都不会错过与资本市场对接的机会。而复星投资产业的态度也很明确，在做好企业的基础上，一旦市场认可了就抓住机会实现上市。鸡和蛋的问题在郭广昌这里不再是问题，因为不管是先有鸡还是先有蛋，不断孵化才是他最关心的。

郭广昌对于"钢铁王国"的建成喜形于色，他直言当初对钢铁业的投资是成功之举。尽管复星进入钢铁产业并不被人寄予厚望，但结果却收获了超过30%的利润回报。然而，这并不意味着别人可以照方抓药。如果现在有企业再大规模进入，则面临着很大的风险。时间在变，天时、地利、人和都在变。

得到资本市场的有力支持当然再好不过了，但作为企业，不能一心追逐资本市场，即使要追，最好追逐产业，只有踩对产业发展的鼓点，才能在资本市场上满载而归。

在入主南钢之后，复星马不停蹄，又在钢铁行业里重磅轰炸。郭广昌以投资收购唐山建龙和南钢股份为平台，当年复星旗下钢铁产业实现钢产量600万吨，实现利税35亿元。沿着已制定的发展战略，复星在宁波新建了年产600万吨规模、黑龙江新建了年产200万吨规模的钢厂，并在南京扩建400万吨的生产能力。

与此同时，复星还积极参与国内外钢铁企业、钢铁原材料及深加工企业投资，通过钢铁产业链的行业整合，走国际化发展道路。

3. 零售

复星在收购时异常重视现金流，当收购资金巨大时，在收购时多采用和上市公司的母公司成立合资公司的方式进行收购，而不是生硬地直接收购目标公司股权。这种循序渐进式的收购策略能尽量将现金流拿捏在自己手中。其主要原因就是需要其充沛的现金流用于再收购，复星旗下的豫园商城和直接参股的友谊股份，两者作为零售类企业，属于现金流充沛型实体，现金流非常充裕。当初收购豫园商城的主要目的就在于使复星在未来的资本运作中更加收放自如。

做流通领域的产业并购，将商业流通领域的企业纳入旗下，对复星具有跨越巅峰的战略意义。显而易见，复星旗下以豫园商城和友谊股份为代表的具有战略意义的商贸类上市公司，在过去几年内经营活动所获取的净现金流动辄是净利润的几倍，这种现金流获益率是其他产业（如主要从事医药器械和药品生产的复星实业）望尘莫及的。

正是看到了这点压倒性优势，复星在通过控股上海豫园旅游商城股份有限公司，与上海友谊集团合资控股友谊股份之后，接着又与中国医药集团合资成立国药集团医药控股有限公司，并与各地著名医药流通企业合资合作，积极向商贸流通领域拓展。现在复星旗下的商铺有老庙黄金、亚一金饰、童涵春堂、联华超市、世纪联华、好美家、快客便利、复星大药房、国大药房、金象大药房、永安堂大药房和上海药房等一大批的商业品牌群体。

可以预见，复星在零售领域内已经成为国内首屈一指的大佬吨级旗舰，在许多城市都能看到复星的影子。零售对于复星而言，就是传说中无所不包的聚宝盆，郭广昌打了个形象的比喻，零售就是整个复星的财神爷。

4. 金融领域

复星集团在金融领域里的投资分为三个层面：第一层是集团公司；第二层是医药、钢铁、房地产和商业四大产业内的上市公司，如天药股份、友谊股份、羚锐股份、联华超市；第三个层面是四家上市公司旗下的关联企业。集团行使控股公司职能，掌握产业进入和并购的时机；上市公司主要掌握和整合各自产业领域的资源；第三个层面则形成具有核心竞争力的产品经营体系。

金融领域的异军突起，让多元化经营的复星蠢蠢欲动。目前，国内金融业在某种程度上就是成色上好的成品，此时不投更待何时？

于是，复星投资控股净资产名列全国综合类券商前 30 名的德邦证券，投资兴业银行、上海银行、兴业证券等金融企业。2002 年 5 月，复兴产业投资联合沈阳恒信国有资产经营有限公司——后者由原沈阳国投与沈阳市信托投资公司组成。在原丹东国际信托投资公司的基础上，发起设立德邦证券。复兴产业投资通过直接控股和间接控股，共拥有德邦证券49.9%的股权；加之原与复星系有关联的天津金耀集团和上海申新集团持有的37.17%的股权，复星系几乎拿下德邦证券近90%的股权。由此，注册资本为10.08亿元的德邦证券有限责任公司(简称"德邦证券")成了复星系的囊中之物；复星集团在浦发银行有少量股份。

5. 产业投资

南钢联项目是复星在钢铁领域内运作的代表性案例。2002年夏，产业投资和复星集团分别给建龙集团注资3.5亿元及1200万元，各占其30%和1%的股权。2003年初，宁波建龙钢铁有限公司成立，其前身是中外合资企业宁波钢铁。建龙集团、产业投资和吉林建龙分别注入资金5亿元、2亿元及1亿元，各占其45%、20%及10%的股权，由第三方持有余下的25%股权。

2003年春，南钢联合股份有限公司成立，也就是我们所说的南钢联。复星集团、产业投资及广信科技分别向南钢联投资3亿元人民币、2亿元人民币及1亿元人民币作为首期注资，三家投资者各自占南钢联的30%、20%及10%的股权，1958年成立的国有企业南钢集团持有余下的40%的股权。南钢集团注入其主要子公司南钢股份的71%的股权及其他钢铁业务，以换取南钢联40%的股权。复星集团、产业投资及广信科技于2003年夏天对南钢联进行第二期注资，总计10亿元。

一年之后，建龙集团、产业投资及吉林建龙以总代价5亿元分别向南钢联转让宁波钢铁共计45%的股权，而建龙集团向一名第三方转让另外5%的股权，结果建龙集团及南钢联持有的宁波钢铁股权分别改为35%及35%，而产业投资及吉林建龙则不再为该公司的股东。

到了2005年，南钢股份通过增发1.2亿股A股，筹资共计8亿元。这次后续发售后，南钢联持有的南钢股份股权由71%减至60%。2006年，南钢联以总代价1.6亿元在公开市场购入4000万股南钢股份A股，所持有的南钢股份股权增至65%。此后，南钢股份施行股权配置改革草案，南钢联持有的非流通股全部转为流通股。2005年10月，南钢联以总价2亿3000万元在公开市场购入6400万股南钢股份A股，使其持有的南钢股份股权增至72%。

此时，南钢联与复星已经没有实质上的联系了。但是作为生意，产业投资已经在这次运作中赚到了利润。郭广昌始终信奉一条真理：对成品进行操作，而不是半成品。成品可以直接转手，而半成品则需要更多的人力物力，结果还不可预测。人要懂得慢乐，如果不考虑过程的艰辛，不在乎结果的收益，而只是专注于做理想主义者，执著于去实现虚无而无法捉摸的梦，即使实现了，也会留下种种后遗症。郭广昌是个理想主义者，但他更是个商人，是个投资家，赚钱是对商业智慧的尊重，也是对复星所有员工的尊重。

和专注于做专业化公司的创业者不同，郭广昌坚持中国现阶段最大的商业机会就是产业整合。中国的经济发展现状使整合成为一种需要，而且，竞争壁垒也在降低，中国社会在走向工业化、城市化、民营化。正是基于这样的资本运作理念，郭广昌近年来始终以一种极其敏锐的眼光寻找着合适的产业。在实际运营中，复星在产业链上放的最长线并不是生产经营，也不是产业整合，而是资本运作。

复星集团在 1998 年以前，对外投资极少。1998 年以后，复星集团的成长开始围绕着产业并购这个核心展开。其中，复星实业在 1998 年上市后通过各种形式控股、参股 32 家公司，投资额高达 24 亿元。之后，复星集团分别在 2001 年和 2003 年出现了两次投资高峰，投资额分别高达 8 亿元和 24 亿元。

"复星系"的飞速发展在一夜之间突然成长为产业巨人，靠的不是实业经营而是资本运作。说到底，复星是一家投资公司，对于复星集团而言，公司在绝大多数时候就是一种手段、一个项目投资的工具。

第七章
钢铁侠客：复星的百亿重心

第一节　钢铁是怎样炼成的

"钢是在烈火里燃烧、高度冷却中炼成的，因此它很坚固。"经历高温锻炼，寒冰彻骨之后的身体经得起更刻苦的磨砺，而忍受苦难的耐力和坚忍不拔的韧性会让企业长盛不衰。

生意没有回头路，踏上了只能往前冲。而只有实实在在的生意，才能让商人排除一切干扰，敦促自己的内心倾向于纯粹理性。

在整个复星的产业整合中，钢铁是郭广昌涉足最晚的一个领域，但对钢铁行业的了解过程却是最长的。早在郭广昌还是复旦哲学系大三学生的时候，他就对钢铁冶金进行了一些涉猎。当时，海量接受各种资讯的郭广昌并没有刻意地去学习专业知识，而是作为转换思维的方式阅读了一些钢铁方面的著作。谁也不会想到，若干年后，他会真的进入这个领域。

进取：股市要约收购第一案

2003 年，复星集团以 17 亿元的价格收购重组南京钢铁集团，这在我国历史上还是头一遭。以前，从来没有民营企业可以入主改造特大型国企。面对鼎沸的人声，郭广昌却不慌不忙。在他看来，企业的"生态系统"正在发生变化，这种格局转变需要民营企业扮演产业整合者的角色。复星选择在全球化竞争中，力争做成产业整合的第一集团军。

2003年4月9日，沪深股市有史以来首例要约收购横空出世，南钢集团公司与复星集团、复星产业投资有限公司和上海广信科技发展有限公司联合组建南京钢铁联合有限公司。复星集团向南钢联注入3亿元人民币作为首期的注资，占该实体30%的股权，国有企业南钢集团持有40%的股权。

消息传开，证券市场炸开了锅，南钢成为第一个要约收购的上市公司。此后，整个证券市场大盘持续上涨，钢铁板块的股价更是全线暴涨。一夜之间，"要约收购"成为街头巷尾讨论的关键词。

作为要约收购第一案，南钢股份要约收购的案例意义非凡。它将引发证券市场新一轮的收购狂潮。

许多企业对收购证券市场上的好公司兴趣十足，但在操作细则出台以前不得不苦苦观望，而南钢要约案再次提醒了投资人，中国资本市场正与国际资本市场一步步接轨。

郭广昌的投资哲学是：如果看好一个产业，复星就走两条路。一条是复星培养自己的管理团队，再由这个团队来整合产业；第二条路是复星会考察这个产业中谁做得最好就投资谁，然后让他们去操作。

对钢铁行业的投资，复星走的就是第二条路。尽管郭广昌阅读过钢铁专著，但从来没想过会投资钢铁。之所以要投身这一行，是因为碰到了一批钢铁行业里顶尖的人才，再加上自己对钢铁一直比较看好，这才放手去做。

任何从产业壮大发展起来，最后转变为投资公司的企业，最核心、最重要的任务是找中间人、找行家，而不是一切角色都由自己来扮演。

并购战场上硝烟四起，在每个行业中进行兼并都会碰到强劲的对手。郭广昌选择进入一个行业的同时，也是在选择踏上一片枪林弹雨的阵地。

退守：公关危机中呼吁宽容

回想起2004年发生在自己身上的桩桩件件，郭广昌百感交集。

在震惊中外的德隆系崩盘事件之后，全社会对大型民营企业集团"谈虎色变"。复星集团也没能躲过危机。在调控钢铁行业过度投资的大背景下，江苏铁本和宁波建龙两个违规大案让郭广昌身心俱疲。作为宁波建龙第一大股东，他被推上了潮头浪顶，一时之间百口莫辩。

2004 年 9 月，复星集团拿出了前面所述的那两份报告。尽管两份报告揭示出复星资金链偏紧、战线长、负债率高等问题，但复星并购的企业财务状况都不错，负债额与偿债能力大致匹配。总的来说，事情远比最坏的想象要好。而复星透明公关的坦诚，赢得了社会各方的信任和尊重，企业内外舆论环境大为好转。

在这一轮危机公关中，郭广昌始终没有对钢铁行业失去信心，尽管受到国家宏观调控的影响。旗下南钢等钢铁企业利润萎缩，但钢铁板块是复星投入力量最大，并使复星跨入"百亿俱乐部"的重心所在。这部分业务主要装在市值近 160 亿元的南钢股份里。

到了 2004 年年末，郭广昌在众人面前终于露出了一点疲态，他呼吁人们宽容民营企业。也许这是很多民企老板的心声，但有资格、有勇气说出来的恐怕没有几个。复星用自己的真诚告诉人们，民营企业不是负面的代名词，只有互相谅解才是解决问题的正确选择。

第二节　上市前后：钢铁业波动引发蝴蝶效应

蝴蝶翅膀的抖动能引起大洋彼岸的飓风，股市的波动更能引发企业发展格局的巨变。在复星国际整体上市之前，旗下南钢股份波动，而复星钢铁板块又趁热收购海钢，钢铁的摇篮从未停止摆动，而复星的整体上市之路也从未停下脚步。

南钢：股份波动事关整体上市

2004 年 3 月，建龙集团、复星产业投资及吉林建龙以总代价 4.63 亿元分别向南钢联转让宁波钢铁 5%、20.0% 及 10.0% 的股权，而建龙集团向一名第三方转让另外 5.0% 的股权，结果建龙集团及南钢联持有的宁波钢铁股权分别改为 35.0% 及 35.0%，而复星产业投资及吉林建龙则不再为该公司的股东。

这一动作让复星的上市之路增添了一些质疑之声，但紧接着南钢联通过增发 A 股和几次买进卖出之后，所持南钢股份却有增无减。

2005 年 1 月，南钢股份通过增发 1.2 亿股 A 股，筹资共计 7.86 亿元。于该次后续发售后，南钢联持有的南钢股份股权由 71.0% 减至 60.6%。2006 年 5 ~ 7 月期间，南钢联以总代价 1.53 亿元在公开市场购入 4064 万股南钢股份 A 股，所持有的南钢股份股权增至64.9％。2006 年 10 月，南钢股份完成股权分置改革方案，南钢联持有的全部非流通股转为流通股。2006 年 10~12 月期间，南钢联以总代价 2.3 亿元在公开市场购入 6403 万股南钢股份 A 股，使其持有的南钢股份股权增至 71.8％。

海钢：并购之后梦回 1988

2007 年夏天，复星旗下的复星国际有限公司与海钢决定成立名为"海南矿业联合有限公司"的合营公司，从事开采及加工铁矿石业务，范围包括黑色金属、有色金属及非金属等。合营公司总投资额 16 亿元。其中，复星国际的两家子公司——上海复星高科技有限公司和上海复星产业投资有限公司，共同注资 9 亿元，分别持有合营公司 20％ 和 40％ 的股权，海钢则以 6 亿元持有 40％ 的股权。

海钢是海南省国有大型企业，也是全国最大的富铁矿石生产基地，铁矿石总储量为 3 亿吨，最高品位 63％，产品主要供应武钢、宝钢、柳钢、上钢一厂等国内大型钢厂。在这两年国际铁矿石价格飙升的背景下，海钢的效益也达到历史最好的程度，2006 年海钢的收入超过 10 亿元，利润达到 4 亿元。

复星入主海钢的第二天，由沈文荣执掌的江苏沙钢集团也成功购得澳大利亚一处铁矿。作为中国最大的民营钢铁生产商的当家人，"中国民营钢铁大王"沈文荣注意到了身后的郭广昌，这个和自己相差 20 岁的年轻人只用了 7 年时间就做成了中国民营钢铁榜眼。这样的追赶速度令沈文荣感到有点吃惊。

回想 20 年前郭广昌初到海南，当时就梦想有一天在这个水天蓝海的地方有自己的一番事业。十几年后，当他再次踏上海南的土地，不禁心生唱叹。

不在竞争中成长，就在竞争中覆亡。郭广昌没有在竞争中倒下，因为在他身边有无数战友和能人，他们共同打胜了一场又一场恶仗，让复星的大旗越升越高。

入主海钢是一笔非常划算的生意。海钢希望通过此次合作，完成企业的股份制改造，同时，复星也允诺加大对海南的投入，包括对海南教育的资助。这些决定都与郭广昌早年考察海钢的经历紧密相连。

第三节　试比高：谁是中国的卡耐基

看钢铁行业红装素裹，分外妖娆。

"欲与天公试比高"的雄心让复星的钢铁板块虎虎生风。然而，天外有天，究竟谁能撑起"中国卡耐基"的大旗，拭目以待。

白刃红血：钢铁集团军内突外投

从 5 年前开始，世界钢铁市场已经显出种种异象。那时，"稀缺"成为钢铁行业的关键词。在东亚和欧美，钢铁产业的走势表现为简单的量变。而在中国这个世界钢铁业的动力策源地，一场革命性的转变正在发生。

随着宝钢班师湛江，武钢进驻防城港，首钢看好曹妃甸等一批年产量逾千万吨的项目在这几年渐渐浮现，而世界钢铁巨头收购中国钢铁集团股份的消息屡有风声，更为风云突变的中国钢铁市场写下了独特的笔墨。这些钢铁工业大事件风声鹤唳之时，正是中国钢铁新版图雕琢成形的前夜。

当年，曾有人预测钢铁缺货的局面在几年后将演变成钢铁大量过剩。然而数年过去了，中国钢铁产业并没有重走大跃进的路子。在郭广昌等产业整合者的带领下，国内钢铁集团正在走向国际，并可能引发全球钢铁业的重新洗牌。

有年轻就有老去，任何工业的前景都不可能是万世长青，但危机不等于危言耸听。在那场四面楚歌的钢铁衰竭战中最令人"胆寒"的预言是：21 世纪第一个 10 年结束的时候，欧美企业将退出舞台，日本劫后余生，但利润所剩无几。而在中国，将有一半的企业被清洗，剩下的则成为国际巨人，但为此付出的代价得不偿失，上百亿的呆滞资产换来的是一个行将作古的夕阳产业。

事实果真如此吗？

以沙钢为代表的一批大型钢铁企业否定了这则预言，只要有足够的原料，中国的钢铁企业就不会衰亡。事实上，中国的钢铁巨头们已经完成或正在完成对原材料供应商的资本收购。沙钢、马钢、武钢和唐钢与必和必拓公司签署了金额巨大的合约，将获得必和必拓转租的澳大利亚一家矿山近半数的股权，此后 20 年内，每年可从那里购买到 1 200 万吨铁矿石；宝钢在里奥廷托公司的一家新矿山拥有一半的股份。

穷则思变。在面临原料山穷水尽的同时，中国的商人们正在积极通过产业整合与并购来实现变通。联合制造的成效很快就在市场上得到了回应。

由于国内铁矿资源越来越少，而且品位不良，国内钢铁业对铁矿石的进口量逐年上升。每年将近有65%的增长率。这决定了中国新建大钢厂的地理区位选择必须在沿海，这样便于远洋运输，也便于钢铁出口。在钢铁业大起大落的态势下，近海港还能降低成本，在接近国内消费市场的同时，收缩与国际市场的距离。

在看到这种发展趋势之后，国内钢铁企业纷纷战略转移，宝钢与武钢从长江流域沿河南下，分别建设经营广东和广西的2 000万吨项目；鞍钢分兵营口，首钢入驻河北曹妃甸，计划产量分别为1 600万吨。这几家大型钢企抢占港口力争产量倍增的行为顺应了《钢铁产业发展政策》的核心要领。

在历史上，中国大型钢铁企业的布局并不合理。随着时代的变迁，经济模式的转变和原材料基地的转移，很多地处内陆的钢铁企业举步维艰。例如，首钢、武钢和太钢，分布在大城市里，水资源紧张，造成的后果就是：运输成本高、污染严重、资源浪费。从政策规划来说，钢铁企业的改革首要先从选址着手，要布局在大港口，尤其是一些区位突出的深水港。

选址只是中国钢铁新版图构建的第一步，原材料困境是更加迫在眉睫的问题。作为中国近年来原料进口的主要来源，澳大利亚的铁矿砂供应商决定着跨洋来到中国的原料价格。随着中国进口量的日益增大，原料价格也大幅提升。

从两年前的10%到去年的20%，直到现在的30%左右是20年来涨幅最高的一次。围绕价格问题的谈判一直在进行，但由于双方价码悬殊，谈判始终没有结果。中国的谈判能力在实质上很弱，取决于国内原材料紧缺的现实，这也是对方一再涨价的根本原因。

国际钢铁协会(IISI)三年前就召集了会议，要求原材料出口地大幅涨价，以此遏制中国四处收购原材料。当时只是全球第二大钢铁企业的LNM集团老板米塔尔在会上一再提醒与会方，中国将成为决定性的钢铁出口国，一旦中国经济增长未能达到预期水准，这种势头会更加迅猛。

当年，中国的钢铁制造在国内消费大幅回落的势态下，竟出现了产量的高增长。究其原因，主要是受钢材进口缩减的影响。从进出口对比来看，中国钢材进口量连续半年持续下降，与此相反，钢材出口量连续6个月不断上升。到年底，中国钢材第一次出现对外顺差。国际钢材市场价格远高于国内，并且差价不断扩大，这在一定程度上刺激了国内企业的钢铁出口。有道是墙内开花墙外香，国内生产的钢铁都卖到了国外，也算是市场的别样风采了。

回过头来，当时米塔尔对西方人的告诫似乎正在变为现实。中国钢铁出口已经成为举足轻重的力量，这在很大程度上缓解了国内市场的压力。饱受宏观调控震荡之苦的国内企业，在国际市场的强劲需求中受到了极大鼓舞。在郭广昌的面前，钢铁出口的机会再次盘活了死气沉沉的旗下钢铁企业。进口减少而出口增长，对国内钢价产生了支撑作用，国内钢铁价格开始上扬。

任何行业的发展都不是孤立的，外部环境对很多行业的影响都十分明显。中国钢铁业目前已经与世界接轨，外界价格将直接影响国内钢铁行业的兴衰。在建筑钢材领域，低品质钢铁中国已经实现了出口大于进口，但汽车钢板等高品质钢材依然是供不应求，主要靠进口弥补市场。尽管如此，随着国内钢材品种成效颇高的结构调整，国内高品质钢材已替代了一部分进口钢。中国必将从此成为净出口国，此乃天下大势。

左右逢源：大举并购和滚动发展

如果说复星做钢铁靠的是并购速度，那以首钢为代表的国有大型企业则是靠产业滚动发展来抗衡的。

作为国内最大的线材生产企业，首钢股份控制了河北地区一半以上的线材供应，在全国市场上也占有近半的市场份额。但是随着国内钢铁产业的升级发展，规模化的线材生产不但没有给首钢带来任何寡占优势，反而成为公司的一个负担——首钢股份目前每年不到 600 万吨的钢产量，几乎全部为线材和钢坯。

人们总是习惯把困难的出现归结于历史原因，于是变通就势在必行。

首钢 2005 年全年销售收入中，有接近六成来自于线材，而线材市场的技术门槛低，产品通常处于供过于求的状态，产品利润率低，业绩波动性大。

因此，实现产业滚动发展成了首钢要解决的首要问题。线材产量大本身并没有错，三百六十行，行行出状元。但是首钢过于单一的产品线结构使企业在战略上缺乏必要的灵活性，而灵活性是当今产品竞争最关键的环节，产品在低端钢上的集中生产束缚了企业战略行动的步伐，而且让企业无法舍弃，因为舍弃意味着绝食。

复星雷厉风行的并购是为了完善产业链，在围绕主力板块的同时，通过并购零件使产业机器更快速、更稳定地运转，从这个意义来说，复星的并购速度和以首钢为代表的国企存在许多共同点，究竟是并购速度取胜还是产业滚动发展占优，一切都尚待检验。

首钢整合需要迈出的第一步就是通过并购引入高端钢材业务，作为其收拾"低端旧河山"的有力支援。产品结构的不完备和整体规模偏弱，使首钢一直在夹缝中苦苦挣扎，但实际上，市值和资源是首钢的两门重型火炮。

作为低端钢材市场的另一典型代表，邯郸钢铁本来也是河北地区低端钢市场上的竞争者之一，但公司早就着手变通——收购了母公司板材业务，又斥资40亿元启动了冷轧板技术改革项目，从而使公司的产品线结构得到大幅改善。邯郸钢铁的高端业务与首钢的产品线互为补充，而在地理区位上的接近又为合作进一步增加了可能。

除了邯钢，首钢还与唐钢联手开发曹妃甸的矿山和港口资源。因为邯郸钢铁靠近邯—邢铁矿区，因此在提高钢价和铁矿石谈判中，邯钢一向扮演着积极的角色。但公司直接控制的铁矿石资源较少，不足以满足生产需要。如果河北地区其他几家大型钢铁企业的铁矿石开采或运输成本低于邯郸钢铁，将使其陷入被动。

在众多国企力图通过合作和变通形成产业互补的同时，复星钢铁板块则继续扮演着并购市场大买家的角色。

究竟孰优孰劣，静候时间定夺。

第八章

医药网络：复星的战略后台

第一节　特殊行业，特殊做法

从来没有一个商人不愿意为了生意而苦心经营，也从来没有一个商人不愿意为了生意而妙计迭出。在医药板块这个特殊领域中，复星经历了怎样的成长历程，受到过怎样的冲击，又是怎样最终杀出重围走向世界的呢？

复星医药：联合舰队初长成

2000 年 10 月，复星医药被批准发行近 10 亿元可转换债。此后，复星集团决定全额认购优先获配的两亿元可转债。当时可转债和融资市场广受非议，复星此举堪称少见。时任复星医药总经理的汪群斌认为，复星集团"迎难而上"，一方面是大股东力挺旗下上市公司，另一方面则表明了复星集团对旗下上市公司的信心。

自 1998 年上市以来，复星一步一步地打造出了一支医药产业的联合舰队。

世事如风，岁月同白驹过隙。转眼间，复星医药成功上市已将近 10 年。这 10 年来，复星医药专注于医药链条整合，主营业务在近几年内发生了质的飞跃，已经形成了药品制造、医疗器械、医药商业和医疗诊断制剂四大"舰队领航者"。

从这个角度来看，当时的郭广昌没理由不自信。事实上，以"复星舰队"节节攀升的业绩，复星集团认购两亿元可转债的价位并没有太大的风险。当时，国家法规政策所透露出来的信息也让复星看到了资本市场的大好前景。以汪群斌作为"舰队总指挥"的复星实业在当年推出了公司"大医药"战略，而发行可转债就是为了推动此战略的尽快实现。在和汪群斌的几次会晤后，郭广昌已经能感觉到复星实业的下一步，那就是在产业和资本运作上如戏水游鱼，舰队将进一步加速前行，作为大股东，郭广昌当然乐在其中。

自从挣到第一个一亿元之后，复星就打上了浓重的医药烙印。当初，郭广昌决定走生物制药这条高科之路，于是催生了复星实业的雏形。经过几年的发展，随着复星集团的日益壮大，复星实业在医药领域内也渐渐强盛起来，尤其是覆盖全国的销售网络让郭广昌尝到了"高筑墙、广积粮"带来的长远收益。

也许是受到了哲学背景"兼容并包"的影响，郭广昌在事业起飞之后，迅猛地开辟了一条行业整合的大道。

作为复星集团最具科技属性的成员，复星实业的目标就是做医药产业链条的整合者。遍布全国的营销网络已经不能满足高端医药的销售口径了，必须"全攻全守"，走基于医药一体化的产业道路。如果一个产业是一条河流，那么产业上游就是技术与原材料，河流中游是制造和生产，下游则是销售终端。只有这三段协同、互相支持，才能形成强大的综合竞争力。

2004 年，复星实业的药品生产和产品销售占公司主要业务收入的83％。正因为如此，公司更名为上海复星医药（集团）股份有限公司、复星实业更名为复星医药。一来可以进一步提高专业化程度，表明了公司做大做强医药主业的决心，努力把自身打造成复星集团旗下专业的医药产业平台；二来也消除了公司兼做其他产业的误读，并从识别系统上把已经上市的公司和复星集团区分开来。

面对外界对于复星发展策略中"核心竞争力缺失"的质疑，复星医药将发展重点定位在以统一的客户渠道整合公司的主营业务，形成以客户为核心的产业资源优势。在这个基础上，进一步对"大医药"战略进行填补完善，在医药研发、生产、终端销售三个不同角度均力谋划，打造复星医药链条的一体化系统，使公司在医药链条上的所有业态均进入国内三甲。

复星医药募集可转债资金反映了公司兼顾直接投资收益获得的构想，在实现"大医药"战略的同时确保转债资金的"燃烧效率"，以此保障公司握有到期偿还的实力。这一募集活动的一大看点就是对销售终端的拓展深化。公司投入 7 亿元构建终端零售连锁网络，实现在零售业态内统一进货、统一物流、统一商标、统一价格、统一经营、统一服务的"六统"管理，从而建立了复星自己的行销服务标准，将医药链条打造成规格一致的流水线，以更为简洁便捷的方式为客户提供服务。

这一举措带来了丰厚的经济回报。在药品生产这一块，复星医药已拥有三个年销售额超过 1.5 亿元，8 个年销售额超过 5 000 万元的产品。每年上市的新产品超过 25 种，复星医药的"大医药"战略目标是：在未来每年新增亿元产品至少两个。同时，公司实施"大医药"拳头产品战略的重要举措之一是花大力气进行产品研发。在过去的几年内，公司的研发投入比均在 6% ~8%，远高于国内同行业平均水平。

经济回报还不是复星医药获得的所有回报，品牌效应才是这次产业链条拓展带来的最大收益。统一的品牌经营直接促成了公司国际化路线的制定。

当时，世界卫生组织在全球采购青蒿素联合用药，复星医药的两个规格化子公司在国内拥有青蒿琥酯和阿莫地喹地独家生产权，并且通过统一渠道进行配送管理，由此成为世卫组织至少 5 年全球采购最大的直接获利者。

复星医药未来的绩效增长点将主要体现在几个方向：第一，公司不断推出的新产品；第二，现有产品市场份额仍然在继续扩大；第三，国际化路线必然为公司带来新的发展途径；第四，公司正在寻求资产重组。

郭广昌的理念就是行业整合，他的这种商业哲学在复星系企业中得到了充分体现。无可否认的是，"资源整合、收购兼并"将成为复星医药飞速发展的重要动力。在继续进行产业兼并扩张的基调上，公司将着重实现与被收购企业的资源共享，完善战略配套和统一管理，完成资源的优化分配。

在医药商业这条"领航号"方面，复星医药参股 50% 的股权的国药控股居国内药品流通第一，年增长超过 51%。此外，对一致药业的收购，以及受让南京老山药业股份有限公司 33% 的股权，意味着为复星医药又添亿元级产品线。

狭路相逢：华山论剑无胜负

看一个人的身价，要看他的对手。在和别人较量的时候，不能显出急躁，才能掌握主动；不能显出亢奋，才能算计利益；不能穷追猛打，才能胜券在握；不能一味追捧，才能吸引对方。

和周玉成的狭路相逢是郭广昌一生的较量。

1992年春天，注定是一个时代的分水岭。就在这一年，邓小平的"南巡"讲话将半掩着的新时代大门彻底推开了。全中国从上到下都开始踏上了追求第一生产力的路途。

当时，周玉成是纺织部政策司副司长。1992年春天的一天早上，他从北京出发，来到了上海，创建了华源集团。过了不长时间，复旦大学的青年教师郭广昌辞去公职，创办了广信科技咨询公司。

命运是难以捉摸的，在任何时间、任何地点，都有相似的命运在发生改变，这种带着浓烈的存在主义意味的命题使得命运看上去深不可测。周玉成和郭广昌，这两个中国医药业最具人格魅力的产业整合高手，在同一个城市里，就这样先后展开了共同的梦想之旅。

4年之后，华源集团在纺织业低谷时期收购了几家纺织企业，重组后在当年分别上市。此后，华源集团并购行动全面铺开。截至今日，集团业务已经涉及八大行业，除了纺织、服装这两大发家产业，还包括农机、流通、医药、汽车、家电、保险等产业。

复星的扩张速度也同样犀利，在公司成立10年之内，以复星医药A股上市为契机，复星集团产业兼并涵盖了房地产、医药、钢铁、金融、信息、汽车等领域。10年的扩张脚步，将郭广昌和周玉成推到了中国医药产业的顶峰，也让他们成为最强劲的竞争对手。

尽管年龄相差甚远，又处在竞争的前线阵地，但周玉成与郭广昌一直英雄相惜。君子坦荡荡，小人常戚戚。即便互相欣赏，在产业竞技场上却绝不手软。对于商人来说，赔钱是一种挫折，放手则近乎于一种侮辱。使尽浑身解数去击败对方，才是对对手的最高敬意。

经过一段时间的相互观察与试探后，周玉成与郭广昌之间在2002年开始正面交锋。二人同为整合大师，但整合思路却截然不同。这似乎也注定了两次特定条件下交手的结局。

周玉成的整合思路是打通整个产业链条后再进行重新组合，目标直指医疗体系改革后华源的整体竞争力。郭广昌则注重从横向扩展产业覆盖面，在固有的产销平台上寻求核心竞争力。如果周玉成是稳扎稳打，那么郭广昌就是边打边走。

2002年，行事沉稳、低调的周玉成开始在许多高层的医疗体系改革研讨会上频频露面，华源集团也加紧与北京、上海、广州等大城市的医院进行密切联系，商议收购的可行性。依托政府背景和政策来源，华源集团在医药产业上投入20亿元用于并购重组。同时，联合当地市政府把旗下医院做成医疗体系改革的试点医院。

通过这种途径，华源集团于2003年组合了旗下数10家医药企业，成立了总资产高达50亿元的中国华源生命产业公司。这次产业大集合，源于中国医疗体系改革。由于医疗体系改革的本质在于"医药独立"，医院收入不再和药品销售挂钩，因此医药品利润和流通竞争都将发生根本变化。

以医疗体系改革为分界，以前最会做药的企业，在未来将变得最不会做药。随着旧有体系和规则被重新定义，医药不再是单纯的产销结合，更包括了营销模式的转变。在医药产业已取得一定成就的企业，在今后将面临体制转型期的严峻考验。

未来的产业竞争将集中体现在规模和标准的竞争上，这也是周玉成产业组合的一个方向。他在很多场合，都公开表达了要把华源建设成在世界上有影响力的医药企业。

华源的产业整合战略方向无疑契合了整个产业发展趋势，同时也应该清楚地看到，尽管医疗体系改革在上海等一些城市已经逐步开展，但由于政策的不完备和不成熟，华源必须面对体制转型期的风险。另外，以纺织业起家的华源面临对医药产业整合能力的考验。周玉成的操作能力、资本能力，以及突破国有体制的障碍等是否足以使其转型成功，这些都需要时间来验证。

再来看复星，在对医药产业的整合过程中，郭广昌的手法与周玉成大相径庭。复星集团进行产业整合与扩张的同时，始终遵循着一条准则——"控制现金流"。

复星医药上市之后，在医药产业收购了超过30家企业，为此支付的资金约为20亿元，主要集中在生物制药及诊断试剂、中西药制造、医疗器械、医药营销五大渠道。在医药流通方面，复星集团累计投资约10亿元，进一步完善了遍布全国的营销网络。

做零售有一个好处，那就是企业回报周期短、现金流充足，这对缓解并购扩张中资金紧张起到了重要作用。复星集团控股的豫园商城中的药品连锁店每年就有超过 60 亿元的供应商货款，这些货款复星集团可以延期三个月支付。这样，来自流通领域的现金，就作为复星集团在产业兼并中"融资"和"贷款"之外的资金来源。

就在复星开始建立全国营销网络之后的 5 年间，复星医药总资产增长了 27 倍，年营业收入以 10 倍的速度递增。复星的利润增长日益依赖其投资收益所获得的利益增长。以 2005 年为例，投资带来的资产增长占了复星实业净利润的五成。

严密掌握现金流、精细筛选并购企业使复星在获得稳定增长的同时兼顾了品牌效应，并尽可能地避免了整合过程中的资金危机，这使复星在中短期内步履稳健。然而，这种策略也导致复星在长远战略的制定上稍逊一等。

复星在收购国药的时候，外界都清楚，国药上市后余下的资产并非优质资产，但国药的品牌和遍布全国的医药流通网络无疑对上了复星的胃口。中国医药集团是我国最大的医药企业集团之一，它还与国外一些著名跨国医药公司合作，多年来国药的年销售总额一直遥遥领先。但其资产分布零散，涉足领域过广，使这家大型药企在激烈的市场竞争中行动艰难。

复星要打造的是一支生物医药联合舰队。布建一张庞大的医药营销网络不仅有利复星自身产品的销售，而且还有更大的战略意义，中国的优势一是庞大的市场、二是劳动力成本，复星拥有了这张营销网络，将来就可以和想进入中国市场的海外医药厂家谈价。

有了复星和国药双重品牌的结合，国药控股在全国各地的并购加快，业务也开始快速成长。复星这种资本并购的运作表明了这样一个趋势，医药行业多极化竞争格局将首先在流通领域形成，然后竞争波峰再向产业领域蔓延。

邓小平"南巡"讲话后的 10 年间，华源和复星在医药领域逐渐形成了二元相对的局面。两家企业在医药市场上的近距离博弈已经热火朝天了。2002 年，郭广昌有意收购上海医药，但上海市政府却把这个香饽饽交给了周玉成，华源集团以 11 亿元的收购价将上海医药收入旗下。此后，华源集团在上海医药业成了"头版头条"，并处于第一集团的领跑者。

时隔一年，在收购东北制药时，郭广昌又一次落到了周玉成的身后。当时，复星已经取得辽宁地方政府的首肯，几乎要一锤定音的时候，周玉成从斜刺里杀出，凭借着与东北制药最大股东华融资产管理公司高层的关系，华源再一次从复星手中抢过这把"宝刀"。

现年 62 岁的周玉成把自己的经营理念称为"以变应万变"，华源的数次转折都印证了他的"变化多端"。上世纪 90 年代末期，华源的合作对象杜邦抽身退出纺织产业，开始向生物制药进军，此时周玉成发现许多国际纺织巨擘也在向生物制药领域转型，他受到了很大震动。如果说郭广昌是独辟蹊径，那么周玉成则是有局必揽，看到纺织业陷入低谷，华源也需要开拓新的势力范围。

后来，周玉成在公开场合慷慨陈词："如果不能打造中国医药的航母，就是我周玉成失败了。"与周玉成的"老夫聊发少年狂"形成鲜明对比，40 岁的郭广昌反而显得"少年老成"。在梁信军眼中，这位喜欢冒险的复星掌门人，在公开场合却出言谨慎。

郭广昌的商业哲学里有这么一条：当大多数人涌上去的时候你要懂得退，而当产业处于低迷的时候，你要善于发现机会。这也是郭广昌在进行产业拓展时恪守的原理，如果没有适时的团队，也没有必胜把握的时候，宁可退出也不冒进。

周玉成习惯于确定资产链的终结，郭广昌则更热衷于维系现有市场。两个迥然相反的产业整合者，他们将会成为各具特长的大公司，但万事皆有两面，他们也可能只是为后来者做嫁衣裳。对华源集团而言，还存在一个变数，如同国内一些成功的企业，华源集团当前取得的成就，和周玉成杰出的商业才华分不开。

周玉成是那种典型的企业家型的知识分子，触类旁通，悟性极高，接触一门新学科三天，就能成为这个学科内的一名专家，甚至有人直接将华源集团称为"周玉成个人天才主导下的国企转型"。那么，他到底能执掌华源多长时间，继任者是不是还能继续他的辉煌，可能连他自己也无法肯定。

由此看来，年轻的郭广昌似乎更有发展潜力，擅长培育管理团队的他之所以有今天的成就，和大名鼎鼎的"复星四剑客"密不可分。而复星内部强调的"倾听培育"就是为了训练管理人员的沟通理解能力。也许，在产业整合的路上，复星能走得更远。

第二节　求索：追逐核心突破

核心竞争力是什么？研发还是市场，孰轻孰重，因时而异。在走向全球化的征途中，复星医药的突破口在于联合，在于借鉴，更在于对模式的重建。

磨刀：重研发取上得中

知其然，知其所以然。

复星医药旗下众多子公司业绩不可谓不突出，郭广昌深谙"取法乎上，得乎其中"的道理，对旗下子公司的高标准始终处于变动之中。曾几何时，销售网络的架构是考核子公司的主要标准，而今天，当全球化3.0悄然到来之际，医药行业的竞争更多地集中在高端研发的竞争上，复星对子公司的考核标准是"与时俱进"——利润不是最重要的，研发才是唯一标准。

梁信军就曾经说："作为集团大股东，并不需要它(子公司)每年表现出多少的现金回报。最重要的是研发，要'恶狠狠'地做。虽然这在短期之内是削减股东利润的。"

艾滋病是人类的大敌，20世纪80年代以来，人类和艾滋病的斗争就没有停息过。国际上研制出了许多抗艾滋病药物，而中国一直游离于抗艾滋病药物之外。自从2005年以来，复星在抗艾滋病方面的研发力度也正在加强。

而在新药研制越来越不容易的今天，生物药的研制却如火如荼地进行。相对于化学药的冷寂，生物药明显地热闹了许多。

尽管化学药是国内最大的药物市场，但化学药创新一直是国内众多医药企业的瓶颈，迄今没有一个有自主知识产权的创新药物，国内制药企业一直靠生产仿制药或者仿创结合药为生。

对研发的重视上升到了复星集团战略高度，子公司需要做的就是放开手脚从研发方面出成果。毕竟研发造就的是未来，即使近期利润有所下降，但复星看重的是公司参与全球化竞争的明天。

虽然高额的研发经费足以吓退中国任何一家医药企业的掌门人，加上在国际市场做临床的复杂程度、临床数据的整理等，更是令中国医药企业家望而生畏。但复星对研发的热衷让高层决策者痛下决心，舍得花大价钱

119

积极参与医药研发。同时，汽车工业的发展非常值得医药界借鉴——先发展零配件，再发展整车。

中国的国际药物竞争有一条必然之路，就是和国际医药企业合作，参与医药开发的每一个流程，熟悉国际注册的每一个环节，一旦时机成熟，将这些流程和细节整合起来，方可成功进入国际高端市场。

对决：展胸襟巨头来华

作为新药研发排头兵的欧美地区，面对高额的研发成本，新药研发的动力正在开始下降。国际大型制药企业开始关注远在东方的中国科学家，他们受过专业训练、人力成本低廉、某些领域的科研基础雄厚。于是，中国开始成为它们涉猎的研发目标。

2005年6月29日，世界最大的特殊材料制造商——美国罗门哈斯公司的全球第二大、海外第一大研发中心正式落户上海张江高科技园区。

2005年8月，全球制药巨头阿斯利康公布了2005年上半年中国市场业绩：1～6月份，阿斯利康中国销售收入超过11亿元，同比增长38%，列在华跨国药企处方药销售首位。

中国传统医药的价值越来越为欧美制药巨头所重视。世界第三大制药企业瑞士诺华表示即将在中国设立其第八大全球研发中心，而该中心将以中草药作为主要研发项目。2005年10月，赛诺菲—安万特在中国设立研发中心，将积极涉足中国的中药研发领域，与我国共同开发中药，实现中药现代化，帮助我国中药出口。

于国际医药巨头相比，中国的医药企业，却显得有些竞争乏力。尽管医药集团将在未来几年内实现500亿～700亿元的销售收入，净利润可达4亿～5亿元，但这不足以掩饰集团在全球竞争市场上的缺席。

虽然复星医药的国际竞争力在提高，然而刀锋的另一侧是低端产品原地踏步和高端产品稀缺，而这两个弱点将分别阻碍复星在国内和国际市场的前进。复星医药的国内销售网络是集团实现利润增长的关键因素，但研发能力不过硬给善于登高望远的复星高管带来的是无尽的忧虑。

深明自己的不足是成功企业的第一步，因此复星大打研发牌。2007年复星医药研发项目近200项，另外获得海外产品认证21项。通过引进医药领域全球领先科学家，组建成立以美国为目标市场的研发公司复星普适，将增强争夺国内市场以及欧美市场的竞争能力。

面对来势汹汹的众多医药巨头，未来的态势无法预料。任何事情都有两面性，无论巨头的到来是福是祸，对于复星为代表的国内医药企业而言，只有站在更高的平台上参与竞争，才能赢得率先领略明日风采的机会。

第九章
五人复星系：决荡上海滩

第一节　我型我秀：郭广昌的别样生活

他孤独，但不寂寞。"那些消逝了的岁月仿佛隔着一块积着灰尘的玻璃看得到，但抓不着。他一直在怀念着过去的一切，如果他能冲破那块积着灰尘的玻璃，他会走回早已消逝的岁月。"郭广昌，也是凡人，他也有消沉、困惑的时候，我们不强求一个人故作欢颜，或者背着重重负累生活，但积极地去面对这一切，比逃避、哀怨能更迅速地摆脱困境。

在追求"商业真理"的过程中，永远要自己去作决策，而决策者永远是孤独的。

因为懂得，所以珍惜。珍惜健康，珍惜友谊，珍惜爱人，珍惜来之不易的事业。因为这些，都不是金钱能解决的，而能用钱解决的问题，都不是问题。每个男人都有他可爱的地方，而最可爱的地方就是积极面对生活。

孤独而快乐：上海浙商会会长
一个人最欣赏的人，必定是和他自己同样的人，因为每个人都必定很欣赏自己。

李嘉诚是郭广昌崇拜的偶像，偶像的光环太耀眼以至于让崇拜者往往失去真实感。在现实生活中，郭广昌还欣赏另一个同为浙江老乡的商人，他就是王均瑶。

王均瑶16岁那年就离开家乡——温州龙岗，开始在长沙一带跑五金和印刷业务，赚点小钱。1989年春节前夕，由于忙于跑业务，王均瑶忘了提前买回家的火车票，他和其他几个被困在长沙的老乡聚在一起，最后以两倍的价格包了一辆大巴回家。汽车在1 200公里的漫长山路中颠簸前行，王均瑶随口感叹了一句："汽车真慢！"旁边的一位老乡挖苦说："飞机快，你包飞机回家好了。"说者无心，听者有意。

1991年7月，随着一架"安24"型民航客机从长沙起飞平稳降落于温州机场，中国民航的历史被一个打工仔改写了——在盖了100多个图章后，王均瑶硬是在中国民航格局森严铁桶一般的大门上撬开了一条缝，承包了长沙—温州的航线。那年王均瑶25岁。

天有不测风云，人有旦夕祸福。2004年11月10日，正值壮年的王均瑶因患肠癌医治无效逝世，正如他生前所说的："一个真正的企业家，不能只靠胆大妄为东奔西闯，也不可能是在学院的课堂里说教出来的，他必须在市场经济的大潮中摸爬滚打，在风雨的锤炼中长大。"因为风雨，所以成功；因为成功，所以辛劳。

2004年，在王均瑶去世后，郭广昌接任上海浙江商会会长，在他们身上，都有浙江商人的共性。

浙商以"四千精神"蜚声中外——走遍千山万水，道尽千言万语，想尽千方百计，吃尽千辛万苦。他们喜欢单打独斗，很多在外地的浙江商人，当年都是背着修鞋机、挑着货郎担白手起家的。今天很多人都看到了复星成功的一面，其实是"一将功成万骨枯"。复星走过的10多年风雨，民营企业面临的难题，他们都经历过，只是在大的成功面前，外界都习惯于把小的失败淡化。

决策者都是孤独的，那种"高处不胜寒"的苦楚只有自己心里清楚，而痛苦在于"有苦说不出"，只能默默忍受。忍受虽是种痛苦，但有时也是种艺术。懂得这种艺术的人，通常都能得到他们希望的收获。

当年复星五虎将里的另外三个，如今都在复星多元化产业里独当一面。如果没有汪群斌、范伟和谈剑他们兢兢业业地去操劳，再好的战略也等于零。在复星的5人团队中，范伟略显沉默，也极少在媒体露面，不过他麾下的复地集团在房地产业倒是让人刮目相看。

而 5 人中唯一的女性谈剑的特殊优势则在政府公关等事务，同时她还是上海星之健身俱乐部总经理。从 2000 年复地房产在开发楼盘时，为了制造卖点，在小区内建设了一个足球场的无心插柳开始，如今，"星之"已有了 16 家门店，她的身影出现在很多住宅小区的会所中。

他们 5 个人就像 5 根手指，哪根也不能少。5 根手指攥紧，就是一只拳头。复星强调的就是团队管理。

团队能分担决策者的孤独，但会当凌绝顶的寂寞却无法分担。

创业团队要经得起成功、失败的考验而不散，仅靠友谊是不够的。他们几个人除了在学校就建立起来的良好关系之外，浙商那种"百折不挠"、"默默耕耘"的精神也在他们身上有所体现，由这种共同的文化演绎而成的企业文化，是 5 人同心的最大基础。

庄严而大智：黄帝民间主祭人

2004 年 4 月 4 日，上海复星集团当选首位民间公祭人，浙江东阳人、复星董事长郭广昌成为代表中华民族向始祖致敬的首位"民间主祭人"。

2004 年的公祭活动盛况空前，公祭活动由省级升格为国家级，祭祀活动首次加入民间主祭人，公祭活动内容由过去 12 项减为 7 项，鸣钟奏乐改为击鼓鸣钟，新整理的祭祀舞乐《轩辕黄帝乐舞》第一次作为国家级祭祀礼仪演出。前一天下午，黄陵已举行追远迎祖活动，分为"恭请祖灵"、"万民瞻仰"、"祖灵归位"三章。

复星董事长郭广昌作为民间主祭人，代表全球华人向黄帝陵敬献花篮；同时，复星集团及其他省市的 500 位老总代表企业祭祀黄帝陵。参加公祭的正式参祭人员有 2 000 人，还有演出人员、记者 4 000 余人。

由于参加清明祭祀大典的人数迅速增加，前一年黄帝陵开始规模宏大的二期整修工程。二期工程总投资 2.5 亿元人民币，已于清明节前完工。新建成的祭祀大院占地 1.2 万平方米，可同时容纳 5 000 人举行祭祀活动，它与新建成的 1 600 多平方米的轩辕殿同为祭祀的主要场所。

黄帝与炎帝都被看做是华夏民族的始祖，故中国人有时自称"炎黄子孙"。中华民族对轩辕黄帝的祭祀始于春秋，此后千百年来，祭祀不绝，直至孙中山、毛泽东都无一例外地登临祀祭。

当郭广昌以中国黄帝陵祭祀民间主祭第一人的身份出现在陕西时，人们都在猜测这次"攀亲"背后的谋略是什么。事实上，此前郭广昌在陕西已经投资 3 000 万元，典礼结束后，他的复星又将投资 16 亿～25 亿元给当地的一个化工项目和一个矿业项目。

慈悲而珍惜：热心慈善助天下

善事多为贤君子，扬名立万真英雄！你一天的爱心可能带来别人一生的感谢。而欢乐就像是个聚宝盆，你分给别人越多，自己的所得也越多。

民营企业创造这么多财富，生不带来死不带去，不就是创造财富为人民服务吗？这是郭广昌对企业财富的理解。一个好的企业一定会占用更多的社会资源，虽然也创造了利润，但是不获得社会的支持和理解，没有社会这个平台，企业就不可能发展。所以，本身拥有更多的财富和资源的企业家，就应该保持良好的心态，对社会付出更多的责任。

本着"感恩"的心，复星集团在发展之初就一直回报社会。

早在 1995 年郭广昌就倡导设立了"复星——大华百万科教发展基金"，之后又设立了"复星——曹家渡街道百万扶贫帮困基金"和"复星——普陀百万科教发展基金"等。

在郭广昌看来，国家要既平又盛，归根到底还是要企业通过产业报国，这和他给复星立下的"修身、齐家、立业、助天下"的企业文化精髓十分吻合。所谓立业助天下，就是要通过复星这个载体为社会作贡献。

2007 年胡润慈善排行榜发布，金华市婺商促进会名誉会长郭广昌榜上有名。同一天，2007 年胡润企业社会责任 50 强也发榜。胡润百富榜对企业的评判标准从慈善捐赠扩大为企业所担负的社会责任。

在中国慈善家排行榜上，复星集团董事长郭广昌以捐赠 4 457 万元位居 2007 年胡润慈善排行榜第 32 位。10 多年来，复星向社会捐赠资金和物资方面达数千万元，投资中西部建设超过 10 多亿元，郭广昌获中国光彩事业奖章。由此可见，复星人"样样牌"打得都漂亮。

慈善事业的发展壮大最终靠的是民间大众的力量，榜单上这些企业家在取得事业成就的同时并没有忘记回报社会，他们是中国慈善事业发展中的先驱人物。

李嘉诚将李嘉诚基金会比做他的"第三个儿子"，在李嘉诚看来，基金会是他个人信念的延伸。基金会不是讲究有多少钱、多少能力。重要的是：你自己相信什么？你能为世界做点什么？

2006 年，李嘉诚对外宣布要将自己 1/3 的财产投入基金会。在此前不久，拥有 400 亿美元财富的世界股神巴菲特决定将其财富的 85% 逐步捐给 5 家基金会，其中包括以世界首富盖茨夫妇命名的基金会，也包括以巴菲特父亲和过世不久的妻子命名的基金会。世界两大商业领袖不约而同地以自己的善举再次成为媒体关注的焦点，并赢得了众人的掌声。

2003 年至今的 5 年间，上榜的 100 位企业家总共捐赠了近 95 亿元人民币的善款，比 2006 年的 51 亿元多了将近一倍，占他们拥有财富总量的 5% 左右，其中教育、社会公益、医疗都是他们偏重的捐赠方向。

2008 年 5 月 12 日，四川省汶川县发生 8.0 级大地震，举国齐哀。随后，紧张的救援工作在第一时间内火速展开。5 月 14 日郭广昌宣布，复星集团及主要关联企业向灾区联合捐赠 1 000 万元。同时，复星将全力为抗震救灾第一线提供实际支持，复星旗下相关药企紧急筹措灾区急需药品。

郭广昌说："四川省汶川县发生 8.0 级特大地震灾害，给四川省、重庆市等地区造成了严重的人员和财产损失。面对突如其来的灾情，复星将全力支持灾区救灾和灾后重建工作。除了出钱，我们还要为灾民出力做点实事，只要灾区需要，只要能送到灾区，复星有什么药送什么药，要多少送多少。"

相比于现金捐赠，灾区急需的物资捐赠更能体现企业家的责任与胸怀。很多企业家偏向于物资捐赠，郭广昌的药品捐赠市值犹高。捐赠物品更加直接，比起现金更能保证如实地到达受赠人手中，这也许就是在国内慈善法制尚未健全的情况下，慈善家们比较偏向物质捐赠的原因。

构造和谐社会是这几年来我们听到最多的词汇，而构造和谐社会过程离不开慈善事业的发展。另外，公信力是慈善事业的生命，但同时也是国内的慈善组织和机构在发展慈善事业过程中面临的最大问题，捐出的款物如何得到正确管理和有效使用是慈善家们最为关心的。

随着国民慈善意识的逐渐加强，慈善事业的逐步社会化、规则化，捐赠方式也多样化起来。物资捐赠、股份捐赠、冠名基金捐款等，每个人、每个地区都在不断地尝试新的方式，其目的是为了能用有限的资源去帮助更多的人。

第二节　复星四剑客

当年创办广信科技时，郭广昌是复旦大学团委干部，梁信军是校团委调研部长，汪群斌是生命学院团总支书记，范伟是学校誊印社的经理，谈剑还在读书。

在复星多元化的产业链条中，郭广昌成了整个企业集团的灵魂；梁信军是副董事长兼副总裁，成为复星投资和信息产业的领军人物；汪群斌是复星实业总经理，专攻生物医药；范伟掌管房地产；谈剑负责体育及文化产业。如今，复星董事会的人数已由最初的5人增加到7人，新增的是财务、法律、人力资源等方面的专家。作重大决策时董事会从来不举手表决，遇到矛盾时通过充分沟通以达成共识，没有形成共识的就放弃。郭广昌早就说过，对于没把握的事情，最好不做。

梁信军：最活跃的复星人

在你不害怕时去战斗，这没有什么了不起；在你害怕时不去战斗，也不算什么；只有在你害怕时还去战斗，才是真正的英雄。一个人永远不知道自己的对手有多么强大，这也决定了他不能轻易摆正自己的位置，在商务谈判中尤其如此。

尽可能多地倾听对方并且获取对方的信息，而不是滔滔不绝地表白然后暴露自己，这是生意场上私人谈判的常识。梁信军一直谦称自己不善倾听，而事实上，他却往往能在企业内部会议上默默地听别人说好几个小时，多听少说是梁信军对待朋友和同事时刻意保持的一个原则，并不是他不善言谈。在复星四剑客中，梁信军是最能言善辩的一个，正因为如此，他才更注意保持自己与他人的一致性。

1992年，邓小平"南巡"讲话发表。当时郭广昌、梁信军这两位复旦校友正带着学生一起在浙江考察。在那里他们听到了这个消息，而其中最让人振奋的是个人也能办公司了。当时，25岁的郭广昌、24岁的梁信军都是毕业后留校的复旦大学团委干部。这次暑期考察，一路吃住用行在一起的一个月里，志趣相投和同样不满人生的郁闷无为，让他们笃定了联合下海的决心。从团委调研部出来的梁信军，最在行的就是作市场调查。当时社会上还没有这样的专业公司，随着元祖、太阳神等客户的敲定，以郭广昌为主，他们创建了这个由最初的信息咨询和调查起步的上海广信咨询公司。

成功绝不喜欢会见懒汉，而是唤醒懒汉。在遇到一件关乎命运的事的时候，没有人能够继续懒惰。开公司不是一两个人就能成事的，即便是刚开始，也不能挎个皮包就自称公司，那和骗人无异。需要找一些合作伙伴，这也是市场咨询这个行业"人山人海"特色所决定的。看着大街上熙熙攘攘的人流，梁信军却犯了愁，合适的人选在哪里？

未遭拒绝的成功绝不会长久。在艰难的抉择和无限的苦闷之际，梁信军把目光投向了身边的人。范伟在珠海，汪群斌是生命学院团总支书记，谈剑还在念大三。其实，他们相互认识已有四五年了，彼此很有感觉。在大学所派生出的常见关系不外乎几种——室友、同乡、同班同学、社团同事，他们就以这几种关系串联在了一起。

　　这种最单纯、最亲密的关系，从一开始就已经注定了5人复星系天生的血脉相连。茫茫人海中，能够相遇已属难得，在奋斗中相濡以沫，那简直是前世今生的轮回了。在物色合作人选时，两人想到了一块，那就是大学里交往最多的这几位老同学，除谈剑是上海人外，其余4个都是典型的浙江帮。汪群斌与范伟是室友，梁信军与他们两人是同班同学。郭广昌与梁信军、汪群斌、范伟及谈剑的相识又是缘于学校团委的工作。几个人身上有很多相似性和互补性。他们都有梦想，个人的物欲不高，出身背景都不算优越，而互补性就是彼此性格不同，行事风格不一，擅长的领域也不一样，这为日后几人独当一面画下了轮廓。

　　成功的信念在人脑中的作用就像闹钟，会在你需要时将你唤醒。

　　1992年11月，梁信军跑了好几趟工商局，终于拿到了执照，在上海的民营企业中，广信咨询的成立算是最早的一批。最初创业的情形就像昨日旧梦，梁信军出面，在复旦大学文科楼哲学系租了两间小教室，共有30多平方米，这就是广信最早的办公场所。第一笔生意是当年在上海为一个电视节做选票统计工作。一张问卷两分钱，最后赚了上万元，梁信军还作为统计方代表上台发了言。

　　股票有涨有落，但印着信心标志的股票将使你永涨无落。从这个发言开始，复星的二号人物梁信军充满了信心，这直接促成了复星的迅速崛起。

　　此后，他们开了一个重要的会议，明确了5人的工作领域，但公司对外仍然沿用"广信"的名字。这种情况延续了好几年，郭广昌、梁信军、范伟、汪群斌4个人在很小的地方挤住一起，一起上班、吃饭、加班，不加班的时候就搓麻将，晚餐通常是每人一碗蛋炒饭。日子一直这样过着，直到1995年，广信更名为"复星"之后才有所改善。

　　在复星五人系中，郭广昌不保守，从没觉得有什么事情只能想不能做，他的系统思考能力强，处事比较公正，是一个很合格的总经理。在他之外，5人中最适合当总经理的就数梁信军了，他对行业的战略意识敏锐，情商智商兼具，行动能力、学习能力、业务操作能力都很强，是个领袖型的企业家。

只要我们能梦想的，我们就能实现。这是一个黄昏，作为复星集团副董事长，梁信军忙碌了一天。他坐在位于上海复兴东路的复星商务大厦办公室的大落地窗前，华灯初上的黄浦江夜色尽收眼帘。他张开双臂，伸了个懒腰，接着浏览行业信息网站。这个被证券界人士视为"资本运作天才"的复星系二号人物，多年来养成了每天抽出时间浏览行业动态的习惯。

在梁信军看来，复星收购企业的目的不是在资本市场上作秀，不是"四处炒作沽名钓誉"；毕竟炒作对企业和地方的危害都非常大。所以，复星的长期目标是成为行业中基业长青的前三名，在做产业经营的过程中整合所参与的行业，最终做成行会舵主。

随着复星抢购国资步伐的加快，复星也随之处在了一个风浪尖上，人们对他的各种评论甚嚣尘上。尽管是非常时期，复星依然需要在沉默中积蓄力量。

外在压力增加时，就应增强内在的动力。很多人觉得复星一年并购十几家企业风险很大，当时的梁信军看待这个问题却非常冷静：收购一个弱势企业就要派一个团队出去，如果收购 10 家不可能有这么多杰出的团队派去，慢慢地投资风险就大了。但复星合资的是强势企业，必须是行业前三名或者区域前三甲。这样与复星合资的都是在这个团队领域里的佼佼者，这是强强联合，对产业是一种提高。打个比方，钢铁业复星不懂，但复星并购投资的企业是民营行业里的头号企业，通过把他的利益关系跟复星整合清楚之后，二者的出发点就一模一样。模式也跟复星一样，这样复星在钢铁业的团队智慧就理所当然地得到了增强。现在，复星对经营团队的要求是"充分授权"，但必须完全透明，对总部没有任何隐瞒，一切都清澈见底。

失去金钱的人损失甚少，失去健康的人损失极多，失去勇气的人损失一切。

在与国资合作时，梁信军没有失去勇气，他在复星大会上着重讲了几个问题：第一，虽然复星目前投资的领域比较多，但都是经过很长时间的行业感受期才举旗杀出的，并不是非理性的鲁莽冲撞。例如，在零售流通领域，先用了比较小的投资，花了 4 年时间去体会该领域的行业规律，最后再大举压上。钢铁行业也是如此，没有足够的调查，绝不能轻举妄动。第二，在选择企业方面，我们一般会选择最优秀的国企进行合作。第三，与国资合作后，通常会保有其原来的品牌、团队和企业文化，实现机制的平稳过渡。在合理的约束机制下，给予合作者最大的信任。因为，他一直认为中国大多数的人才在国企。同时，在合作过程中要注意兼顾四方面利益：政府益、职工、团队、股东的利益，只有面面俱到，疏漏才不会找上门来。

对于新一轮的国资改革，梁信军抱有很大的希望，并愿意在政府的引导下，积极参与，寻求发展的机会，从而在新一轮国资改革中发挥作用。

在国资退出许多企业的同时，梁信军看到了两点动机：解困和发展。对于一些没有竞争能力的小型国企，挂牌出售不失为一种全身而退的好办法。但对于在某些行业中已经具备相当竞争力，并且有希望继续做大的企业，不应该简单地卖掉，而要在退出过程中寻求更大的发展。对于像上海以及中国其他一些经济发达城市来说，在退出过程中培育出一批更有影响力、在未来世界 500 强中能够占据一席之地的企业。

梁信军是企业家型的知识分子，在各方面都有自己独到的见解，对于外资在经济发展中扮演的角色，他首先给予肯定。这是梁信军为人处世的一个原则，也可以说是整个复星领导团队的一个共识，不要轻易否定，也不能轻易下定论。外资在中国经济发展的进程中扮演了相当重要的角色，这一点有目共睹。但是在新一轮的国资改革中，对国资而言，民营资本有更加值得合作的地方。

伟大的事业不是靠力气、速度和身体的敏捷完成的，而是靠性格、意志和知识的力量完成的。如果要挖井，就要挖到水出为止。梁信军是个执著的人，是个拥有坚强意志的人。他在各种场合都一直建议，各地政府在吸引外资的时候，更应该着力去扶持本土的民营企业，给民企更多的合作机会。

复星集团在经历 16 年的风雨彩虹后，核心团队始终如一。16 年前的那 5 张面孔依然如故。也许看惯了诸多创业团队的分崩离析、恩怨情仇，同样身处复杂多变的商业社会，复星却少了身不由己的貌合神离，在他们身上，更多的是知根知底的心有灵犀。

梁信军在四剑客之中俨然是首席剑手，复星的上下打点、沟通协调、鞍前马后都要他出面摆平。这个复星二当家，在市场化浪潮中，坚守着产业整合的岗位，也连接着复星的白云蓝天。

汪群斌：最博学的复星人

"稳妥"之船从未能从岸边走远，开拓精神是复星实业不断前行的发动机。翻开复星的资产积分表，"第一得分手"这个称号授予汪群斌可谓实至名归。1995 年，汪群斌领导的研制部门承担了上海市科委"现化生物与新药发展基金项目"——"10 种遗传病、肿瘤等疾病的核酸检测试剂盒"的研制。1995 年初，复星的核酸技术经评定无形资产 1 023 万元，属上海首例超千万元的科技无形资产；1996 年，复星的核酸试剂盒获"上海第三届科技博览会金奖"。

肉体是精神居住的花园，意志则是这个花园的园丁。意志既能使肉体"贫瘠"下去，又能用勤劳使它"肥沃"起来。早在 8 年前，复星就拥有净资产 30 亿元、总资产 50 亿元。复星集团 2000 年度实现销售收入 53 亿元，上交税收 3 亿元。2001 年，复星实业入选美国《时代》医药生物成分指数股，并建立了上海市民营企业第一家企业博士后工作站。

"企业家庭"式企业文化是汪群斌成功运营复星实业的核心。复星不存在亲缘关系的干部，也没有"个人一言堂"的氛围。那种基于校园文化和共青团组织的团队文化精神，在复星得到了延续。通过建立党团组织、企业工会、员工互助金小组，通过开展集团春游、中秋晚会、生日蛋糕、集体婚礼、员工年夜饭等丰富多彩的文化活动，真正把复星建设成为员工的创业之家、感情之家和合作之家。复星的大楼经常深夜仍是灯火通明，双休日也有许多员工自觉加班。许多骨干员工都说："在复星工作，始终充满了理想，充满了激情。"

与郭广昌不同，媒体很少关注汪群斌，这与汪群斌的低调处事风格息息相关。但当一个企业越做越大，尤其是悬挂在它头顶上的"民企"身份开始成为中国经济的另一道风景时，汪群斌也从幕后一步步走向公众面前。

凡事要三思，但比三思更重要的是三思而行。在复星内部，汪群斌极少锋芒毕露，他属于典型的"多做事，少说话"的实干主义者，主攻医药的复星实业在他的带领下，已经成为复星系企业中赢利最旺盛的一支。这不得不归功于这位"生物工程博士"的杰出才能。

经过多年的调研摸索实践，汪群斌创造性地提出了一种全新的营销策略：以建立一支高素质、高学养的技术营销队伍为前提，进行高科技"技术服务 + 产品"的组合式输出，采取与医院合作、赠送配套使用的诊断仪器、为医院免费培训等友好互联的形式，来实行"科教兴医"、"科教兴院"的营销宗旨。

可以说，一手抓市场，一手抓科研是汪群斌对医药市场的出色把握。

复星实业先后与上海华山医院、北京中日友好医院、河北医大附属二院、浙江省第一人民医院、福建省协和医院等省市级大医院建立了合作关系，并在全国 300 多家地区级中心医院建立了核酸诊断中心、血透中心、流式细胞检测中心、亚健康诊断中心等。从 1997 年开始，经过大量的准备工作，复星实业在巴西、印度、南非等国积极拓展业务，并首批获得民营科技企业自主经营进出口权。与此同时，汪群斌带领复星实业先后投资数亿元，在现代生物医药产业领域里，开展了资源优化配置和"一加一大于二"的质变模式，与上海华泰生物工程有限公司等 11 家企业成功地进行了合资合作。

如果我们都去做自己能力做得到的事，我们真会叫自己大吃一惊。2003 年，非典来袭，这为汪群斌提供了大显身手的机会。

非典危机对国家和百姓来说都是一场灾难，面对严峻的抗击非典形势，作为大型生物医药企业，复星实业负有义不容辞的责任，主动与政府、社会和其他企业一起，用知识化解危机、用科学抗击非典，最终赢得抗击非典战斗的全面胜利。

当一个小小的念头变成行为时，就会形成习惯，继而形成性格，而性格就决定你一生的成败。穷困不一定使人思变，往往是富了才思变。在医药科研领域做出成绩之后的汪群斌，一直在思考如何使营销和科研更紧密、产业链更持久。

在发挥复星的科研实力基础上，他充分利用复星在诊断、化学制药、中药和生物制药等各领域形成的优势，抓紧研发防非药品，并尽早应用于临床，这也是复星参与、支持抗击非典斗争最实实在在的行动。

复星拥有的研发团队积极投入到防击非典药物的研制和开发中，继"SARS-COV 病毒 PCR 荧光检测试剂"问世后，复星所属重庆医工院和重庆药友联合研制的主要用于治疗呼吸紧迫症方面的新药，也将申报国家药监局审批，公司所属克隆公司用于抗肺纤维化、抗病毒以及提高机体免疫能力的伽玛干扰素和所属广西花红用于治疗腹泻、抗轮症病毒的葛根芪连微丸也在进一步深入研究中。

在发挥科研实力的基础上，复星作为颇具影响的医药制造流通企业，一方面公司充分利用拥有医药产品品种齐全的优势，开足马力及时生产各类紧俏的药物和医药用品，为抗击非典提供"弹药"。另一方面，公司利用遍布全国的连锁药房及参股控股企业，在全国范围内组织、采购及供应抗击非典药品，包括各类中西药、消毒用品等。

就是在这种背景下，复星实业抓住机遇，在不长的时间内，就完成了从医疗诊断、生物制药向医药行业横向和纵向领域的延升和拓展，并取得了坚实的地位。积极探索大型民营企业集团的管理模式，逐步形成了资源共享委员会、滚动战略规划、全面预算管理、财务信息化、品牌营销计划、平衡计分卡等行之有效的管理方法，是复星成长和壮大的根本。

在保障科研成果的基础上，推动品牌营销，树立知名产品品牌，是汪群斌在医药领域内不变的品牌经营战略。目前复星已经拥有单品种销售额过亿元的医药产品 11 个，其中中药品种 3 个：花红片、骨质增生一贴灵和蜂王浆冻干粉；西药品种 5 个：阿拓莫兰、糖皮质激素、磷酸果糖、克林霉素和青蒿琥酯；生物制药 1 个：动物胰岛素；医疗器械 2 个：齿科产品和骨关节产品。

为明天作准备的最好方法就是集中你所有的智慧、所有的热忱，把今天的工作做得尽善尽美，这就是你能应付未来的唯一方法。在汪群斌看来，产品研发是企业发展的基石，拥有一批具有良好市场潜力的产品储备，是复星医药产业进一步发展最好的准备。

作为科技部认定的国家重点高新技术企业，复星目前已经构建了五大研究中心，逐步形成了"自行研制、合作开发、收购兼并"的研发思路与体系，并与国内外工商企业、大专院校和研究机构有着广泛的合作。完善而覆盖全面的市场网络是医药产业的核心竞争力之一。目前，复星及其所属合资合作企业已在全国 30 多个城市建立了办事机构，拥有庞大的处方药/OTC 销售队伍，形成了广泛的医药批发、分销、配送网络、医院和零售连锁药网络等立体营销体系。

汪群斌的目标是努力将复星组织成具有世界级竞争能力的医药健康企业联合舰队。为此，他时刻关注着生物医药领域的最新动态。

对于人类基因图的公布，基因领域的上市公司成为市场关注的焦点，作为国内较早进入基因产业的上市公司，复星实业自然不会无动于衷。

人类基因草图的测序完成，为基因诊断、基因工程药物、基因治疗和转基因产品等的研究和开发提供了广阔的技术平台，在现代企业竞争中，速度是取胜的关键，基因草图的完成，对复星既是机遇也是挑战。汪群斌说："我们将抓住这一有利时机，在后基因组时代的功能基因开发和产业化中，借助我们已经确立的国内领先的技术和产品优势，以及机制、人才和团队的优势，更上一层楼，用比别人更短的时间，开发出更多、更好的基因产品，不但要成为国内基因产业的强势企业，更要努力成为国际一流的基因产业强势企业。"

复星医药，复星集团最具高科技性的企业；汪群斌，复兴团队里专业知识最扎实的成员。这样的搭配就是天作之合，以博学促进技术，汪群斌奉献给复星的将是更灿烂的前景。

范伟：最稳健的复星人

青春虚度无所成，白首衔悲补何及。

每一天我们付出的代价都比前一天高，因为生命又缩短了一天，所以每一天都要更积极。今天太宝贵，不应该为虚无的忧伤和无限的惆怅所销蚀，抓住今天，因为它不再回来。

1969 年出生于浙江的范伟，22 岁时毕业于复旦大学遗传工程系。时光匆匆，转眼数年，范伟最喜欢用奥斯特洛夫斯基的那段众所周知的名言来慰藉自己："回首往事，他不会因为虚度年华而悔恨，也不会因为碌碌无为而羞愧。"

从 1993 年 9 月起，范伟开始担任上海复星(高科技)集团有限公司董事、复地(集团)股份有限公司董事兼总经理。复地的房地产成就与这个来自遗传工程学的房地产精英密不可分。

作为复地集团的总经理，经由他与合作团队的共同努力，近年来，复地集团得到了长足的发展，逐步建立了在上海房地产业界的领先地位。公司连续三年进入上海市房地产企业销售排名 50 强，2001 年取得了销售面积排名第六的业绩，公司开发的楼盘几乎囊括了行业内的所有重要奖项。同时，公司也获得了上海市物价计量信得过企业，上海市住宅建设实事立功竞赛先进公司，上海市房地产关注品牌等荣誉称号。

在外滩靠近黄浦江的河南中路上，有一块醒目的广告牌，上面印着20 世纪 30 年代上海女人高贵尔雅的肖像，广告文案则是"复地雅园，老上海的生活"，这个项目力推的就是老上海的味道。作为复地集团在中心市区的扛鼎之作，这个楼盘也被视为复地作为海派房企的代表作。

在真实的生命历程中，每桩伟业都由信心开始，并由信心跨出第一步。复地是上海房地产 50 强的前三名，多年来发展迅速，也很稳健。当年，几个复旦书生白手起家，打拼出来一番天地。当家 CEO 范伟，也时常以其自信的姿态、儒雅的言谈出现在公众面前，对战略的运筹帷幄和务实的"海派态度"使他独特于沪上地产界。人们谈及范伟，出现频率最多的形容词是：平和、稳健、理性。

一个人最大的破产是绝望，最大的资产是希望。范伟工作前期由代理入手，从事销售多年，后出任复地集团董事兼经理。在人生最困顿的青年时期，要钱没钱、要关系没关系，但范伟从来没有苦闷，他始终饱含着对未来的希望。

行动是成功的阶梯，行动越多，登得越高。外部环境永远不会十全十美，消极的人受环境控制，积极的人却控制环境。范伟做到了这点，但少年得志后，他却留一个不露声色的表象在外，事实上，成功仅代表了你工作的1％，成功是99％失败的结果。至于他经受过什么样的挫折，恐怕只有他自己知道。

成功的法则极为简单，但简单并不代表容易。野心也并不等同于张扬，沉默中蕴涵的力量更加令人惊叹。范伟并非一个毫无棱角的人，只是他的锋芒指向未必是抛头露面的光华表象，而是将自己的潜能最大化地转为企业利益。做对的事情永远比把事情做对更重要。"人"的结构就是相互支撑，"众"人的事业需要每个人的参与。如今复地在香港成功上市，并获得全球投资者的热烈追捧，而外界对此的评价是：复地之所以被看好，主要得益于两个方面，一是公司具备良好的赢利能力，二是投资者对公司管理层的充分肯定与认同。

人格的完善是本，财富的确立是末，企业同样具有人格。在上海地产界，复地的项目管理是向来受人称道的，除了良好的品牌信誉之外，完善的人性关怀也让公司受益匪浅。2000年，复地在业内率先引入国际项目管理概念。

世上最重要的事，不在于我们在何处，而在于我们朝着什么方向走，把握正确的方向往往是成功的大半。近年来，复地的客户服务方面就走上了正确的路。与目前国内众多地产企业不同的是，复地集团已经从客户签约后才关注和服务客户的阶段，转变为项目定位前期就非常重视对准客户的特征和需求进行搜集及分析、售后重视加强提升专业服务水平、提高服务品质的阶段，并且借助信息化管理工具实现对客户的细分管理和特征分析。

短短一句话，复地就能明显地表露出对客户的关怀。复地的客户能在简单的举止中体会到复地对自己的关怀，这使得复地客户的投诉率大大降低。

在范伟眼中，复地的竞争优势主要表现在四方面：一是高效的多项目管理，实现了更短的开发周期和规模经济效益，从而降低建筑成本和管理成本。成功需要成本，时间也是一种成本，对时间的珍惜就是对成本的节约。二是快速的资产周转率为股东创造了高额的股本回报，行动是治愈恐惧的良药，而犹豫、拖延将不断滋养恐惧，只有快速周转，说做就做才能抢先一步，赢得回报。三是制定以客户需求为导向的市场战略，提高对产品定位的市场准确把握度，加速产品的快速销售与资金的快速回笼。四是保持合理充足的土地储备，昨晚多几分钟的准备，今天少几小时的麻烦。按现有的土地储备，足以保证复地未来四五年的持续发展。国外投资者在和复地的接触中，他们也对复星整体的成长性会心一笑，进而选择与其合作。就是因为有这些，无论宏观经济环境如何变化，复地都可以很好地活着，而且活得很滋润。

范伟在带领复地活得很好的基础上，选择了这样的"三心二意"：信心、恒心、决心，创意、乐意。信心没有天生的，只有不断培养出来的。

无论任何领域的企业竞争和产品竞争都离不开品牌竞争，未来的购房者对在选择楼盘时也会考虑品牌的无形价值。好的品牌总是给企业、产品和客户带来更高的附加值。那么，复地是如何理解楼市品牌含义的呢？

范伟和复地涉足房地产始于 1993 年，多年来以"共创理想空间"为经营理念，至今已拥有了复星花园、玉华苑、复星新苑、上海知音、龙柏香榭苑、东方知音、柏林春天、美墅、UPTOWN 上城、复地爱伦坡等一系列产品品牌，品牌之道，说到底就是将承诺的价值量化。这种承诺，是建立在企业有足够能力和把握将之完全兑现的基础上的，最终是体现了一个企业的诚信程度。

"信犹五行之土，无定位，无成名，而水金木无不待是以生者。"诚信的约束不仅来自外界，更来自他们的自律心态和自身的道德力量。企业只有对用户真诚到永远，才有用户、社会对企业的回报，才能保证企业向前发展。品牌包含了公司多年来积累的诚信声誉，是一笔巨大的无形资产。一个企业要永续经营，首先要得到社会的承认、用户的承认。

单个产品的成功只能代表着这个项目运作阶段性的成功，只有将这些阶段性的产品累计起来，汇聚成河，才能最终形成企业品牌。此时的成功方可称为真正意义上的品牌经营的成功。对于范伟和复地集团来说，品牌价值是企业与消费者之间信任程度的显性参数。

如果不想做点事情，就甭想到达这个世界上的任何地方。在复旦大学遗传工程系读书的几年里，范伟算得上是系里的一个活跃分子。他曾经参加了校团委的一个社团，叫曦园总社，因为复旦有一个小花园叫曦园，因此得名，那一段经历范伟至今仍记忆深刻。当时曾经组织了几次活动，而且都搞得非常成功。这就是范伟想做点事的雏形。

最轰动的一次就是组织上海交响乐团到复旦开一场音乐会，因为那时在组织之前学长们讲，在复旦开这样严肃的音乐会，可能听众不会很多，听他们这样讲了以后，范伟想既然要做活动总是要把它做成功，所以他们事先已经做了些营销工作，说是营销，其实也很简单，第一就是定曲目的时候定了相对通俗的施特劳斯圆舞曲，然后印了宣传单，宣传单塞到所有的信箱里面进行宣传，最后在复旦很有名的中央食堂门口的布告栏里贴了满满的宣传广告，而且全部是黑色的，上面就画着一个人拿着指挥棒，整体效果非常"酷"。所有这些工作之后，令人意想不到却又在意料之中的结果发生了——同学们排队买票，最后范伟他们这些主要组织者都不得不躲起来，为了躲开索票的关系户。

山不辞土，故能成其高；海不辞水，故能成其深。那次活动，范伟确实是觉得充满自豪的一次活动，这也为他日后在复地的稳扎稳打奠定了心理基础。

复旦的活动组织经验也让范伟在做房地产营销管理的时候受益匪浅。一个颇富传奇色彩的说法是复地的房地产项目管理能具象到 3 000 多个环节。这其实就是管理方法，其原理就是工作分解，说难也不难。把复杂的工作分解成很多项，然后在这些项里再找出一条线索，因果关系是连接这些项的关键因素。

整个销售过程中有很多的准备工作，把所有这些事情都分解开，再看哪些事情是必须做的，也就是关键事件，这些事情不完成后续工程就做不下去，这个就是要重点控制的时间进度。另外，作为整个复地集团，在分解工作之后，其资源调配会非常有效，因为知道什么时候该做什么事情，人力资源和材料选购都可以按照这个计划去做。

复地、复星与地面相接的产业，是整个集团向前推进的力量来源，而这个涌现着无限勇气与能量的板块和范伟的名字紧紧联系在一起。

谈剑：最纯净的复星人

在星之健身俱乐部总部的跑步机上，总能看到一位身材颀长、面容清瘦的女子有节奏地跑步，她神情淡定，高雅却不失温和，吐纳如丝，紧张而不显疲惫，她就是这里的负责人——谈剑。

耳机中飘扬的，是她自己作词的一首歌：

不要再说祝福的话，

曾经恨你，不懂得争取只是一味放弃；

不要再说开心的话，

不再恨你，模糊了回忆一切没有意义。

原谅你，是迫不得已，而我们都没有足够的勇气；

原谅你，是迫不得已，原来你和我都不懂得珍惜。

谈剑和郭广昌的婚姻好似梦里花事，一梦醒来，恍惚间世事如烟。曾经恨过，也为不能把握而伤心落泪。许多年过去，她终于明白，所有人的分分合合都充满了无奈，因爱而生恨，只能证明年少时的无知，因爱而原谅，感激和怀念才不辜负曾经拥有的美好岁月。

往事已如风，回想当年在复旦校园里初见，一幕幕欢笑和欣喜历历在目。后来郭广昌办公司也是因为和谈剑彻夜长谈之后才鼓起的勇气。对于谈剑来说，如果郭广昌选择出国，那等她毕业之后也会申请出国，但在她毕业之前，自己将和郭广昌分隔两地。

少女总是对思念心存恐惧，自私点来说，谈剑当然希望郭广昌能留在上海，当时正逢小平南巡刚刚结束，看到国内投资环境急剧变化的郭广昌终于决定留下来。

思念是漫长的，相处的时候时间却过得飞快。谈剑毕业了，他们两个人步入了婚姻的殿堂，尽管郭广昌的公司还处于起步阶段，但在谈剑的精心打理下，小两口的生活也过得温馨而甜蜜。

可惜，美好总是短暂的，就在郭广昌的事业有了一点起色之际，郭广昌的父母来到了上海。这是郭广昌结婚之后他们第一次来上海，母亲的话让郭广昌深感不安，二老希望抱一个孙子了，但郭广昌没有告诉他们，谈剑是不能生育的。

在矛盾了许久之后，郭广昌还是告诉了自己的父母，这下炸开了锅，因为在郭广昌老家，没有生育能力的女人是不能娶进门的，传宗接代的传统观念在当时的浙东农村依然非常盛行，社会舆论的压力足以击倒两位老人。

刚开始，郭广昌对谈剑表明了自己的态度：不管有多难，只要在一起，就应该珍惜。但随着时间的推移，看着郭广昌越来越疲惫不堪的脸庞，谈剑也于心不忍。终于，在一天夜里，谈剑提出离婚，这一夜，郭广昌久久没有说话。

世俗的压力总是让人措手不及，纵使相爱，却不能在一起，这种无奈和苦涩只有当事人自己清楚。大多数人都是凡夫俗子，没有过人的勇气，往往陷入两难的境地，郭广昌只有把所有注意力都投到工作中去。他拼命地工作，努力地忘记，作为补偿，谈剑始终是公司的股东之一。郭广昌深知，今生欠下的债只有来世再归还，父母的养育之恩让他不得不忍受在婚姻中受伤的痛苦。

时间是解开心结的唯一钥匙。谈剑也曾在痛苦与无奈中苦苦挣扎，看见路上的情侣，心中难免泛起酸楚，巨大的阴霾久久无法散去，过了很久，她还是始终无法彻底摆脱离婚带来的悲伤。

缘是千千结，有缘人终会得到拯救。一次，谈剑有缘听闻佛法，了解了护生的理念，并结交了一些茹素的朋友。

此时的谈剑萌生了食素的念头，她决定放弃所有肉食，彻底食素。2004 年春节前，谈剑没有告诉家人，悄悄地试行了两个月，而同桌吃饭的家人竟丝毫也未察觉。这天中午，又到了吃饭的时间，谈剑波澜不惊地告诉了家人自己的决定，这时他们才恍然大悟，难怪最近她总是挑素菜吃，而且有意无意地与他们交流营养与健康的知识，原来，都是"早有预谋"。

信佛让谈剑心胸逐渐变得宽广，佛法宁静淡泊的意蕴让她慢慢尝试着不再愤恨，而是用宽容和谅解取而代之，这样做了以后，她发现自己变得平和，痛苦也变成了感激。

做素食主义者多年，谈剑对此深有感触。从健康的角度来说，素食绝对是有百利而无一害的饮食形态。无论蔬菜水果、五谷杂粮、菌菇类、海生植物等完全能提供我们日常所需的营养，而不虞匮乏。在我周围有些朋友都是步入中青年的阶段，有些人因长期不正确的生活及饮食习惯，导致许多俗称富贵病的慢性疾病。

长期食用清淡的素食，谈剑整个人的气质也在慢慢地发生变化，正所谓"素手把芙蓉，虚步蹑太清"，用来形容现在的谈剑再合适不过。

而身为佛教徒，对克服自己口腹之欲付出的努力，时刻提醒她不应找任何理由为自己开脱。生性平和的她，在和朋友们一起聚会的时候，并不会让他们因为自己是素食主义者而觉得这种做法极端。相反，信佛之后，整个人的心胸变得开阔了，表现出来的就是一种相对亲和而平易的气度。

这种气质让她在经营健身俱乐部的过程中也总是能不动声色地取得客户的信赖，如果这个世界上真有上天的使者，那么谈剑可算一个。

2006 年 10 月的一天，谈剑在上班的路上与一辆黑色轿车发生了交通事故。当时，谈剑并没有一点事故责任，完全是对方强行并线造成的剐蹭，交警给对方开出了罚单，全面赔偿损失与修理费，但谈剑非但没要对方赔偿，在看到轿车司机的手臂受伤了，反而要拿钱给他治疗。谈剑此举让对方仿佛在白天看见月亮一样费解地睁大了眼睛，过了好一阵，才不好意思地连说"客气"。

工作中的谈剑也保持着清新淡雅的风度，身为企业的总经理，在面对应酬的时候，很少在一般餐馆用餐，万一有洽谈的需求，就尽量选在公司、咖啡馆、茶馆甚或是素菜馆。

这几年社会大众对健康的需求，一般高级的餐叙场合也能见到一些特殊制作的时蔬或杂粮制品，所以，在应邀赴宴时并无太多的顾虑。如果是她做东，而来宾也是较能沟通素食理念的群体，她就都尽量选在素菜餐厅。无论是从健康的角度来劝说，或是时尚的体现，请大家到素菜馆吃饭，就成了最真诚的理由。

尘世中，要忘记别人的恩惠往往很容易，与此相对，人总是牢牢记住别人的不好，所以这世上的愁苦总是多于欢乐。一个人为了自己要活着而忍受痛苦，并不太困难。一个人若为了要让别人活着而忍受痛苦，就不是件容易事了。当佛门的红光慢慢笼罩在信徒的身上，再大的痛苦都不是痛苦，反而是一种欣慰了。

君子和而不同，小人同而不和。真正的和谐是存在差异的，世界上没有两片完全一样的树叶，也没有两个完全相同的人。关键是大多数时候，君子能在不同的道路中找到共同的目标，而不会显得茕茕孑立。

谈剑不会让自己做得与众不同，在心理上，也不会将不吃素的朋友贴上负面的标签。打开心结后，主动在轻松的氛围下向朋友汇报自己的信仰与理念，分享人生观；并试着让大家明白：实践佛法可从日常生活一点一滴做起，而学习就从当下开始，与现实人生间，并未存在很大的鸿沟。就这样先打开自身的心结，从根本上去分享，并欢喜地去交流，通常带来的是自然而正面的回应。

其实，女人生来就是被人爱的。男人若对一个根本不值得尊敬的女人尊敬，换来的一定是痛苦和烦恼。而对一个值得爱的女人再加上尊敬，那么这个女人不会痛苦，男人也不会痛苦。

谈剑看来虽只是随随便便地站在那里，全身上下每一处看来仿佛都是空门。但空门太多，反而变成了没有空门。她整个人似已变成了一片空灵。一直以来，谈剑就是不紧不慢的个性，但对某些个人原则性的坚持，简直可以用"眼里容不下一粒沙子"来形容。

强烈的信仰会赢取坚强的人,然后又使他们更坚强。然而,宽厚是这些信仰中最难能可贵的因子。宽容别人,其实就是宽容我们自己。多一点对别人的宽容,其实,我们生命中就多了一点空间。有朋友的人生路上,才会有关爱和扶持,才不会有寂寞和孤独;有朋友的生活,才会少一点风雨,多一点温暖和阳光。

在经过多年学习之后,现在的谈剑反省到,原先自己对人的要求严格,还是来自于自己心态上的亲疏分别,而当自己比较能以相对宽容的态度来对待同事或家人的时候,自己也会变得轻松许多。谈剑引用自己的例子来佐证,她原本杞人忧天的性格,一烦心就睡不着的情况早已完全改观。现在,她学会让自己从因果的角度来看问题,积极寻找问题出现的根本原因,反思以后要如何做才会更好。

生活中有许多这样的场合:你打算用愤恨去实现的目标,完全可能由宽容去实现。当然,宽容也需要技巧。给一次机会并不是纵容,不是免除对方应该承担的责任。任何人都需要为自己的行为负责;任何人都要承担各种各样的后果。否则,对方会一而再、再而三地犯错,显示出软弱。

宽容就像天上的细雨滋润着大地,它赐福于宽容的人,也赐福于被宽容的人。

或许,素食并没有让谈剑大彻大悟,但惜福、赐福却是信仰带给她最珍贵的礼物。对将来国内的素食环境,她表明了自己乐观的期望。同时,她因经常有机会出国洽公,对国外素食环境能提供素食者更多的方便性也提出了对国内饮食与食品生产行业的期许:希望国内餐厅能在菜谱上对素食者可安心品尝的菜品标上明确的"素食可食"的标记。而零售货架上,也将能出现更多清楚标示"素食可食"与营养价值的商品。

第三节　同舟共济 16 年

禅宗传道时,五祖口念佛偈:"身如菩提树,心如明镜台,时时勤拂拭,不使留尘埃。"这已经是很高深的佛理了。这道理正如"环即是我,我即是环",要练到这一地步,已不容易。但六祖惠能说的更妙:"菩提本无树,明镜亦非台,本来无一物,何处惹尘埃?"所以他才承继了禅宗的道统。

不错,这才真正是禅的妙谛,到了这一步才真正是仙佛的境界。普天之下，万事万物，到了巅峰时，道理本就全差不多。所以无论做什么事，都要做到"无人无我，物我两忘"时，才能真正到达化境。

复星的5个人，你中有我，我中有你，似乎也已具备了"物我两忘"的雏形，在复星成长的16年里，他们风雨同舟，互补互助，一步步走向了成功的巅峰。

大相无形：企业也是哲学

在复星五虎中，三个学遗传学，一个学计算机，而学哲学的郭广昌总觉得自己身无长技，尽管考虑问题比较全面是他最大的"长技"。实际上，"身无长技"恰恰成了郭广昌的"特长"，那就是什么问题都要去请教人，什么事都要找专家，这就逼得郭广昌必须学会用人。

郭广昌自认是个懒人，几个人出去，如果其中一个人认路的话，他从来不问怎么走，就跟着走。但当没有人知道该怎么走的时候，他一定会和同伴们一起努力寻找该怎么走。

"身无长技"让郭广昌从创业初期就认识到，有问题必须请教人，做专业必须找专家。复星的原则是：无论是哪个领域，复星找的必须是这个领域里最优秀的专业化团队。

在"郭氏秘笈"中，人始终是各个环节中最重要的。投资成败的最大因素不在于一个项目的得失，而在于能不能找到最好的人，有没有眼光找对人。就这样，善于用比自己强的人，学会用在某个领域比自己强的人，成为郭广昌最大的特长。

良好的环境能换取"贴心"的团队，"贴心"的团队才能带来行业的领先。即使在利润为王的产业扩张中，郭广昌依然坚持他的人才战略：没有合适的管理团队，哪怕行业领先的企业，复星依然坚决退出。

一家每年税后利润400多万元，连续5年都在分红的中药厂就是个典型的例子。这家企业5年换了三任总经理，教授、卖药大王、跨国公司营销总监都先后被委以总经理的重任，但始终"不对味"。最后复星只好把股权转让给一个做保健品的企业。

如果说人才战略为郭广昌添了一只翅膀，那么另一只翅膀则是他被人津津乐道的资本运作。业界曾评论他为资本乘法的高手，也有人说他是"中国资本市场的机会主义者"。

郭广昌表示，复星集团对于没有现金流流出来、没有回报、没有价值创造的事是坚决不做的。而从来不炒自己的股票、从来不挪用客户保证金这两件被郭广昌称为"自己最好的朋友打死也不相信"的事情，成为复星集团企业 DNA 链透明的最好见证。

如何让公司在资本市场里不违规操作，让企业拥有阳光的财富积累？这是很多民营企业家在资本市场里的绊脚石。

郭广昌的做法是：配备财务、法律、投行等专业人士的董事会，以增强决策的科学性、权威性；规范法人治理结构，实现经营权和所有权的分离，实行扁平化管理，杜绝关联交易，促进各产业发展；制定严格的财务控制体系，降低和防范经营风险；建立多渠道的融资体系，确保企业的发展有可靠的资金来源。

经过多年的扩张，郭广昌又从中提炼出一条要诀：无论在哪一个领域，都要以产业为基础。只有提升产业价值，才能赢得资本市场的信任，企业的发展归根到底还是产业的发展壮大。

企业存在的价值就是要为客户创造价值，为股东和社会创造价值。在一个成熟的市场经济体系里，这三者绝对是统一的。这是复星的使命，也是商业中的真理。

无论才能、知识多么卓著，如果缺乏热情，则无异纸上画饼充饥，无补于事。而磁铁吸引四周的铁粉，并不一定是因为磁铁比铁粉更珍贵，而在于磁铁积极主动的热力，同样，热情也能吸引周围的人、改变周围的情况。

郭广昌就是复星的这块磁铁，他总是对创新充满了热情，用热情和创意弥补自己的"身无长技"，不断地追寻新鲜的管理方法鼓励员工，提高企业效率。

复星集团的办公室都是敞开式的大房间，这是为了鼓励部门负责人深入基层、直接接触广大职工。全体人员都在一间敞厅中办公，各部门之间只有矮屏分隔，除少量会议室、会客室外，无论哪级领导都不设单独的办公室。同时不称职衔，即使对董事长也直呼其名，这样有利于上下左右通气，创造无拘束和合作的气氛。

为了提高开会效率，复星实行开会分析成本制度。每次开会时，总是把一个醒目的会议成本分配表贴在黑板上。参加会议的人越多，成本就越高。有了成本分析，大家开会态度就会慎重，会议效果也十分明显。

在日常工作中，郭广昌要求秘书给他的呈递文件放在各种颜色不同的公文夹中。红色的代表特急；绿色的要立即批阅；橘色的代表这是今天必须注意的文件；黄色的则表示必须在一周内批阅的文件；白色的表示周末时须批阅；黑色的则表示是必须他签名的文件。

对此，其他高管笑称，郭广昌是把文件当做逻辑来整理归纳，不愧于哲学系高材生的称号，于是纷纷效仿。

在复星集团总部，人们经常可以看到这样一种情景：上下班的时候，员工把自己的身份卡放入刷卡机，马上就显示到当时为止该职工在本星期已经工作了多少小时。原来复星集团总部实行的是灵活上下班制度。公司对职工的劳动只考核其成果，不规定具体时间，只要在所要求的时间内按质量完成工作任务就照付薪金，并按工作质量发放奖金。由于工作时间有了一定的机动，职工不仅免受交通拥挤之苦，而且可以根据工作任务和本人方便，与企业共同商定上下班时间。这样，职工感到个人的权益得到了尊重，因而产生责任感，提高了工作热情，同时企业也受益。

嘲讽是一种力量，消极的力量；赞扬也是一种力量，但却是积极的力量。成功与不成功之间有时距离很短——只要后者再向前几步，而一个人几乎可以在任何他怀有无限热忱的事情上成功。

热情和自信，加上条理分明和创新，让郭广昌在复星变成了吸引力巨大的磁铁，尽管"身无长技"，却是引领复星前行的"启明星"。

风雨同舟：挑战没有极限

若不给自己设限，则人生中就没有限制你发挥的藩篱。

一天，在北京的某桑拿房里，梁信军和汪群斌一边蒸桑拿一边聊天。突然开门进来一个小伙子，一声不吭拿起一大桶水全都浇到了桑拿房里烧红的石头上，桑拿房中的温度骤然升高，一阵阵热浪铺面而来，逼得人喘不过气来。汪群斌大叫了一声，马上推开桑拿门跑出去了。留下了梁信军和那个小伙子在里面坚持着，虽然炽热难熬，梁信军却在心里面始终和这位男青年在较着劲，看谁能坚持到最后，谁的意志会先垮下来。终于，这位男青年坚持不住了，开门跑了出去，梁信军坚持到了最后，他赢得了胜利。

桑拿房的温度降下来了，汪群斌走进来对梁信军说："你真行！把这小青年给熬跑了。"梁信军说："这人跑进来就是搅局的，所以一定要坚持住，不能输给他。"梁信军的毅力是经常登山和参加户外挑战锻炼出来的，小青年哪是他的对手。

梁信军是登山爱好者，攀登在陡峭的无路山崖之上时，梁信军知道自己没有退路，而前方也没有上限，攀登的过程就是一步步接近成功的过程，当顶峰渐渐进入目所能及的范围，当双脚终于踩在高处的平台上，放眼远眺，还有更高的山峰没有征服，于是，内心旋即涌起新的冲动——挑战没有极限。

从中国改革开放以来第一代企业家的角度看梁信军，把梁信军这个个体的企业家放在他所处的群体中去，也许更能看到他们这一代企业家在中国经济成长和改革开放过程中的价值和作用。

他们这一代企业家共同的特点是，从骨子里相信市场经济，相信只有市场经济才能让中国和中国的人民富强起来，摆脱吃不上、穿不上和住不上的窘迫困境。但在他们创办公司时，中国连《公司法》都没有，也没有别的适用法律来保障他们作为企业家应得的权利和利益，很多事情处于法律的真空地带，企业家在利益面前没有明晰的法律标准，自身的约束力往往决定了他们的命运。所以，这一代企业家能活下来的无一例外都是不太注重钱的，同时对自己有着很强的约束力，有无私奉献的雷锋精神。

那个时代也有人认为自己创造了财富，就应该得到自己的那部分财富，这部分人都成了中国市场化、走向富强道路上的牺牲品，牺牲的太多，存活下来的太少。存活下来的这几位都有其独特的性格和奉献精神，都是可敬的。无论是死去的，还是存活着的第一代企业家，他们都为市场经济的建立和完善提供了经验，为未来市场经济的推进铺平了道路，成了案例，成了建立法律和制度的案例。存活下来的更伟大，对今天更有意义。

今天，中国经济奇迹般地成长了，全世界第一大公司是中国的，中国石油；全世界第一大银行是中国的，中国工商银行；复星虽然算不上全世界第一大房地产公司，但复星一家公司一年开发房子的套数比一些地区一年开发的套数还多。

但中国公司在成长的过程中都是十分艰难的。复星当初走背字时，曾请求一家公司成为自己的大股东。那家公司提出的条件是让梁信军配合他们打压复星股票，他们进入，再给梁信军一些黑钱。梁信军扬长而去，临走时说，你不仅看不起我们复星，你还看不起我的人格。

看看比复星五虎更年轻的企业家，他们更优秀、更有创造力、更有见识，三五年一代企业家，人才辈出。相信 5 年、10 年后的中国比今天更强大、更富裕。市场经济为中国创造了巨大财富。但是中国市场经济发展的这段历史，除了伟人们指点江山，还有一代企业家的努力和寻找。

在复星集团，有一位嗅觉不太好的领导人，他就是汪群斌。他时常按着自己的鼻翼，费力地吸气。提到嗅觉，都是科研惹的祸。在复星刚刚起步的那会儿，"博士"汪群斌在药品研发实验室一坐就是两三天，那种没日没夜连轴转的生活持续了近一年，而说是实验室，其实就是一个进行了简单隔离处理的小单间，刺鼻的药品气味大大损害了汪群斌的嗅觉。后来，乙肝诊断试剂盒成功面世，为复星挣到了第一个 1 000 万元。殊不知，这 1 000 万元的背后竟让汪群斌付出了失去嗅觉的代价。

尽管如此，汪群斌觉得，相比于复星的顺利起航，这点代价不算大。而对科研的狂热，更让他成了复星集团最痴迷的工作狂，甚至还将科研上升到了哲学的高度。

在汪群斌看来，任何问题都有它的哲学背景，科研也不例外。在生物制药过程中，修饰前的药物相当于孩子的母亲，现在新的物质不断出现，明确生物活力的物质也是一大把，怎样选择呢？最好是定位在国外临床1、2 期的药物，这样也不会有太多的风险。

正所谓龙生龙、凤生凤，孩子的父亲——修饰剂的选择至关重要。而"孩子"也就是产品是怎样生出来的呢？这里面的学问就大了，需要开阔的头脑和灵感，突破点就两个：要么理论功底很深，又不安心于一个领域的研究，可以走交叉学科的路线；要么头脑灵光，一拍脑袋就是一个 Idea。

降低成本是药品走向市场的关键，虽然现在复星已有很多药物上市了，但国内的实际情况在那边摆着，几千块的东西也不是一般人能用的。近朱者赤，近墨者黑，这些也就是孩子的邻居了，归根到底可能需要基础科研的发展，这是大背景，孩子生活的社会环境就是这个。

人生是一道难题，没有标准的答案。选择的正确与否在于你自己，因为对不同生活角色的适应程度取决于你自己的演技。你可以在选择了商业的同时，表现出对政治的青睐；你也可以在追求财富的空隙，回到清贫的讲台；你甚至可以既投身寂寞的艺术，又不放弃繁华的商业世界。这一切都在于你平衡角色的能力，生活还不至于残酷到让你为了一棵树木而放弃整片森林。

出于这点考虑，在继续抓科研的同时，汪群斌致力于对市场营销网络的构建，并最终帮助复星成功构建了以生物制药为主力产业之一的企业航母。

提到产业，不能不提复星的另一主力——房地产。

胜利和成功并不能令人真的满足，也不能令人真的快乐。真正的快乐是在你正向上奋斗的时候。你只要经历过这种快乐，你就没有白活。而当一个人觉得寂寞的时候，就表示他正在渴望着友情，正因为真挚的友情并不是人人都能得到的，于是，复星五虎风雨兼程的故事才显得弥足珍贵。

"在上海，在那么多的投资种类里面，房地产应该还是一个不错的投资方向。"范伟在电视镜头面前，从容不迫地说着自己对房地产的看法。这个常常被拿来和笑星"范伟"作比较的复星元老，在生活中却和那位笑星截然不同。

"房产最大的特点在于它的稳定性，因为无论如何，房子至少是在的，而且以上海这个城市的发展趋势来看，若干年之后你的房子可能升值了，这其实也是投资里面的两个回报途径。第一种回报途径就是出租收入，第二种途径就是房产升值。这两部分如果累加起来，可能回报率还会更高。"

范伟来自浙江的小镇，年仅33岁，就已经是复地集团的总经理，他和郭广昌等4个复旦学子一起创办了上海第一家上市民营企业复星高科。他从事房地产10年，把复地集团做到今天名列上海房地产企业前茅。

小时候的范伟比其他同龄人强的地方就是成绩特别好，而且从小学到高中读书算是比较轻松的，后来上大学都是被保送进入复旦的，这是后话。范伟的家乡是浙江德清，而他家是德清下面的山桥镇，一个小镇，所以从山桥镇初中考到湖州中学———所省重点中学，已经是一个跨越了，年少的他第一次到湖州的时候感觉湖州已经是一个很大的城市了。高二那年，范伟有机会参加复旦组织的一次夏令营，从而第一次来到上海。

进入复旦之后，和梁信军同班同学的范伟结识了郭广昌、谈剑，再加上同宿舍的汪群斌，一起构成了后来的复星五将。复旦比较有名的就是复旦后面的邯郸路、国定路上的很多小饭店，这里是复旦学生常去的聚会场所，畅谈未来，虽然还不知道具体的发展方向，但白衣飘飘的年代里，这些年轻人在说着分别遥遥无期的时候，毕业就静悄悄地来了。

那个时候，复旦的生命科学院有一个绰号叫出国大本营，遗传工程系就更厉害了，范伟班里大概有3/4的同学都选择了出国，而像范伟这样从小地方过来的就很少考虑出国了。那时出国是要找担保人的，范伟和这些要出国的同学开玩笑说，若干年以后你们的小孩如果要到中国来留学，范叔叔来给你们做担保。

许多年之后，当年的这句玩笑话果真应验。现在确实有很多同学反过头要回来了，根本没想到中国特别是上海发展会这么快，那时对以后的事业没有什么概念，非常朦胧。当时的范伟和许多大学生一样，对市场经济非常感兴趣，让范伟印象很深的一些公司如太阳神，白马广告等的做法跟一般的企业不一样，因为当时大多数还是国有企业，不太重视市场营销和广告宣传，于是，他就非常欣赏那些公司，觉得这些公司才是一个真正的公司。

大学毕业之后，范伟去了南方，在珠海一家叫做丽珠的医药公司工作。丽珠医药公司是一个比较知名的集团，跟三九医药差不多是齐名的。大学毕业生在那边也是比较受重视的，但是毕竟年轻人的上面有那么多的领导在那里，也不知道到哪年哪月才有可能做到什么样的地位，范伟看到的空间伸手不见五指，就心生不甘。

这个时候，郭广昌的一封信给疲惫中的范伟送来了兴奋剂。上海在1992年邓小平"南巡"讲话之后，开始允许个人做公司，当时，广信咨询已经差不多有一年了。收到信之后，范伟想回去看看，回上海之后，范伟来到了当时位于复旦后门政通路上的广信咨询，晚上大家一起吃饭，第二天再到公司里面坐坐，范伟感觉不错，那种氛围好像又回到了毕业之前。

大多数人，都要看到那样东西，才肯承认它的价值，却不知看不见的东西，价值远比能看得见的高出许多。

此时范伟意识到，那些平日被忽略的东西正是内心深处永远无法释怀的东西——友情。一个月之后，范伟辞去了珠海的工作，正式成为已经更名为复星的公司的一员。

财富生长：只因静水流深

高峰只对攀登它而不是仰望它的人来说才有真正意义。

曾经有人问了这样一个问题：要想成为一名优秀的企业家，最难的是什么？郭广昌回答：心态。最难的是始终保持平和而又积极上进的心态。

在他看来，就怕各种混杂的外界因素把本来很好的心智破坏掉，这时你可能会做出让企业遭受毁灭性打击的举动。要保持自己的平和心态，第一是坚持自己的价值观，第二是多和团队沟通，从他们那里获取好的建议。心态的开放性尤为重要，当一个人被别人供起来的时候，往往会犯很多常识性的错误。郭广昌笑言："情愿有人天天骂我，如果有一天我被人供起来，我就完蛋了。"

越是成功的企业家，越要解决自己的世界观、价值观问题。判断什么追求是正确的，什么是不正确的，其实是一个宗教问题。从郭广昌的言谈中能看出哲学系出身的他始终对世界保持着思辨的审视，安静在你的心里，不在于你身处何方。有好的朋友，或者有好的书读一读，对保持平和的心态很有好处。心里要有准绳，有自己坚持的东西，无论风起云涌，也不会乱了分寸。

做综合类公司，从心态维护到企业运营，有几个要特别小心的地方。一，在文化上要特别小心，综合类公司跨越不同的专业，需要不同的专业人才。如果在文化上没有包容性和沟通力，综合类公司很难做好。二，在投资上要坚持自己的方向，不人云亦云。市场上有太多的诱惑，股东给了你很宽泛的机会，看你自己是否守得住，能否坚持把资源用在最有用的地方。如果做得不好，就会掉入所谓的多元化陷阱。三，在财务安排上要量入为出，安排好你的现金流。四，要得到资本市场的支持，需要足够的规范。规范是1，财富是0。

在接班人的问题上，郭广昌坦言，自己还没研究透，因为他还有足够的时间，不过可以基本肯定的是，在接班人选择和对技术的重视方面，GE 会是复星未来的方向。现在时代变了，今天社会的经济细胞不再是家，而是企业，天下既平且盛，治国平天下便不可能再是知识分子实现价值的选择，倒是立业助天下，即产业报国兴许是一条走得通的人生正道。

复星是知识分子密集的企业，传统理念不仅表达了全体员工的抱负，同时也是精神需求。复星人称自己是"复星学派"，这个词汇是他们的一个梦，他们希望实现一个有自己独特风格的生命科学学派的梦。

第十章
人才，要当做资产来管理

第一节　用人之道：集体英雄主义

俗话说，三个臭皮匠顶个诸葛亮。个人的才华固然重要，但如果团队中的每个人都很有才华，这个团队所释放的能量将超越百万吨级，直奔千万、亿万以至无限。

青年人最需要的不是个人英雄主义，而是集体英雄主义。在复星，能力上可能每人只能打 70～80 分，但是郭广昌做了能力的加法和乘法，他最大的愿望是培养一批志同道合的青年企业家群体和一个朝气蓬勃的青年创业团队。

人的才华就像海绵里的水，没有外力的挤压，它是绝对流不出来的。流出来之后，海绵才能吸收新的源泉。集体对一个人的塑造与锻炼，会使个人才华源源不断，并汇聚成河。如果个人英雄主义能够在某一阶段拯救单个生命，那么集体英雄主义将托起永久不落的太阳。

拜师：用比自己强的人

绳正于上，木直于下，造物之前，必先造人。世界上并不缺乏好的想法，但是能够实现这些想法的人却不可多得。

在郭广昌的用人哲学体系中，所谓人才一定有一个共同的特点，那就是强过他。可以是在某一方面有过人之处，也可以是在各个方面均有建树。总之，要有独到的地方，要在强者之中依然显露出与众不同的特点。

回避现实的人，未来将更不理想。真正的强者，从不回避现实，而是勇敢直面，并从决定的那一刻就开始全心全意地去实现目标。

为了防止"拜师"哲学流于形式，郭广昌郑重强调，企业各级领导一定要学会使用比自己强的人，至少是在某个领域比自己强的人，这些人往往就是专家。通过"拜师"哲学的普及和一整套引进人才激励制度的设计，复星内部不仅避免了引进的人才在薪酬福利、工作能力、知识结构等方面对原有员工造成的压力。即使出现了压力，也能有机制将压力转化为动力，激发经理、员工的学习热情和主动性，使其自觉地保持终生学习的劲头，不断提升自己的才干，从而提高团队的整体素质。复星能够快速发展到今天，也得益于老师找得多、找得准。

为什么要用比自己强的人？答案就在下面的这个故事里。

丰臣秀吉和德川家康在小牧对垒的时候，秀吉决定拨出两万精兵去攻打德川的后方根据地三河。德川家康得到了秀吉攻打三河的情报，立即作了准备。秀吉的军队在往三河前进的途中，受到德川家康军队的伏击。由于太突然，秀吉的军队措手不及，被打得落花流水，全部人马陷入极度的混乱之中。

这时，只有堀秀政临危不乱，不断地安抚他的部下，保持旺盛的斗志，并亲自策马在前，冷静地调度军队，安排好步兵阵势，然后命令："等敌人进入60公尺以内的距离时，才一齐开枪，谁能打倒一个骑马的将官，就赏他100石。"部下从他的沉着中，受到鼓舞，每个人都精神抖擞起来。当德川家康的军队乘胜追击时，遭到堀秀政的顽强抵抗，气势衰竭，只好仓皇退兵，留下几百具尸体。这时，堀秀政的部下预备追击，但堀秀政却说："败兵莫追，以免敌军有诈。"于是就安然收兵，回到秀吉的军营。

若不是丰臣秀吉麾下有堀秀政这样临危不乱、沉着冷静的将领，若不是丰臣秀吉敢于用他，在关键时刻给他兵权，可能日本的历史将被改写。

人在遇到困难的时候，往往会因恐惧而心乱无主。身为一名领导者，如果不能发挥安定的力量，反而自己先恐慌，他的部属必然会更加不安，最后将导致不可收拾的局面。相反，如果领导者冷静沉着，部属也会感受到安全感，从而勇气倍增，危机就能安然排除。

但关键在于领导者也是人，难免在危机时也会因压力而惶恐不安。

这时，领导也需要有人给他做"心理治疗"。在很多电影中，当某个大人物在危机来临时感到迷茫、困惑，并且遭遇穷途末路之时的恐慌时，扮演那个"心理医生"的人往往分两种——一种是德高望重的智者，另一种是锐气难挡的勇者。

智者拥有的经验和智慧从"上层建筑"的高度给予受困者哲学层面的开导，而勇者表现出的锐气和胆魄则从"下层基础"的角度给予受困者实干层面的力量。

很难说这两种角色比领导者更强，但在特定时刻，如危机面前，他们确实能让领导内心平和，从而处变不惊。

这就是用比自己强的人所包含的第一层含义。此外，"用比自己强的人"这种用人理念还有第二层含义——"集体英雄主义"。

立足于资本链条整合的复星，更看重所投资的团队。团队就是集体英雄主义的载体。复星投资唐山建龙就是这一层面的有力佐证。

当时钢铁已经完全成为夕阳产业，集团本来不打算投资。但在和建龙的张志祥彻夜长谈以后，郭广昌改了主意——对于建龙的投资，就是投资团队。

按通常的惯例，集团要创办一个新项目，首先是由董事会找人调查，研究新项目的市场空间，然后出资，最后招个总经理就开始干了。而在复星却不同，一件事要不要做，一个项目要不要投资，复星的标准有两条：一是从产业角度看，企业从事的行业、开发的产品有没有机会做到前三名；二是企业是否拥有国内一流的团队，去实现经营目标。二者缺一不可，否则再好的机会他们也不会做。

复星的程序是：在经过前期调查研究和初步决策后，接下来是把同领域内的能人找过来，让他们谈谈复星能不能办这家公司。如果能，复星会组织两个或更多的团队去论证并分别听取他们的意见，复星只要判断他们说得对不对就行。这两者的差别是复星主要发挥决策作用，至于如何做事，则是复星选的团队需要考虑的问题。

在复星创业五人组看来，好的团队比产业机会更重要。有了好的团队，产业机会总是有的；但如果团队没有抓住，即使你抓住了现在的产业机会，将来也会失去，因为企业竞争实际上就是人的竞争，没有人就缺乏核心竞争力。

那么，什么样的团队是复星需要的呢？

这个团队必须具备四点要素：领军人物、业绩和口碑、理想和抱负、对游戏规则的遵守程度。

经过多年的扩张和收购，复星已经涉足多种行业，参股几十家企业。对于被收购而进入复星集团的管理人员怎样激励呢？一旦这个问题解决不好，很容易导致收购或整合困难，甚至由于利益关系而导致收购失败。

复星采取的是一种专业化的人才运作体系。例如，复星集团以控股的形式进入南钢后，原来的专业管理团队继续存在，只是充实了更多国际化的团队进去，让公司变得更专业，在财务管理等各方面让它变得更优秀，并提供各方面的资源支持。复星在人才的运用上破除"老死不相往来"，不用南钢人的观念，而是全方位地来考察南钢的人才结构，从而不断优化。

复星系经过 16 年的发展，股权结构庞大、管理的公司和地域广阔，如何管理分布在各地的收购公司成为复星近年来的一个大问题。

对此，复星首先着力控制的是财务，这和复星起步时整顿财务的做法如出一辙。

郭广昌认为："一定要解决信息不对称的问题。如果我要投资一家企业，最好的监督不是要我太太进去，最好的监督是信息对称，是他的情况我都了解了。例如，复星实业的财务系统，下面投资的任何一家企业的老总报销任何东西，在我们的账上随时都可以看到。而实现信息对称最好的方式是提供服务。我对他进行财务、法律等全方位服务的过程中，实际上就是不断完善信息对称的过程。"

通过对收购公司的财务服务，复星也就控制了这些公司的财权。

复星高速成长，收购众多企业，但是高速成长必然面临人才瓶颈，尤其是在高端人才奇缺的情况下，这几乎是所有高成长企业的通病，而一旦闯不过这一关，企业就将止步不前。

那么，一路狂飙的复星，是如何取得人才投资的最高收益率的呢？

复星把人力资源落实为资产，在企业资产表中建立"人才报表"。要像保管有形资产一样，"领用"、"维护"、"保管"好人力资源。流失了一个人才，相关领导都是要负责任的，并形成一种制度。这样才能实现人力资源最大限度地开发、管理和维护，并使人才不断保值、增值。近年来，复星中高层人才的流动率一直都能保持在很低的水平就缘于这种理念。

作为复星的灵魂人物，担任过复旦大学团委干部的郭广昌，毕业于

"什么都没学"的哲学专业，但正是因为会识人、会用人、敢于用比自己强的人，才让当年深居陋巷中的小小公司成长为今天根深叶茂的复星集团。

提升：看重胜任与平衡

"彼得原理"是美国学者彼得在对组织中人员晋升的相关现象研究后得出的一个结论：在各种组织中，由于习惯于对在某个等级上称职的人员进行晋升提拔，因而雇员总是趋向于晋升到其不称职的地位。彼得原理有时也被称为"向上爬"原理。这种现象在现实生活中无处不在：一名称职的教授被提升为大学校长后无法胜任；一个优秀的运动员被提升为主管体育的官员而无所作为。

如果有一样东西是民营企业发展的双面刃，那就是"人情"二字。中国的老板一般都很重情义，谁当年跟着老板经过艰难困苦，创业成功后少不了"高官厚禄"。但往往又是这"人情"，让公司背上了沉重的枷锁，很难迈上一个新的台阶。

因此，对"人情"的处理，就成了民营企业关键的一环。例如，蒙牛董事会章程中明确规定，总裁一般只干两届，最多不超过三届；董事长、党委书记、总裁要分设；高管成员的子女不允许到蒙牛工作等。甚至高层团队每个月定期组织的打球等活动也制度化，还要考查出勤率。一位进入公司不久的中层领导开玩笑说，"刚来的时候，我在想，这是一家什么公司？连吃饭这种小事都管着你！"

营造一个良好的氛围，感化、影响自己的员工，这正是老牛的"如意算盘"。马云认为，很多时候，中国的企业往往是几年下来，领导人成长最快、能力最强，其实这样并不对，他们应该学习唐僧，用人用长处，管人管到位即可。毕竟，企业仅凭一人之力，永远做不大，团队才是成长型企业必须突破的瓶颈。

梁信军的哲学是：没有永恒的个人关系。

"你看，我们5个人当中有4个是浙江人，都是复旦大学毕业的，都在团委工作，别人就会拿这个东西套，说我们是另类家族企业。这个非常危险。这的确也是一种'血缘'，跟家族没什么两样。"

"以为用家族里的能人，他能力强，我就用他，不浪费人才，这个想法本身就很天真，那是自欺欺人。如果家里有人在公司身居高位，这在客观上会给人一种不好的印象，其实等于阻绝了更多的人才。"

"对周围的人也是这样，假如一个人跟着你干了5年了，你就觉得他很牢靠，这是错觉、是误导。我不需要对一个人的一辈子负责，他也不要对我有这么高的期望值。到某一天你的能力确实跟不上了，关系解除是很自然的事情。"

对于不称职的人，复星则借鉴了"彼得原理"，大造舆论和心理环境，如把"90%的人都晋升到了自己不胜任的位置"，还提出了"引进老师"的概念。复星房地产的销售公司曾引进台湾人当总经理，台湾人干了两年离职后，原来的总经理重新上岗，年薪从原来的十几万元涨到60万元。

复星的高层在作战略决策时的程序也很有特色，他们在安排专业的两个人发言之前，其他人先发言，表明自己的态度，再由专业的这两个人发言。听了两拨人的辩论后，团队中的领导再作决定。这样，团队对外表现的永远都是最高智商的那个人的水平。

在复星，创始人之一的谈剑甚至一度主动淡出过复星的管理工作，休整、充电了几个月后，才又回到团队中。

梁信军很赞成她的选择，"我们5个人，都在高速公路上走，现在5个车道的速度是一样的，但是如果有一个人的车子出了毛病，明显慢下来，你总不能始终在快车道上占着。在复星，只有永恒的企业利益，没有永恒的个人关系。"

不称职是一方面，不平衡是另一方面。"既生瑜，何生亮?"太多的将才聚在一起，只能是一声叹息。只有性格互补、各司其职的管理层才能相互卡位。

复星集团的五人团队就各有所长。董事长郭广昌学哲学出身，具有"讷语言，敏于行"的沉稳，"无为而无不为"的城府。

副董事长梁信军的身上还有着那股子团委干部的影子，精于人事，善于驭人。他与郭广昌的沉稳、讷言形成了鲜明的对比，因此也成为郭广昌最早的拍档。

有了好的沟通，有了好的战略方向，没有人来执行也还成不了大事业。在复星，"没有汪群斌和范伟兢兢业业地去操劳，战略就等于零"，梁信军如此评价。

范伟略显沉默，也极少在媒体露面，不过他麾下的复地集团在房地产业倒是做得如火如荼。"他做的比说的要多。"梁信军说道。

汪群斌则显得"攻守平衡"，连汪群斌本人也笑吟吟地表示，自己是5个人中比较全面和平稳的一个，无论说抑或做。"汪群斌擅长组建联合舰队似的企业团队，在制造业上有优势。"

尽管梁信军自信在复星文化与理念的传播上绝对能够拔得头筹，但当面对许多如政府公关这类的事务时，谈剑的特殊优势则发挥了出来。

除了郭广昌以外的 4 个人在各自的产业板块，绝对是不可或缺的人物。梁、汪、范、谈 4 人也在各自负责的领域形成了相当的权威。身为董事长，郭广昌可以对他们的想法提出异议甚至否决，却无权代替他们作任何决策。

正因为如此，创业至今，没有使任何一位创始人退居幕后而变身为纯粹的股东，或让渡为代理人。他们仍然按照创业时入股的比例掌控着复星的股权，并活跃在显眼的位置。

所谓的"唐僧团队"形象地说明了这个道理：唐僧是一个好领导，他知道孙悟空要管紧，所以要会念紧箍咒；猪八戒小毛病多，但不会犯大错，偶尔批评批评就可以；沙僧则需要经常鼓励一番。这样，一个明星团队就成形了。

一个企业里如果全是孙悟空，或者全是猪八戒，那就乱套了。就像他自己不懂电脑，销售也不在行，但是只要公司里有人懂就行了。

即使是可称为当今 IT 界泰斗人物的比尔·盖茨也并非无所不能。他今天的成功，与他选择了鲍尔默有很大的关系。一般认为，如果盖茨是微软的"大脑"，那么鲍尔默就是"心脏"。当盖茨正沉迷于计算机软件研发之时，鲍尔默则是他的市场战略家。

相同的理念和价值观，正是一批创业者走到一起的根本原因。不同价值观的人，是不可能共创一番事业的。

倾听：贯穿人生的观感

销售世界里第一号的产品不是汽车，而是自己。在你成功地把自己推销给别人之前，你必须百分之百地把自己推销给自己。而人之所以有一张嘴，却有两只耳朵，原因是听的要比说的多一倍。

最会说话的人，往往也就是不说话的人。能说会道是一种本领，而学会倾听则是另一种本领。

一向被认为是集团中口才第一的梁信军怎么也没想到，在一次人才测评中，自己的"表达能力"居然被评为不及格。

梁信军得知这一结果之后，非常诧异。他找到评委，要一个解释。

评委给他讲了个故事，听完之后，梁信军释然了。

故事是这样的：一个孕妇某天偶尔打开收音机，感觉自己腹中的胎儿踢了自己一脚。第二天又是这样，第三天还是这样。后来科学家发现，原来胎儿可以通过羊水的波纹倾听外面发生的一切。

所以，倾听是人的一生中最初拥有的感观。

一个老人正在弥留之际，但他的儿子迟迟不能赶到医院。医生都为老人坚强的生存意识而感动。后来某个早晨，老人的儿子终于赶到了医院，看见自己的父亲孤零零地躺在床上，脖子上插的管子中血液依然在涌动。儿子附在老人身边，轻轻地说了一声"再见"。插在脖子上的管子里，血液立刻停止了流动。老人也安然而去。

所以，倾听是人的一生中最后才失去的感观。

梁信军的问题不是表达不够，而是过分表达。每次和员工谈话，都没有给对方留足够发表意见的时间。

听过两个故事和同事的建议后，梁信军收获了这次评比的最大启示——倾听。而学会倾听也自此成了梁信军在企业管理中一项不可或缺的必修课程。

"那么，好，我把手表放在桌上，每次谈话 10 分钟，一定让你讲够 7 分钟，我再开始说。就这一项，彻底改变了员工对我的评价。"

第二节　治人之道：宽容与信任

宽容，是一种人善良的本性流露。有人说宽容是懦弱的表现，但我认为宽容是让自己内心的善良得到最好的发挥。这种宽容也许会适得其反，但没有宽容，如何将善良的本性流露呢？

生活哪能尽如人意？突如其来的困难，面对真诚丢失的难堪，如果没有宽容，那就会让自己的心一直生活在仇恨中。占满心灵空间的仇恨，很容易给自己负担，由此引发不快，并袭卷你的思想和灵魂。

生活若行路，不管是弱者还是强者，都必须自己去走。有时风光，有时困难。而在行进途中，我们不是单独的个体，我们会有朋友，亦会得到别人的帮助，就算那点滴的恩德都会记在心中。于是，便会对每次都给予帮助或者结伴同行的人一种信任。

领地激励：回报先于付出

收购在继续，复星事业在高速扩张，原来的人才已经不够支撑起复星

157

庞大的规模。此时，唯有引进空降兵。

很多企业家在引进空降兵和职业经理人的时候都有顾忌，不是怀疑他们的智慧和能力，而是担心他们缺乏对企业的激情和感情，因为激情和感情是需要时间来培养的。为了找到合适的人选，复星在找人的时候，首选就是要找那种充满激情的人，并且宁愿长时间与对方耐心沟通，沟通工作做足了，对方对复星有了充分的了解和认同以后再进来，否则宁愿放弃。

另外，"空降兵"还会带来很多其他问题：一是"空降兵"着陆后如何迅速转变为地面部队，二是怎么磨合"空降兵"与"元老"之间的差异。复星的经验是在组织架构上，预留空间。郭广昌说："企业就像一个小孩，每天都在成长，衣服永远是偏小，因此企业的组织架构搭建得大一些，甚至说是浪费一些，这样才能适应企业的迅速长大。"所以，复星在建设组织架构时，充分考虑到了既可以不断吸收新的精英进来，又能保持"空降兵"与"元老"积极互动、动态平衡的问题，以给企业急剧扩张准备空间。事实上，很多知名"空降兵"的进来也为复星带来了相当可观的发展空间。

复星从来不对高级人才实行定编、定岗、定责式的管理，这种"三定"管理方式只在复星的底层员工管理中才用。高级人才的激励方案不与纵向比（同一岗位的历史比）、不与横向比（集团同一级别、规模的其他人比），主要应与这个人才的市场行情比，与他进入企业后可能带来的价值比。高级人才引进上的"一人一议"政策，极大地加强了复星与国有企业甚至外资企业的人才竞争力。

复星为了获得现在的人力资源总监就是费了相当大心血的。最初他们从1995年起就开始接触，但当时付不起他的薪酬。后来一直保持沟通，直到2000年，企业的各方面条件成熟了，复星才邀请他加盟。这个过程，虽然缓慢，但彼此之间有充分的了解，从而使今后的合作更长远。

与"空降兵"不同，由于被收购而进入复星集团的管理人员怎样激励呢？一旦这个问题解决不好，很容易导致收购或整合困难，甚至由于他们的阻挠而失败。

而对于管理层，复星的解决方式是"领地"激励——在收购一家新的企业时，通过让管理层持有该公司部分股权的方式来达到整合的目的。目前，除了集团层面郭广昌5个人有股份外，收购企业的管理层都会在他分管的专业公司里面有股份。

"复星医学"的股份就是这样安排的。该公司原本为"上海复瑞房地产开发经营公司"，后转向做诊断试剂，于 2002 年 11 月进行增资，"复星实业"增资 8 000 万元，占 95% 的股份，"广信科技"和自然人朱耀毅各出资 200 万元和 300 万元，分别占 2% 和 3% 的股权，将"复星医学"的注册资本增至 1 亿元。

朱耀毅是"复星实业"的副总经理，同时还是"复星长征"的总经理。而"复星长征"原本由"复星实业"直接持有 75% 的股权。为了将作为总经理的朱耀毅的利益与"复星长征"保持一致，"复星实业"在 2005 年 6 月份将持有的"复星长征"75% 的股权以账面值 6 000 万元转给了"复星医学"，由于朱耀毅持有"复星医学"3% 的股权，这样他也就间接持有"复星长征"的股份了。

复星采取的是一种很专业化的人才运作体系。复星集团为进入钢材行业，以控股的形式进入南钢后，原来的专业管理团队继续存在，只是充实了更多国际化的团队进去，让公司变得更专业，在财务管理等各方面让它变得更优秀，并提供各方面的资源支持。复星在人才的运用上破除"老死不相往来"，不用南钢人的观念，而是全方位地考察南钢的人才结构，应利用多种方式吸引最合适的人才。

对于管理层，复星的解决方式是在收购一家新的企业时，通过让管理层持有部分股权的方式来达到整合的目的。现在，除了集团层面就郭广昌 5 个人有股份外，新来的人都会在他分管的专业公司里面有股份，这样既有激励，也使得他必须把自己分管的业务做上去。

此外，在"复星朝晖"、"复星药业"等企业中，我们也发现"复星实业"及其关联公司持有的股份一般都是百分之九十几，而剩下的百分之几则很可能就是管理层持有的股份。

非禁即可：监督与授权并行

有激励并不一定能保证经理人的忠诚和效率，因此必须辅以监督，有监督自然也就得有明确的授权，否则就会一放就乱、一收就死。

复星通过董事会行使监管权力，对董事长、总经理进行授权。但是授权的前提是透明，复星通过三个保障来保证透明。一是人事保障，复星对于投资控股企业至少要派两个人，财务总监和监事，财务总监是专职的，监事则可以是兼职的，有条件的话还会派个管法律和管公章的法律总监或办公室副主任。二是制度保障，明确什么层次的人盖什么章，不管什么章，任何人批准都要经法律总监的审核，另外所有章都必须留档，两个人在的情况下才可以使用公章。三是信息抄送制度，即报告打给总经理后，还要分别抄送两份给总经理上司和自己的职别上司，并且批复也抄送。这样做的好处在于：干部得到充分授权，但其行使权力的过程是有人监督的。有抄送件的人不干预其决策，但要了解决策过程。

复星的授权跟国企不同，国企授权非常多，只规定可以干哪些事。在复星，只规定不许干的哪些事，其他的自己把握，只要不越"红线"就可以。复星的分权有三层意思：第一层意思，集团公司学会跟子公司分权，集团公司严格界定子公司应做什么，必须做什么，同时监督好子公司，把该下放的权力授权给它；第二层意思，领导层要学会分权，提倡多个层次的一支笔，避免把权握在一个人的手里；第三层意思，经营上的放权和加强监控调节能力是互为因果的，一般要先有监控体系，再有放权机制。

虚职不虚：复星出资人代表

复星对出资人代表的管理机制也是与复星三层级管理体制紧密相连的。复星在产业板块层面和产业公司层面都会派有出资人代表。出资人代表（专职监事）并不直接参加和干预日常的经营管理。专职监事的主要职责是配合、支持、监督具有高度专业性的管理团队。复星出资人管理的机构是公司的董事会，由公司董事会组织战略部、财务部和审计部门进行出资人代表管理。

在复星的管理体系中，对于产业板块和产业公司层面的经营者有着系统的绩效管理办法。但是，任何复杂、精密的绩效管理办法，必然需要较多的基础管理数据，必然消耗更多的管理资源。没有相应的基础管理支持系统配合，这套机制将难以实现。

复星的出资人代表在很大程度上就是为了保障这套系统的正常运行：他们负责保障基础管理系统，特别是复星所特有的经营环境管理系统、经营计划执行系统、公司治理的监事系统、财务预算管理预警系统和审计稽核系统的正常运行，能够稳定地提供绩效管理和公司经营决策所需要的各种数据，并保证数据的真实性。

复星对于出资人代表的管理采取了一种平衡管理团队和出资人代表关系的复合管理模式。出资人代表不仅具有监督功能，还具有服务功能，因此与专业的管理团队之间的沟通和协调显得尤为重要。

在具体操作上，复星对于出资人代表采用了结合财务指标和非财务指标，蕴涵平衡计分卡思想的系统考核体系。重点考查在监管、服务两个领域的工作表现。

为了尽快构建复星的人才资源高地，复星制定并实施了以职业发展、职业培训、职业福利为重要内容的全方位的"人才培养计划"。其中最重要的就是一项员工梯队建设计划，也就是关键岗位的接班人培训计划。在这套计划中，每个关键岗位，他们都会选择 1～3 位继任者，并通过各部门轮岗或外派方式，对他们进行培训和锻炼。此外，他们还会帮助每位员工规划 3～5 年的发展轨迹，使员工明确不同阶段的个人定位与相应任务。复星每年还拿出约占工资总额 4% 的培训费用，专门成立了自学成才奖励基金。在薪资方面，复星实行了"个性化工资"的薪资政策体系，让每一位员工都可以有机会扩大自身的价值贡献度，另外，还积极探索股权、期权等激励模式，以充分调动员工的积极性，提高员工的满意度和成就意识。

第三节　择人之道：珍惜与保护

"荆岫之玉，必含纤瑕，骊龙之珠，亦有微颣"，况乎人哉？因此，就要"取之至宽而去之至狭"，就要"取其长则避其短"，就要"取其一，不责其二；即其新，不究其旧"。

珍惜人才，关键是要把有限的"水"更多地浇到"壮苗"上去。人才总是少数，但其"消耗"却不应只占平均数。这是由人才的工作性质、工作职责和所作贡献决定的。就如同一个人，大脑的重量仅占人体重量的 2% 左右，但其消耗掉的葡萄糖和氧气却占到人体总消耗量的 1/4 左右。所以，在资金的投入上和个人收入的分配上，不能"撒胡椒面"，而应该保证重点，让人才的资金投入不"断炊"，有丰余；个人收入与贡献相称，与绩效匹配。

保护人才，其根本是要完善人才工作的体制和机制。这是带有长期性、战略性、全局性和稳定性的一件大事。只有体制机制活，人才工作才能满盘皆活。从根本上不断打破束缚人才成长、阻碍人才流动、妨碍人才活力和智力迸发的体制性障碍，并正确发挥市场机制在人才资源配置中的基础性作用，使各类人才各得其所、才尽其用。

内部人才：保护无形资产
复星一是把人才作为资产来管理，把好人才资产的保值增值关。以前企业丢了一部相机都会有人赔偿负责，可走了一个人才却很少有人承担责任，这种制度最大的缺陷是没有把人才当成资产来管理，容易造成人才流失。他们力图通过切实的措施，把人力资源落实为资产，在企业资产表中建立"人才报表"。要像保管有形资产一样，"领用"、"维护"、"保管"好人力资源，流失了一个人才，相关领导都是要负责任的，并形成一种制度。这样才能实现人力资源的最大限度地开发、管理和维护，并使人才不断保值、增值。近年来，复星中高层人才的流动率一直都能保持在很低的水平就缘于这种理念。

二是把引进人才作为一种投资行为，并且是回报率很高的投资行为。因此，人才养护就对留住人才显得非常重要。复星已经形成了一套制度，每 60 天由各级领导与他所领导的人才逐一进行一个小时的谈话，并记录在案。谈话的内容主要集中在人才对薪酬、岗位、环境的满意度。之所以以 60 天为一个周期，是经过科学研究发现的，即激励政策对一个人的积极性一般只能维持 60 天左右，在这个周期内，跟员工进行一次思想交流，可以及时发现问题、解决问题，将人才的消极、抵触情绪减少到最低限度。

另外，为了尽快构建复星的人才资源高地，复星制定并实施了以职业发展、职业培训、职业福利为重要内容的全方位的"人才培养计划"。其中，最重要的就是一项员工梯队建设计划，也就是关键岗位的接班人培训计划。

人才是一种无形资产，在大举收购的征途中，一些企业的创始人团队引进复星是为了套现退出，虽然声称帮复星请来职业经理人，但后者难以替代前者，导致业绩步步下滑，最后复星只有把企业处理掉。最让复星感到苦恼和难以把握的是，不少被投或者合资企业，特别是民营企业，难以满足一条：透明与合作性。

这类企业经常有"小九九"，拒绝复星的建议要求，拒绝承认自己的错误，拒绝改变，把复星推荐过去的人架空，甚至还用一些不太道德的手段来谋取个人利益，如挪用企业资金。复星不想诉诸法律、对簿公堂，否则一传出去跟复星一合资就被套牢，局势会很被动。有的人复星无法改变，只好分手。

为了获得对产业系统的研究能力，使产业增值，复星注重保护三类人力资源。

一类是集团既有的研究人员以及集团聘请的行业顾问，后者如从武钢总裁位置上退下来的刘本仁，他现在是复星国际的非执行董事；第二类是集团下子公司的研究人员，以德邦证券的研究分析师为代表；第三类，复星会不定期将研究任务外包给相关研究机构，如国研中心，"他们每年会接受国家很多超前的政策研究，在不违反保密的情况下我们希望能够了解这些信息，同时希望他能给我们做一些产业政策研究。"

复星集团创始人、控股股东及运营者为一体的股东结构支持复星在行业低潮期以相对高的 PE 值买好的企业，在这方面来说，股东结构也是生产力。举例来讲，通过研究，复星认为一块地 200 万元的价格已到低谷期并决定投资，但如果投完之后，明年地价还跌怎么办？如果明年跌成 160 万元，一般的股东也许就会找麻烦，但是复星的股东并不需要你买到最低点，你买到底部就可以了，只要这个底部股东认可，他就会支持复星的决策。

复星的控股权与决策权牢牢掌控在郭广昌、梁信军、汪群斌、范伟等四人创业团队手中。在联交所 IPO 前，这四人分别拥有复星集团 58%、22%、10%、10%的股权；上市后，四人团队通过全资拥有复星国际控股和复星控股仍然拥有上市公司"复星国际"78%的股权，而郭广昌通过对复星国际控股 58%的控股权享有对复星国际 45%的权益。

确定要进入的行业后，对"人"与"团队"的考察是复星确定投资企业的重中之重。郭广昌对复星的构想是：一个企业家汇聚的地方。

复星并非一个产业投资人，哪怕在医药产业里，其复星医药的经营团队也不足以派遣出经理人支撑其接二连三的收购与扩张。复星自称不推崇派出总裁、副总裁到被投企业里"掺沙子"的做法，其实是复星也没有这个人力资源去"掺沙子"。

一般情况下，复星只会从集团派出包括财务总监在内的两三名董事到被投企业，依赖企业原先团队几乎是复星唯一具有效率的选择。如此一来，投资的成败与原团队的水平与能力高度相关。

保持运营团队的连续性是复星在集团运作和投资并购两条主线上用心维护的平衡点。在集团内部，对人才的珍惜与保护被当做一项固定资产管理来对待，郭广昌和复星的高层都深知：人才，是企业永不腐朽的基石。

策划未来：全能人力资源

人有聪明和愚蠢的差别。但是，聪明和愚蠢只是相对而言的，人与人之间只有一点点智慧的差异而已，聪明中也带有愚蠢，愚蠢中也隐伏着聪明。这就是聪明与愚蠢的哲学。松下先生认为人很像钻石的原石。钻石的原石只要经过表面摩擦，就会发出光亮来。并且依照琢磨的方法不同、切割的角度不同而发出千奇百怪的光芒来。

同样的道理，任何人都具有只要琢磨就会发出那种钻石一样的光芒。因此，要培养人才，或是活用人才，都要先考虑这种人的本质，使得每一个人都能发挥了不起的素质。这是最基本的观念。如果没有这样的认识，无论拥有多么优秀的人才，恐怕也不能使他尽情地发挥优点。

基于这种认识，复星对人力资源部门作出了大胆的改革尝试。在复星的人才经营理念中，有一个观念牢牢地树立起来，那就是：人力资源管理部门是企业经营战略的合作伙伴，为其他部门提供战略上的支持和保证。换言之，人力资源部门就是整个企业的"策划师"。

复星的人力资源管理部门已经不再限于完成日常的招聘、培训、员工发展、薪金福利设计等任务，而是和其他业务部门一样，深入了解企业的业务状况，洞察企业发展的走向，研究、预测、分析制订计划，解决企业的根本问题。人力资源部门已成为复星人才经营的"策划师"，为企业组织维持生命力和竞争力提供有力的人力支持。

随着产业系统的突破和完善，复星已实现了人力资源部门的重新定位。

集团、各产业部及各下属企业都设立了人力资源管理系统，而且各有侧重点。集团人力资源管理部门注重于整体人力资源发展战略的制定，参与企业战略目标的确定。各产业部、各企业人力资源管理部门则在集团的授权下开展日常工作，并按照集团制定的总体规划，结合各自的经营战略，设定人力资源工作重点。

现代化社会，网络融合产生的对各类信息的汇聚效应，引发企业业务与管理模式的变革。大企业都将非核心的服务环节，如后勤、财务、寻呼中心、研究开发、软件设计、经营管理、金融财务分析、办公支持、售后服务等，外化为一个投资项目或专业服务公司后再外包出去。特别是在人力资源管理、财务管理、信息技术服务等服务领域，外包业务迅速扩大。

为了使人力资源部门有更多的时间用于"策划师"工作，复星也意识到了非核心业务外包的重要性，积极与一些专业化公司合作，将一部分行政事务，如某些专业人才的招聘、员工培训、薪资设计等，交由专业化的公司来运作，以提高人力资源部门的工作效率。

很多中小企业难以吸引在学校成绩优秀的人才，并不仅是因为他们能提供的待遇低。其实毕业生选择公司，并不一定只考虑公司的知名度是否高、薪水是否多，而是希望能对经营者有信心，或者是觉得这项工作值得做。只要这个公司"魅力"，人才就会集中过来。

对企业来说，选择人才，在学校成绩好并不是唯一的标准。复星不单只重视学业成绩，还把 1/3 的重点放在此人对体育运动有没有兴趣的上面来。

有了双方的良性互动，才能实现企业和人才的双方满意。

而人才在公司找不到适当的教师、得不到进一步的提升，对于复星来说更不是个问题。经营者或者是管理者，透过日常的工作，随时随地指导他们、磨炼他们，这就是教育，根本不需要什么讲师。在大公司里，有教育训练的干部，负责召集训练的对象开研修会。在中小企业里，经营者的眼睛，可以顾视到各个角落，所以连电话的挂法、对客人的接待以及工作的做法，都可以现场指导。这才是真正的教育，并不一定要开研修会才能起到教育的作用。

在复星，人力资源部充当的就是这个教师的角色，每一名员工在进入公司之后相当一段时间内，都有机会接受人力资源部门的全面培训与指导，并且慢慢融入整个企业文化氛围中，真正成为企业前进必不可少的一个部件。

在大公司里面，常常有素质优秀的人，因为没有被安置在适当的职位上，而使他们的能力埋没了。组织愈大，衙门气息也愈明显，当然，工作效率就越难提高。为了避免这种衙门气息，复星的人力资源部门采取了一些行之有效的措施，形成了从上而下的等级制度，同时兼具横向沟通和管理的效用。

在市场不景气的时候，产品无法销售出去，收款也很困难，处处都有不顺利的情况。这时候，就要比顺利的时候动更多的脑筋，加倍地努力才行。也就在这时候，人才的能力才会增长。情况不好的时候，才是给员工实施教育的最佳时机。这也许就是我们常说的"逆境造就人才"吧。工作场所就是教室，上司就是老师，日常工作就是教材。培养人才也几乎成了复星人力资源部倾力打造的内容。

高管评估：360 度认识自我

人类对自我的认识可谓源远流长。古希腊著名哲学家苏格拉底就曾经提出一个十分富有震撼力的口号："认识你自己！"标志着人类至少从那时就已经开始自觉地认识自我了。

老子曾说："知人者智，自知者明。"

无独有偶，欧洲 16 世纪伟大的思想家蒙田也说过："世界上最重要的事情就是认识自我。"千百年来，人们在探索和改造大自然的同时，也在反复地探索着自身。时至今日，它依然是人们津津乐道的话题。

宋代伟大的教育家朱熹说："日省其身，有则改之，无则加勉。"这里的"日省其身"说的就是对自己的认识。

在我国古代灿烂辉煌的文化中，对"自我"的探讨也非常活跃。儒家思想中的"吾日三省吾身"这一至理名言，就是从人的修养这个角度提出来的，十分接近于精神上的"自我"这一概念。"三省吾身"也就是对自己的所作所为、所思所想进行一番认真仔细的审视，从而更加清楚地认识自我。

为了让所属企业领导班子发挥团队的组合作用，引导每个人正确认识自己的缺点，并让每个人正确认识他人的优点。复星采取了一套卓有成效的办法，即复星的"360 度评价法"。

在专业管理水平、拓展能力、领导艺术和战略思考能力四个方面各出 3～4 题，拿同样的这几道题询问这个人的上级，对其进行署名评价；询问这个人的同事对其进行不署名评价；还询问这个人的直接下属并对其进行不署名评价。为保证评价的正确性，取样时，若同事有 6 人，一定只能访问 5 人，且不署名；但是评价是不跟工资挂钩的，问卷仅仅用来评价其能力的强弱。

自我意识是人们对自己的各种身心状态的全面认识，它是人类意识的一种表现形式，是个性的重要组成部分。通常我们在谈论一个人的生活状态时，比较喜欢使用"身心健康"这个词语。身心包括两个方面：一个是身体情况，另一个是精神面貌与心理状况。自我意识所反映的内容就同时包括这两个方面。在现代社会中，只有身心两个方面都健康的人才能够更好地适应社会。身体与心理是一个相互作用的统一整体。

从心理学的角度来看，自我意识是指个人对自己各方面感觉、知觉的概括和容纳。其中主要包括个人对自身能力、性格、兴趣、需求的了解，对个人与周围环境关系的认识，对个人与他人关系的体会以及对未来生活目标的认识与评价。

在复星的"360 度评价法"中，还包括一项内容——让被评价人自己也做三份问卷：预测他的上级、平级和下级分别是怎样评价他的。这样，作为被评价人的上级就拿到了两份问卷：其他人对他的评价和自己预测的其他人对他的评价。

人生，最难的是认识自我。

"360度评价法"中，自估总是比外界评价要好。问题在哪？只能说明被评价人这方面能力有缺陷，怎么改？其上级领导会和被评价人推心置腹地谈一次，然后把结果撕掉，下季度再来。通过这种方式可引导被评价人正确认识并接受自己是有缺点的，也能引导其逐步改进，必要时也可以向其透露某领导艺术水平高等，以引导其认识到别人的优点，并多学习别人的长处。

第十一章
阿里巴巴之门：复星神话全解析

第一节 投 资 秘 诀

在某种程度上，投资就是博弈。博弈又称博戏，是一门古老的游戏。是游戏就有规则，同时，也有秘诀。作为一种高度现实主义的理论，博弈论以独特的角度描绘出了一种关系、一种状况，更准确地说，是一种困境。

如何解读这种困境，其中又有什么样的秘诀？

投资多元：数字决定信心

复星进入的几大主业、控股或合资的几大公司，这些年无论是销售收入还是净利润均获得显著增长。这是最让外界羡慕的成绩，而其成功原因也是外界最希望获得的信息。

根据复星提供的资料，2003 年复星集团要约收购南钢股份时，南钢近 14 000 人生产 280 万吨钢，年利润不到 3 亿元，在全国的钢铁行业里排在 20 多位。4 年过去了，南钢的产能已经达到了 650 万吨钢，比 4 年前翻了一倍还要多，其中主要产品：中厚板排名全国第三，管线钢第四，造船板排名第六。南钢改制 4 年，共计上缴税收 45 亿元，比此前建厂 45 年来的总和多出 8%；累计实现利润 48 亿元，比前 45 年的总和增长 116%。

豫园商城，复星进入 5 年来，销售收入的年复合增长率达到 16.1%，净利润的年复合增长率达到 37.4%。

招金矿业，复星投资三年来，销售收入的年复合增长率达到 29.4%，净利润的年复合增长率达到 49.5%。

国药控股，投资后的 4 年中，销售收入的年复合增长率达到 43%，其中 60% 为内生式增长，净利润的年复合增长率达到 39%。

这些数字给了郭广昌充足的底气驳斥外界的偏见，"一些人讲来讲去就是我们很懂得财技、很懂得资本市场，其实如果离开了复星含辛茹苦地培养这些产业、含辛茹苦地创造利润、含辛茹苦地一步步提升自身的管理，资本市场会认可你吗？不可能的。"

那么，复星到底是如何"含辛茹苦"的呢？如果如梁信军所说，复星只是派两三个董事到这些公司，那么复星是如何在这么短时间内将所谓的民营企业的活力、机制与文化渗透到这些庞大的国有企业体内、从而解放出其生产能量的呢？

根据不同类型企业的具体情况，设计经营者参与价值分享的激励制度是复星的第一步。复星进入后，南钢大大小小 600 多个员工都成了南钢的股东；经营者持股暂时无法推行，便采取相应的中期激励方式；在豫园商城，一开始推行经营者持股也因体制内力量反对而受阻，于是复星回避存量，先做增量激励，如先在豫园的异地扩张公司里推行新制度，逐渐再将一些原来的资产托管过去。总之，"创造价值者分享价值"是复星坚定要打入老企业体内的文化与制度。

据梁信军所说，复星在对投资企业的持续改进方面还有一个创举，就是在每次投资结束后的一年，审计团队加投资团队对所投企业进行投资权益审计。这个审计不是单审资产的真实性、各方面的销售业绩，而是把它当成一个待投资的陌生企业，看它值多少钱。"这样重新评估一遍后，你可能很快就会发现其实复星的投资权益减少了。当一个项目经过我们的持续改良，竞争能力还不能得以提升，投资预期的计划完全没有达标，并且也没有变革的有效措施出来，我们就会考虑要不要及时处理。"梁信军说，"你不能等到企业亏损了再把它卖掉，应该在它还有残余价值的时候把它处理掉。"这个"投资预期"不单单是指财务上的。据说，复星医药曾投过一个做感冒药的厂，这个厂一年能给复星带来 20% ~30% 的回报，可谓小而美，但复星作了投资权益审计后，认为除了在财务上有所收益外，这家企业没有达到复星所预期的行业地位，两年后就把它卖掉了。

由此可见，复星集团对子公司的要求与考核不尽相同。例如复星医药，梁信军说，"作为集团大股东来说并不需要它每年表现出多少的现金回报。最重要一是研发，要'恶狠狠'地做！虽然这在短期之内是会削减股东利润的。第二，我们鼓励复星医药在医药工业低潮的时候并购，只是方向要明确。这时，如果集团对他的考核也沿用利润考核的方式，就南辕北辙了。"

和那些近来由于主业顶到天花板、急着为手中现金寻找出路而跃跃欲试多元化的中国企业不同，复星16年来确实是在不间歇的多元化、投资收购、融资出售中一路过来。这16年中，无数企业走过了多元化尝试然后又回归主业、收缩重组的轮回，更有德隆这样的庞然大物的轰然倒地。复星是少有的可以理直气壮地将相关产业多元化作为鲜明概念来卖给资本市场的内地企业，也是少有的能将自己的"多元化基因与文化"条分缕析出"一二三四"的企业。

梁信军的归纳提炼能力再一次表现十足，他总结复星的"多元化基因"："第一，文化的包容性。你是投资人，意味着在某一个产业里要有专业化的代理人与管理者，这个角色要分清。你能授权吗？你愿意跟他分享发展价值吗？管理团队的利益跟集团长期利益是一致的才能加强控制，这是核心。第二，管控架构。复星管控的要害是重大投资项目一定要审核，通过'系统对标'持续抓优化管理。第三，多渠道融资的体系建设。你不能一门心思盯着银行贷款。第四，风险控制的机制。你所能承受的最坏结果是什么？相应集团和企业会采取什么措施？这几条你不去建设，完全从赢利角度出发去做多元化，风险会很大。"

但是复星需要更多的时间证明自己。目前它旗下的业务中，仅有医药和房地产业务有10多年稳定成长的业绩表现，其他两个主业：钢铁与零售，复星进入不过几年时间，现在只能算站稳脚跟、民营企业控制成本的能力与市场化激励机制初彰成效，而后续的产业内收购及整合能力还有待再观察。更别说复星其他规模尚小的战略投资了。

随着经济体逐渐成熟，复星必然会不断地调整自己的战略与结构，"但有个时机问题"。

在多元化投资控股大家的面前，复星毕竟还是一个学生。郭广昌曾在内部如此比较几个世界成功的多元化公司的不同特点："GE从事资金密集型、创新周期长的产业，强调文化、管理、人才、技术、资源、品牌的高度统一；巴菲特也可以说是多元产业发展的一种模式，他讲究在价值发现的基础上，参股且长期持有，奉行多品牌、多元产业投资组合，他不会很深入地介入企业的管理之中，更不会替换原来的管理团队；再有就是李嘉诚先生的模式，控股但奉行多品牌策略，投资于一定程度上起伏周期互补的高技术和传统产业组合，保持低负债率，保持有节奏的发展。"

"复星要取他们所长，形成自己的特点。我们要学习 GE 的前三名战略，学习他让'大象跳舞'的管理哲学，我们也要学习巴菲特价值发现、组合投资的精髓，更要学习李嘉诚先生既有自己操控也有战略投资的产业进退、组合之道以及保持低负债率迎接发展机遇、保持有节奏而非高密度投资的发展策略。"

路径不是被教科书规定好的。郭广昌所带领的这个团队的特点与兴趣，使他们注定偏好走一条资源整合而不是从头做起、内生发展的道路。梁信军回忆，复星早年的多元化是无意识的，因为做的每块业务都发展不错，没有多想，到 1999 年才开始梳理出多产业运营、专业化管理的框架，而直到最近，复星又再度提炼自己的多元化蓝图，那就是扎根中国、投资和把握中国高成长的行业机会并且提升被投资企业的价值。

复星不否认今后会运作一些基金管理业务，梁信军明确表示上市后的复星要加大投入的一个重要方向就是：战略投资和中小银行等金融服务业，但是他认为整个复星集团作为一个大投资人和 PE 还是有明显的差别，最根本的就是在产业投资领域，复星将会长期持有企业股权，希望分享长期的产业投资收益，而不是两三年就退出、落袋为安。显然，复星希望出现在市场上的自己是一个理解中国、扎根区域与社区、能持久改善企业价值和对社区有所承诺的形象，而不是一个做一把就走的外来的财务投资人。

低入高出：逆行需要勇气

"问渠哪得清如许，为有源头活水来。"郭广昌在房地产投资上的策略是："高峰卖房，低谷买地"，只有这样才能保持地产投资的长久生命力。

复星接连出售商业地产引起业界的关注。公司成立不久后收购的豫园商城以 7 亿元出售，旗下的"确诚商厦"也以 1.8 亿元的价格成交。复星集团出售此项目被媒体报道为意在收缩地产战线。对此郭广昌予以否定，"豫园商业面积超过 13 万平方米，这次新建 2 万多平方米卖出 1 万多平方米很正常，再说复星只持有豫园商城 20% 的股份，这也不能代表复星的战略"。

郭广昌说，未来房地产市场会怎样没法说清，但他做房地产有个大原则："高峰期卖房，低谷时买地"。由此可见，目前商业地产市场当属高峰期。

中国政府在一系列针对房地产的国家宏观调控政策出台之后，不仅原建设部进一步下发了《关于贯彻〈国务院办公厅转发建设部等部门关于做好稳定住房价格工作意见的通知〉的通知》，而且各地方政府为了落实国务院的精神，也正在出台种种实施细则。

对此，地产从业者需要思考的是，中国政府调控房地产市场、稳定住房价格的一系列政策，对中国房地产市场会产生什么影响？如何来判断当前房地产市场的大势？而对这些问题理解，郭广昌有自己的看法。

"国务院出台关于房地产的'国八条'之后，房地产市场反应十分强烈，特别是各种各样的信息扑面而来时，房地产市场的大势与面貌更是难以看清楚了。"

其实，从"国八条"的旨意来看，其核心精神就是稳定房价。房价如何稳定？政府主要从两个方面来考虑：一是如何来规范当前没有秩序的房地产市场，如禁止土地炒作、禁止期房转手交易、禁止住房交易中的炒作与虚假行为；二是如何来调整住宅市场结构，生产更多的中低档住宅以满足大多数中低收入民众的住宅需求。

可能正是政府稳定房价的决心让媒体盲目乐观，关于房价即将下跌的大幅报道纷纷见诸报端，郭广昌对于媒体的失实报道很是怀疑："从当前房地产市场的主流观点及媒体大量关于房价即将下跌的报道来看，是太急了一些。"

不可否认，"国八条"出台后，房地产市场那种投资过热、不少地方房价快速飙升、房地产炒作震天的状况会发生改变，政府也有信心去改变。通过炒作来推动房地产市场发展的方式必然会在这次政策实施过程中得到整改。

即便如此，房地产市场的发展仍然要遵循其自身规律，政府调控对房价的遏制只是外在手段，房地产市场会出现一个明显调整期，而这种调整是只有大涨才有大跌，平稳发展的地方所受到的影响会比较小。特别是在一些内陆省份，也不会有大的波动。

就像马云的那句名言："今天很残酷，明天更残酷，后天很美好，但绝大部分人都死在明天晚上，所以每个人都不能放弃今天。"房地产市场也是一样的道理，昨天不明朗，今天不明朗，明天必然会明朗。

一个人的胸怀并不在于他能赚多少钱，更在于他在赚钱之后能有多大的社会责任感。郭广昌并没有因为复星投资房地产的成功而拥有太多的骄傲。在他看来，房地产就那么点东西，但是有几个难题亟待商榷。尤其是北京的房地产市场，这几个难点非常突出。

这一切得从 2004 年说起。这一年，土地出让方式发生了巨变——招牌挂，这个根本变化造成了土地供应高度紧张。土地供应紧张了，一方面房地产涨价幅度快，另一方面国家宏观调控政策出台快。即便如此，还是无法避免几种现状：开发商拿地难，盖房子难，普通住户买房子难。这是过去三年以来北京房地产市场的主题。

面对这样的形势，郭广昌显示了一个成功企业家应有的胸襟。"作为企业，应该以积极的、开放的心态认识困难，其实国家为什么连续调控房地产，不要只说干涉了我们的自由，事实并非如此，政府是拥有着高度国家民族责任感的政府。当中国的房地产市场高速发展的时候，开发商确实在为人们造福，但巨大能耗也令开发商可能成为历史的罪人。怎样更有效地节能，造节能低耗的房子，这是开发商要认真思考的，应该想得更深刻一些，社会责任感也是开发商的责任感。"

回顾中国地产发展的 20 年历程，地产走势一直是比较坚定的。这样就摆脱了银行，进入了资本市场，在股市里赚钱，今天的地产正在走向资本市场，虽然说不是普遍情况，但很多上市的地产公司，已经出现了这种势头。

郭广昌在公司成立之初就坚称，决不炒股。复星也确实一直在坚持着自己的原则。郭广昌一直坚守着"资本是用来换取更多实业而非纸币"的观点，空手套白狼的事他不会去干。股市有赚有赔，赔了惨不忍睹，赚了心里也不踏实。从这点来讲，郭广昌不仅有社会责任感，更有一颗仁厚的心。

总体而言，房地产市场走势仍然会保持坚挺，中间会有波动，但大幅降价在短期内不太可能。对于房地产开发商来说，现在进入市场的门槛已经提高了不少，但投资者的胆量是和风险成正比的，任何时代都是如此。

行业选择：看准"中国动力"

20 世纪末的网络投资泡沫让创业没几年的复星团队意识到一件事：对任何一个哪怕再小的公司投资，在最初进入的时候就要作持续融资的安排、作股东入而出的安排。当时他们看到，一个小互联网公司刚创业，就在规划二期、三期融资，消极地看好像是这些公司在忽悠投资者、太飘，但这恰是国际通行的投融资模式。

"中国以前没有这样的概念，建个化肥厂，16亿元干脆利落地扔下去了，也不说将来会不会扩张，也不说将来怎么还给股东，一个完整的企业规则既应该包含企业商业成长即产品运营计划，也应该包含资本运营计划。"

直到今天，复星每投资一个企业前，必定会拿出一份针对该企业的资本运营报告。

现在这个工作主要由复星旗下的德邦证券完成。这个团队会从资本市场的角度分析企业的未来，看它将来在资本市场会不会有好的表现、未来股权架构如何设计、有没有退出的可能、是公募还是私募。在项目投资前，他们甚至会为此到证监会、发改委去问一问，"有这么一个东西，假设要上市，能不能获批，有什么障碍？"招金矿业、海翔药业便是在两年半、三年的时间里顺畅地走完了这个流程。

2004年4月，复星产业投资、豫园商城及老庙黄金共同注资于招金矿业。2006年12月，招金矿业在港H股IPO，筹资25亿港元；而同月在深圳上市的海翔药业则使复星的投资在三年内增值10倍。此外，复星医药参股的中环股份也于2007年4月完成IPO。

事实上，这份资本运营报告只是复星在每笔投资前需要完成的四份报告之一。另外三份依次为：行业分析师与行业专家所做的行业趋势研究报告、投资团队所做的投资论证报告以及人事、财务、审计、法务四部门所做的风险以及对策报告。

这四份报告是复星的投资决策基础。这是集团功能在投资中的直接体现，而集团对于子公司、参股合资公司的运营、管理还有更进一步的影响。

2007年的一天，郭广昌和梁信军在前往北京出差的飞机上不知怎么聊起广告市场，两人兴致盎然。

广告只是他们要去了解的诸多行业中的一个，通过长谈，他们的共识是：中国的广告行业在未来10～16年当中会有爆发性的增长。因为，中国个人消费品市场的增长趋势已很明显，随之企业的品牌意识会逐渐加强，而树立及维护品牌的过程就是广告过程，世界级的品牌势必要有世界级的广告预算，只不过现在需要研究的是，这个钱会主要流向哪儿？是杂志、报纸、网络，还是户外？

这只是一次闲聊、一个远未变成决策与战略的遐想，但它反映了郭、梁二人选择产业的主要思路之一，那就是立足中国巨大人口将带来的商业需求而选择产业进行长期投资。

梁信军总结：首先，他们看好巨大人口带来的巨大的消费市场；其次，当人们消费需求被满足到一定程度的时候，中国人的投资需求也会增长，所以跟个人投资需求有关的投资品未来也会持续成长，如黄金、财富管理；此外，复星还关注中国城市化以及全球产业的转移带来的机会。这几点，就是复星总结出的所谓的"中国动力"。

目前，复星旗下的四大主业（复星称之为"产业投资"）：钢铁、房地产、医药以及零售，都和他们认定的"中国动力"紧密相关。

在这四大产业之间，郭广昌表示："我们依靠不同收益特性、成长规律的非关联产业组合，一定程度上达到了平滑波动曲线、保持集团持续成长的目的。例如，复星的四大主要产业：医药、房地产、钢铁、商业的收益特性各不相同。医药产业的收益特性是持续成长。商业波动幅度较平缓，房地产的波动幅度较大。钢铁波动幅度也不大，但周期较长达到 12 年左右。四大产业的收益特性体现出一定程度的低相关性。钢铁业的长周期、平缓收益增长波动的特性可以一定程度上平衡房地产业的短周期、大幅波动，医药产业收益持续增长的特点可为企业带来持续性收益。在 2003 年的 SARS、2004 年的宏观调控中都可以看到这种平衡的作用。"

客观来看，复星各大产业的协同度以及产业周期互补性并不是很强，他们不过是在刻意学习和黄控股下各行业周期互补的投资思路。其实不然，中国市场足够大、发展足够快，商业生态环境也很复杂，企业没有必要、也很难像和黄那样在收益周期方面作一些控制。国研中心的陈小洪也持相似观点。他上为，复星选择产业之妙并不在于它们之间有什么互补性，而在于这几个产业本身的规模都足够大，而且无论从市场角度还是从管制角度都能相对独立、不受牌照限制地发展。

"如果你的行业能够受益于两到三个甚至四个中国动力的话，它就是持续看好的，不用担心。"梁信军说，"行业标准要非常清晰，不能有任何的动摇，如果有一个新东西出来你又发生变化了，那你就完蛋了。你可以微调，但是你不能不拿行业标准当回事儿。"

那么，何谓新制造业？新经济条件下，采用新技术、新模式打造的新型制造业。

以汽车业为例，我国的汽车工业起步于 20 世纪 50 年代初期。1953年 7 月 16 日，第一汽车制造厂在长春隆重举行奠基典礼。时任国家主席的毛泽东亲笔为奠基典礼题词，可见国家领导者对汽车工业的重视。3 年后，第一辆解放卡车出厂；5 年后，第一辆红旗轿车诞生；30 年后，中国的汽车工业大规模引进外资和国外技术；50 年后的今天，中国汽车年产量突破 500 万辆大关。

中国的汽车工业从无到有、从小到大，"看上去很美"。但是，无论是 50 年前从前苏联拿来图纸"照猫画虎"，还是如今靠引进生产线、进口关键部件组装，中国的汽车工业基本上还停留在"拧螺丝"的水平上。也就是说，一个发展了几十年的行业，却始终未能形成独立的研发能力，始终缺少核心竞争力。

这样的制造业，已经足够陈旧了。

制造业的先进与否不仅表现在技术上，更表现在人力资源方面。据说，中国目前有职称的工程师多达 210 万人，数量又是居世界第一。但这支队伍的"含金量"如何，却让人搞不清楚。另一方面，企业的人才结构也极不合理。

按发达国家的经验，在制造企业中需要有熟练的操作工人，精通设备检测、维修的高级技工，懂得工艺流程和生产管理的工段长、车间主任，还有就是具有研发能力的项目工程师。但在我们的企业中，上述人才都是稀缺资源。有的老板宁愿花高薪雇用推销员、营销专家，却不肯在培训技工方面下工夫。这种将企业的前途押在市场拓展上，而不是放在技术争先上的观念，本身已经落后于时代了。

我国制造业创造的增加值一直占 GDP 的 40% 左右，财政收入的一半和就业人口的一半都依赖于制造业，制造业的地位举足轻重。但是，制造业发展的基本规律是从产量竞争向质量竞争转变、从低档次向高档次演变。显然，我们目前这种陈旧的，缺少核心竞争力的，以拼数量、拼价格、牺牲资源和环境为代价的制造业已暴露出种种弱点和缺陷。

郭广昌说："我一直认为，只有夕阳企业，没有夕阳产业。中国正在成为全球制造业大国，而钢铁产业是制造业的基础产业，对其前景我们一直看好。我们进入一个产业，追求的并不是这个产业的平均利润，而是要借助我们民营企业的优势，创造出更强的竞争力。"

驾驭产业：8 种核心能力

德隆倒下了。在一片怀疑与质问中，复星却坚持到了今天，而且成绩骄人。不断的融资、投资、产业整合、不相关的多元化，看似一样的足迹为何会有命运的大相径庭？

性格决定成败。而一个企业的性格，很多时候是表现在所具有的能力上。纵观复星的发展历程，8 种核心能力尤为突出。这正是复星的与众不同之处，也正是复星的成功之处。

第一种核心能力是发现和把握重大投资机会的能力。价值发现就是反周期投资，要能超越行业的现状和规律看到其未来，把握产业并购和进退最佳时机。复星对钢铁的投资是 2001 年，那时钢铁业刚刚复苏，到现在回报都很高。在房地产业，复星在房价高时卖房、房价低时买地。所谓策略，就是要逢低进入，行业高潮时一定要提醒自己慢慢来。反周期投资要两个条件：一是对行业的周期判断能力；二是要有不追涨、不杀跌的心态。

公司成立 16 年来，复星扩张的历史，是与收购、合资国有企业紧密相连的。他们非常懂得怎么和地方政府、地方企业家谈判、沟通，以满足各方需求；非常懂得以市场机制激活国有企业的生产力与资源；更懂得将企业和资本市场对接。

"我一直在说，管理无定式。你一定要根据已有的资源，已有的能力面对你的环境，找到一个最佳的、达到你目的的途径。这就是你的定式。"郭广昌，这个灵活而又强硬的自我主张的浙江商人说道。

多元化之路的主要问题是如何选择要入手的产业。事实上，在复星国际IPO 过程中，关于如何估值，在几个保荐人内部曾经产生过争议。起初有人说把复星旗下的若干块拆开来评估最后加起来得出一个总价值，这样更利于资本市场理解与接受。"错！复星是一个有机整体，它就像一个利润制造工厂，怎么能把这个工厂拆开来卖呢？它下面的实业和德邦证券这些合在一起产生的总价值大于拆开来卖之和。"最后，对复星的估值采取了 PEG (G 为 Growth) 的方式，即纳入未来赢利增长率来估算 PE 值，如果认为复星赢利增长率为 50%，那么 PE 就为 50 左右。这种估值方式一般用于新兴市场股票。

第二种核心能力是资本市场的信任和投资能力。这个能力的核心就是规范透明、诚实守信、保持良好的沟通。

"我们的流动负债净额主要是由于南钢联作为其增长策略的一部分而依赖短期融资应付资本开支所致。"截至 2004 年 12 月 31 日，南钢联的流动负债净额为 38.91 亿元，占整个"复星国际"当期流动负债额的 50%。

2004 年 5 月，德隆的崩盘让所有的人都想到一个问题：下一个会是谁？当时在业界的口口相传以及媒体似是而非的报道中，一个最集中的候选者就是：复星。

但随着郭广昌对所有质疑——应答，并说得头头是道的时候，人们又都见识了他瘦小的身材里、随和的外表下隐含的强势与坚定，对自身认定的价值与原则近乎偏执、且不惮于张扬的维护。

第三个核心能力是赢得社会、政府、员工和合作团队的信任能力，把人才看成是最宝贵的财富。"我送四句话给大家：以发展来吸引人，而不是以待遇来吸引人；以事业来凝聚人；以工作来培养人；以业绩来考核人。我们还要把人才当做资产来管理，把引进人才当做一种投资回报率最高的投资行为来看待，手里要有一张人才报表，掌握第一手人才资料。引进人才时给他的报酬有两比两不比：不要作横向比，也不要作纵向比；两比是跟其社会价值和所能创造的价值相比。"

第四种核心能力是产业的合理组合和保持企业持续成长的能力。一个多产业企业精心挑选产业组合非常重要，复星的四个产业有四个特点：一，四大产业低关联；二，产业利润波动曲线有一定互补性或对称之处，如医药波动 5 年一个周期，利润都是增长的，最少增长为 5，最大为 20，环比波动为 +5 到 +20 的幅度；商业波动周期也差不多，但环比波动为 -20 到 +20；房地产波动周期也为 5 年，但环比波动从 -320 到 +380，波幅很大；钢铁 12 年一个周期。所以四个产业结合产生了对称叠加效应，对集团而言则是一直持续增长。

第五种核心能力是对投资企业合理的控制能力和促进提升经营的能力。首先投资于有竞争力的企业；其次采取可行方式，把经营者的利益和企业的长期利益捆绑在一起。

第六种核心能力是增加财务弹性(包括构建融资渠道)的能力。要捕捉重大产业机会，一方面要降低负债率，保持相当财务弹性；另一方面要建立多渠道融资体系。要把握好发展节奏，发展一点，就要消化一点，然后再往前发展一步。我们最早是做咨询业，等有利润了，再转移到做房地产咨询，这个有利润了，再做房地产开发。几年之后再投在生物制药上，有了利润再去投资中药，然后西药，再到商业、钢铁业。

第七个核心能力是要有产生链接效应的能力。链接效应就是要让你的下属机构因为在你旗下而产生额外价值，包括资源和知识共享。资源共享要打破惰性，知识共享要打破禁忌，让一个员工的知识成为企业的知识，一个企业的经验成为整个集团的经验。

第八个核心能力是要构建文化和管理模式。文化要有包容性，要扁平化管理，杜绝官僚主义和腐败，建立强大的事业部。

人生是一棵树，生命的好与坏是付出与收获对比后的结果。世界上最珍贵的不是得不到的，也不是已失去的，而是把握住眼前的命运。

失去的东西不一定是你的幸福，它之所以让你留恋，是因为它给你以美好的想象空间。但是生活不是想象，幸福不是想象，它们都是实实在在的点点滴滴。当一切美好的东西被外力轻易摧垮时，说明它本身就不是那么坚固，也许它的基础不是坚固的混凝土，而是一堆泡沫。

为了把握真实，首先要总结好自己需要具备的能力，多元化只需 8 种能力，但每种能力又可分成无数细枝末节。人往往在哀怨与懒惰中迷失自我，却从未想过，只有在艰辛打拼的路上亲自种植的果实才是永恒的根基。

第二节　决策方略

古人云：人心齐，泰山移。团队的精髓是共同承诺。共同承诺就是共同承担团队的责任。没有这一承诺，团队如同一盘散沙。作出这一承诺，团队就会齐心协力，成为一个强有力的集体。

优秀的团队具有能够一起分享信息、观点和创意，共同决策以帮助每个成员能够更好地工作，同时强化个人工作标准的特点。

团队共同承担的责任建立在共同决策的基础之上，而共同决策又以专家和领袖决策为前提。郭广昌曾说："决策者都有两个心魔——贪婪和畏惧。"

团队决策：专家保驾护航

"我们公司的决策成本很低，也很原始简单。"一位公司经理这样说，"企业决策规律是老板拍脑袋、高层拍胸膛、经理拍屁股（走人）。"这种"三拍决策"在早期单纯的经济市场可以一夜暴富，在目前知识经济时代，这样干非一夜破产不可。

当复星的规模扩大后，企业的责任由于郭广昌一个人从而转向高层一起共担风险，最终共享成果。

世界上没有完美的个人，只有完美的团队。比尔·盖茨说："我们微软是打群架的。"猛虎难抵群狼，看一个企业的未来先看他现在的团队。在企业上规模后个人决策将被团队代替，千斤重担人人挑，人人头上有指标，这样的企业才不会放走一个人才，同时也不会留下一个庸才。而团队决策并非谁说得都算，如果人人都是将军，那上前线打仗的士兵在哪里？

在复星团队中，这个将军就是专家。

郭广昌一直说自己"没有一技之长"，其实从企业家本身来看，有一技之长未必是优势，企业的良好运转不要求拥有一个"术业有专攻"的老板，而更需要"触类旁通"、知识面广泛的领袖——船长。

船长知道自己身后的舰队该往什么方向走，而至于具体操作的不同分工小组，则各有各的专家——"天文学家"、"动力专家"、"武器专家"等首领来带领，船长的任务就是判定航向，然后协调各路专家"统一思想"，互相配合，向目标无限推进。

但是人无完人，领袖有时候也会犯错，这时候，专家就需要提供专业的建议。

专家的建议往往能弥补领袖的不足，团队决策也因为尊重专家的专业眼光而更贴近事实。诸葛亮是昔日乱世中的一个孤儿，若非对天下大势的专业评断，很可能就淹没在历史的尘埃之中，永不为人所知！反观刘备，如果没认可诸葛亮的准确预判，一味刚愎自用，恐怕也难成大业。

或者是企业内部的员工，或者是从专业机构外凭的顾问，复星在各个领域都有专家坐镇，为复星的一路发展把脉护驾。以专家的"专"搭起复星的"博"，专家组成的团队成了复星顺利发展的最大保障和最大动力。

决策困境：战胜贪婪恐惧

在一个盛行速度崇拜的时代，有不少管理者把诸多的管理问题归结为速度的问题，又把速度问题简化提速的问题。他们对"慢"的焦虑成为他们的基本焦虑——"我去寻找属于我自己的梦想。只是我前进得太慢了"。于是，他们把企业的发展战略简化为"买入"战略——用金钱来购买速度。

这就是决策中的第一个困境——贪婪，对速度的不满足逐渐转变为一味追求速度。

然而，在只有强烈的发财愿望而毫无目标管理可言，企业的经营尚处"漫游状态"时，快或慢是没有分别的。因为，此时我们找不到一个参照系来判定多快才算快，多慢才算慢。为快而快的发展模式最终可能使企业被"速度之魔"耗尽资源并且走向灭亡。混乱的战略、模糊的目标，极可能使企业陷入一种可怕的"商业浪漫主义"之中。作为商业浪漫主义的典型形态，漫游式经营暗中注定"通向赢利之路"其实是"通向毁灭之路"。

一个人如果没有明确的目标、没有"正业"，他就会滋生出很多零碎的爱好和荒诞无稽的"浪漫情怀"。对于一个企业来说，同样如此。在一个市场化程度不高、客户成熟度低的商业环境中，可能有以浪漫的管理手法获得成功的企业，可能会有诗人式的企业家。然而随着市场逐渐成熟，客户的鉴别力和权力意识的增强，此类企业和企业家会逐渐绝迹。20世纪80年代在中国翻云覆雨的商界名流几年来纷纷落马，就是一个旁证。

企业决策者都是聪明人，但无论多聪明的人，心里若有些畏惧，也会变得愚笨不堪。畏惧——团队决策的另一个困境，之所以畏惧，是因为要对自己的决策负责任。

当面对困难，只有无畏的勇者，才能成功。大海不畏惧接纳百川故能称其大，沙漠不畏惧吸收颗颗沙粒故能称其广，野草不畏惧面对恶劣的环境才能成其强，人不畏惧迎接挑战和困难才能称其勇。

在团队决策中，贪婪和畏惧如影随形，正如郭广昌所言，人的内心都有两个心魔，一个是贪婪、一个是畏惧。只有冷静清醒、只有无所畏惧，在岔路口选择最合理的那条路，方可接近成功，即使错了，也无怨无悔。

对贪婪和畏惧的抵抗力，或许是来源于多年的商海经验，也更可能来源于深厚的哲学基础。将一个物或一件事看得真切了，也就没有了贪婪的欲望和畏惧的情绪。

在复星这个清一色的复旦大学毕业生的"梦之队"中，核心位置留给了学哲学出身的郭广昌。他自谦为"学无所长"，却领导了一个多元化控股集团，并率领4位创业元老一同登上福布斯中国富豪榜。

2005年，福布斯公布的中国富豪榜中，年仅38岁的董事长郭广昌位列第7位，而他领导的复星集团则是成为中国500强名单中名列第83位的多元化民营控股企业集团，拥有医药、房地产开发、钢铁及零售业务投资这四个具有竞争优势和增长潜力的主导产业板块。此外，还战略性投资了其他行业业务，包括金矿开采及金融服务等。

在这一系列辉煌的背后，如果仔细考察，你会发现复星集团是一个异常年轻的团队，除了郭广昌 39 岁外，最年轻的谈剑只有 35 岁，其他都在 36～37 岁之间。然而就是这样一个团队却在 10 年中创造了近百亿净资产的神话。

"企业的发展像一条河，像一条不断流淌的河，我们每一个人正像河中的一滴水，无论是在上游、中游还是下游，都能找到自己汇入的位置。"

郭广昌自谦为一滴水，但他不是普通的一滴水。可能是第一滴落入撒哈拉沙漠中的勇敢，可能是潮头浪尖跃得最高的无畏，也可能是圣贤眼中滴落的智慧。

郭广昌自谦为一滴水，他也是最普通的一滴水。汇入了复星发展的河流中，也汇入了中国经济澎湃的浪潮中。他身上有着千万成功企业家的缩影，而透过他，又像是透过万花筒的镜子，看到中国经济明天的灿烂繁华。

☆
世纪传播讲坛系列

——**企业最佳内训教材** ②

★ 解决企业最重要、最常出现但久拖不决的问题！
★ 职业化——企业和个人建立长青品牌的高效法则！

名称：《职业化团队》【最新】
版别：东方音像电子出版社
主讲人：余世维
数量：6VCD
码洋：630.00

★ 一看就明白，一用就见效！
★ 成本控制→吹糠见米；利润倍增→立竿见影。

名称：《砍掉成本——企业家的12把财务砍刀》【最新】
版别：云南民族文化音像出版社
主讲人：李践
数量：4VCD+4CD
码洋：690.00

★ 用利润说话，绩效管理越简单越有效！
★ 5000多家企业收到100%的赢利效果。

名称：《绩效飞轮》【最新】
版别：云南民族文化音像出版社
主讲人：李践
数量：4VCD+4CD
码洋：690.00

★ 一张光盘，
  为您解决21世纪最大的问题——突破人才经营瓶颈！

名称：《突破人才经营瓶颈》【最新】
版别：上海高教音像出版社
主讲人：余世维
数量：7VCD
码洋：760.00

★为您解码——企业"长与久""财与利""战与谋""主与将""成与败""功与势"之道。

名称：《解码商道——中国企业生命力再造》【最新】
版别：东方音像电子出版社
主讲人：张利
数量：6VCD
码洋：580.00

★ 有效沟通、完美沟通成就您完美人生！

名称：《有效沟通》
版别：上海高教音像出版社
主讲人：余世维
数量：6VCD+1书
码洋：660.00

★领导者的魅力是先天的，还是后天培养的？
★亚洲第一名嘴张锦贵为您揭开魅力领导的谜团！

名称：《领导的艺术》
版别：中山大学音像出版社
主讲人：张锦贵
数量：6VCD
码洋：600.00

★培训师和管理人士创造奇迹的秘密武器！
★让员工在游戏中体验，让学员在游戏中成长！

名称：《培训游戏实战演练》
版别：深圳音像公司
主讲人：韩庭卫
数量：5DVD
码洋：680.00

☆世纪传播讲坛系列——企业最佳内训教材 ③

☆ **世纪传播讲坛系列**

—— 企业最佳内训教材

④

★ 中小企业规避风险、稳步发展的良方妙药!

名称:《突破中小企业发展瓶颈》
版别:上海音像出版社
主讲人:余世维
数量:8VCD
码洋:850.00

★ 规避"执行的七大陷阱"与"执行力扭曲",让您赢在执行!

名称:《赢在执行》
版别:湖北音像艺术出版社
主讲人:余世维
数量:6VCD
码洋:630.00

★ 让您站在领导商数的每个支点上!

名称:《领导商数》
版别:湖北音像艺术出版社
主讲人:余世维
数量:6VCD
码洋:600.00

★ 提升EQ,变管理为艺术!

名称:《管理者情商EQ》
版别:上海音像出版社
主讲人:余世维
数量:6VCD
码洋:600.00

★ 变革与文化是企业建功的先决条件！

名称：《企业变革与文化》
版别：上海音像出版社
主讲人：余世维
数量：6VCD
码洋：630.00

★ 马云的经营哲学，让天下没有难做的生意，
　让80%的人获得成功！

名称：《马道成功》
版别：中国青少年音像出版社
数量：8DVD
码洋：780.00

★ 管理者成功塑造自己的性格魅力，
　掌握改变自己及企业命运的能力，
　成为新时代的卓越领袖！

名称：《如何塑造管理者的性格魅力》
版别：东方音像电子出版社
主讲人：余世维
数量：6DVD＋1CD
码洋：830.00

★ 听，最富有的人讲述智慧的故事
　看，最睿智的人解读智慧的资讯
　学，最专业的人剖析管理的精髓
　用，最成功的人分享成功的方法

名称：《企业家修炼——第7届学习型中国世纪成功论坛》
版别：国家行政学院音像出版社
数量：12VCD
码洋：698.00

★ 拿起蓝海的接力棒，成就蓝海领袖！

名称：《开创蓝海》
版别：东方音像电子出版社
主讲人：朱博
数量：6VCD
码洋：580.00

★ 世界500强企业员工信奉的第一成功法则
　改善企业绩效、提升本土企业执行力的实战宝典

名称：《优秀员工从服从做起》
版别：东方音像电子出版社
主讲人：张建华　余世维
数量：6VCD
码洋：630.00

★ 切割，让营销卖出不同，
　以弱击强、迅速转换，创造隐性价值……

名称：《切割营销》
版别：上海高教音像出版社
主讲人：路长全
数量：6VCD
码洋：600.00

★ 转型期，企业需要做什么？
★ 剖析症状→提出预防，治疗方案→正确的领导和管理模式。

名称：《转型期管理》
版别：齐鲁电子音像出版社
主讲人：林健安
数量：8VCD
码洋：580.00

★ 制度是创造优秀员工的基石
★ 标准是造就伟大企业的砖瓦
★ 6S是落实制度和标准的工具

名称：《6S精益管理》
版别：东方音像电子出版社
主讲人：孙少雄
数量：6VCD
码洋：580.00

世纪传播感恩订购

★ **期盼**
　因为书，世纪传播智慧资源和您成为朋友！
　因为讲坛，您的企业拥有低成本的活教材！
　因为追求与需求，您的人生从此精彩、卓越！

★ **贴心产品**
　机工版最新世纪传播管理书系、世纪传播讲坛系列、总经理书架、企业图书馆……

★ **祝福、感恩**
　感谢亲爱的读者，让我们共享成功的喜悦，祝您早日成功……

为庆祝成功，世纪传播的感恩订购开始啦！

覆盖方式	感恩订购
凡购买光盘1套以上	①享受 **9.5** 折优惠，并免费邮寄； ②赠送：机工版世纪传播图书1本+演示光盘1张，或者， 　抵扣：先期购买机工版世纪传播图书价款×现购买光盘套数(抵扣以小票为据,只限光盘)。
凡购买光盘5套以上	①享受 **9** 折优惠，并免费邮寄； ②赠送：机工版世纪传播图书5本+演示光盘5张，或者， 　抵扣：先期购买机工版世纪传播图书价款×现购买光盘套数(抵扣以小票为据,只限光盘)。
凡购买光盘10套以上	①享受 **8.8** 折优惠，并免费邮寄； ②赠送：机工版世纪传播图书10本+演示光盘10张，或者， 　抵扣：先期购买机工版世纪传播图书价款×现购买光盘套数(抵扣以小票为据,只限光盘)。
凡购买光盘15套以上	①享受 **8.5** 折优惠，并免费邮寄； ②赠送：机工版世纪传播图书15本+演示光盘15张，或者， 　抵扣：先期购买机工版世纪传播图书价款×现购买光盘套数(抵扣以小票为据,只限光盘)。
订购方式	**银行汇款：** 户名：厦门世纪传播文化传播有限公司 开户行：厦门湖里工行 账号：4100021809201021748
	邮局汇款： 地址1：北京市海淀区彩和坊路8号天创科技大厦11楼1105室 邮编：100080 电话：010-62698517/62698597/传真：010-62698583 地址2：厦门市湖里大道80号明园大厦10楼B座 邮编：3610006 电话：0592-5637918/传真：0952-5637928
	电话订购： 010-62698517/62698597

机械工业出版社
China Machine Press

☆
机工版最新世纪传播书系——卓越人生的黄金屋⑧

★ 解决企业最重要、最常出现但久拖不决的问题！
★ 职业化——企业和个人建立长青品牌的高效法则！

一、职业化就是专职化或专业化

二、职业化的工作技能就是"像个做事的样子"

三、职业化的工作形象就是"看起来像那一行的人"

四、职业化的工作态度就是"用心把事情做好"

五、职业化的工作道德就是"对一个品牌信誉的坚持"

六、职业化过程中，主管应该怎么做

书名：《职业化团队：基业长青的源动力》
作者：余世维   ISBN：7-111-21636-0
定价：36.00

★ 企业的80%的利润来自20%的大客户，他是你的摇钱树！

锁定高额利润客户！

书名：《摇钱树》
作者：李践
ISBN：7-111-20739-9
定价：38.00

★ 跟孔子学做事，跟老子学做人，跟孙子学做企业战略，跟韩非子学做管理
★ 让国学回归，从此步入国学管理大道

不赢利的企业不道德！——解码企业之"财与利"

失去主动权就等于被打败！——解码企业之"战与谋"

输在自己，赢在对手！——解码企业之"成与败"

没有功能，就没有核心竞争力！——解码企业之"功与势"

失去企业家就等于失去生产力！——解码企业之"主与将"

短命的企业最不经济！——解码企业之"长与久"

书名：《国学解码商道》
作者：张利 林天
ISBN：7-111-21293-5
定价：39.80

★ 如果这一生真要出人头地，一定要学会有效沟通

书名：《有效沟通》
作者：余世维
ISBN：7-111-19507-8
定价：35.00

★ 企业家拥有12把财务砍刀，成本控制吹糠见米！

书名：《砍掉成本》
作者：李践
ISBN：7-111-19912-X
定价：36.00

★ 实战、有效、会做——成交才是硬道理！

书名：《成交高于一切》
作者：孟昭春
ISBN：7-111-20314-3
定价：38.00

★ 锻造中国管理者的卓越领导力

书名：《四维领导力》
作者：严正
ISBN：7-111-21109-9
定价：36.00

机械工业出版社
China Machine Press

☆
机工版最新世纪传播书系——卓越人生的黄金屋 ⑩

★ 如何成为卓越的管理者？如何进行卓有成效的管理？

书名：《管理者胜任素质》
作者：严正
ISBN：7-111-20207-4
定价：32.00

★ 实施服务革命，提升服务品质，把握服务关键时刻！

书名：《关键时刻留住顾客》
作者：李朝曙
ISBN：7-111-22320-7
定价：38.00

★ 用全新哲学思考锻造高智商企业

书名：《锻造高智商企业》
作者：白万纲
ISBN：7-111-21630-8
定价：38.00

机械工业出版社
China Machine Press

★ 营销的最高境界是让客户主动上门

书名:《营销三问》
作者:李洪道
ISBN:7-111-22077-0
定价:32.00

★ 在变幻莫测的职场中更需要彰显您的个人品牌
和人格魅力

书名:《个人品牌》
作者:徐浩然
ISBN:7-111-22365-8
定价:28.00

★ 第一位提出中国家族企业传承发展的本土管理学者
★ 第一部系统解决企业接班人培养方法与经验的专著

书名:《富过三代:家族企业如何培养接班人》
作者:张建华 薛万贵
ISBN:7-111-22501-0
定价:26.00

★ 10家世界著名公司企业大学的实践精华,
助您变革培训体系

书名:《培训革命:世界著名公司企业大学的最佳实践》
作者:王世英 吴能全 闫晓珍
ISBN:7-111-22586-7
定价:38.00

机工版最新世纪传播书系——卓越人生的黄金屋

⑪

机械工业出版社
China Machine Press

☆ 机工版最新世纪传播书系——卓越人生的黄金屋 ⑫

★ 伟大的领袖，必定是一名伟大的导师
成功的企业，必将受益于教导型组织

书名：《教导型组织》
作者：侯志奎
ISBN：7-111-22861-5
定价：29.00

★员工与企业和谐共进、共谋发展的最高境界

书名：《秩序之美：职业化员工情操修炼》
作者：严正
ISBN：7-111-22978-0
定价：22.00

★ 拉开您卓越人生、和谐人生的序幕！

书名：《自我和谐：了解自己，平衡人生》
作者：陈德云
ISBN：7-111-21165-5
定价：25.00

★ 成功源自心态，心态成就事业！

书名：《成功心态：成就一流员工的职业素养》
作者：严正
ISBN：7-111-20717-3
定价：20.00

机械工业出版社
China Machine Press

★飙出惊人业绩，炼就虎狼之师
★第一步要"油料"，第二步看"地图"，
第三步踩"油门"，第四步看"仪表"。
四步飙升你所带领团队的销售业绩

书名：《业绩才是硬道理：销售管理大智慧》
作者：杨宗华
ISBN：7-111-23555-2
定价：32.00

★"食洋不化"的倾向明显滋长，读管理必称哈佛，
举案例必说 GE……
★脱下洋装，绝无他意，即讲管理并非一律西装革履，
着布衣便鞋可否？
★管理一如文艺，既不能盲目崇洋，也不能搞复古主义，
谁合适按谁的来

书名：《让管理脱下洋装》
作者：李飞龙
ISBN：7-111-23984-0
定价：32.00

★世界知名企业是如何厚积薄发，通过有力有效
的管控而发展壮大，从而获得持久竞争力的？

书名：《大象善舞：世界知名企业集团管控之道》
作者：白万纲
ISBN：7-111-24461-5
定价：38.00

★解读宗庆后的管理艺术和经营哲学
★解析娃哈哈商业王国的缔造历程
★解密娃哈哈20年从0到250亿的商界传奇

书名：《宗庆后与娃哈哈》
作者：罗建幸
ISBN：7-111-24115-7
定价：38.00

☆ **机工版最新世纪传播书系——卓越人生的黄金屋** ⑭

★ **本书将告诉你如何在创业初期:**
- ✓ 控制成本
- ✓ 看懂财务报表
- ✓ 制定商业计划书
- ✓ 吸引风险投资

书名:《创业之初:你不可不知的财务知识》
作者:尤登弘
ISBN: 7-111-24353-3
定价: 32.00

从一名初中毕业的乡村拖拉机手,到北京大学的高材生;
从被北大扫地出门的穷酸教师,到名动大江南北的培训界领军人物;
从大街小巷刷广告的个体户,到亿万身家的上市公司老总
认识一个近距离的俞敏洪,感悟一段真实的新东方成长史

书名:《俞敏洪传奇:从草根到精英的完美奋斗历程》
作者:郭亮 黄晓
ISBN: 7-111-24627-5
定价: 36.00

耀眼光环的背后
解析真实黄鸣
以自己的创业历程现身说法
告诫年轻人如何创业、怎样成才
以什么样的心态去追寻目标,成就梦想……

书名:《将心共鸣》
作者:黄鸣
ISBN: 7-111-25093-7
定价: 29.80

解读中国VC,与中国整个风投历史面对面。
这里,有后来者的养料,更有追随者的标杆。

书名:《风险投资红人馆》
作者:于俊燕
ISBN: 7-111-25117-0
定价: 32.00

机械工业出版社
China Machine Press

从第一个100万到第一个1000万，
他只用了不到五年的时间，
涉足五大行业，拥有百余家子公司，
他是登上福布斯财富榜最年轻的中国富豪

书名：《昌集天下：郭广昌的中国式商界传奇》
作者：邓鹏　郭亮
ISBN：7-111-25095-1
定价：32.00

☆ 机工版最新世纪传播书系——卓越人生的黄金屋

15

世纪传播系列图书读者回执表

亲爱的读者：

感谢您关注机工版最新世纪传播系列图书的成长！为了更满足您的需求，凭借填写以下的回执表，就可以得到惊喜！回执表可以采用邮寄、传真、邮件、网上在线提交等多种方式回传给我们，只要您回执，就会有惊喜！

回 执 表

姓名：	性别：	职业：
TEL：		E-mail：
公司名称：	经营方式：	

公司/个人详细地址：

您购买的图书名称：

1. 您希望购买的产品：

   □讲坛培训系列　　□机工版最新世纪传播管理书系　　□其他

2. 您觉得本书的价格：

   □偏高　□偏低　□合理

3. 您从何处得知本书/盘的消息？（可多选）

   □书店　□网络　□报纸　□杂志　□广播　□电视　□他人推荐　□其他

4. 您通常以何种方式购买图书/盘？（可多选）

   □书店购书　□网络购书　□邮购　□其他

5. 哪些因素影响你购买图书/盘？

   □世纪传播品牌　□作者及出版社　□封面　□价格　□内容　□其他

6. 您对本书/盘的评价（请填：①非常满意 ②满意 ③普通 ④不满意）

   书名_____　内容_____　封面设计_____　版式设计_____　翻译_____

7. 您有没有想买但买不到的书，如果有，有哪些？

   □ _____

8. 您建议我社接下来应该出什么书？

   □ _____

世纪传播策划编辑：许　欣　TEL：010-62698563

回执热线：010-62698517/62698597　　传真：010-62698583　　E-mail：beijinghuiquan@163.com